Doce persuasão

MAYA BANKS

Doce persuasão

Até onde você iria para realizar suas fantasias?

Tradução

Monique D'Orazio

novo século®

São Paulo, 2015

COORDENAÇÃO EDITORIAL	Lindsay Gois
ASSISTENTE EDITORIAL	Vitor Donofrio
TRADUÇÃO	Monique D'Orazio
PREPARAÇÃO	Mila Rojo
CRIAÇÃO DE CAPA	Vanúcia Santos (AS Edições)
PROJETO GRÁFICO E DIAGRAMAÇÃO	Vanúcia Santos (AS Edições)
REVISÃO	Alline Salles (AS Edições)
	Samuel Vidilli

Texto de acordo com as normas do Novo Acordo Ortográfico da Língua Portuguesa (Decreto Legislativo nº 54, de 1995)

Dados Internacionais de Catalogação na Publicação (CIP)
(Câmara Brasileira do Livro, SP, Brasil)

Banks, Maya
Doce persuasão
Maya Banks; [tradução Monique D'Orazio].
Barueri, SP: Novo Século Editora, 2015.

Título original: Sweet persuasion.

1. Ficção erótica 2. Ficção norte-americana I. Título.

15-01365 CDD-813.5

Índice para catálogo sistemático:

1. Ficção norte-americana 813.5

2015
IMPRESSO NO BRASIL
PRINTED IN BRAZIL
DIREITOS CEDIDOS PARA ESTA EDIÇÃO À
NOVO SÉCULO EDITORA LTDA.
CEA – Centro Empresarial Araguaia II
Alameda Araguaia 2190 – 11º Andar
Bloco A – Conjunto 1111
CEP 06455-000 – Alphaville Industrial, Barueri – SP
Tel. (11) 3699-7107 – Fax (11) 3699-7323
www.novoseculo.com.br
atendimento@novoseculo.com.br

Capítulo 1

— Vocês conhecem alguém que realize fantasias sexuais? — perguntou Serena James.

O silêncio tomou o lugar. As mãos massageando seus ombros tensos pararam. Serena abriu um olho para espiar Faith Malone, deitada na mesa de massagem ao lado, e então espichou o pescoço para lançar um olhar sobre o ombro para a massagista, Julie Stanford, a dona de um salão de beleza e estética que Serena e Faith frequentavam toda semana.

— Ah, querida, você é quem realiza fantasias — Julie observou com ironia. — E tinha que falar sobre fantasias sexuais enquanto estou fazendo massagem em você?

— Pare de resmungar e continue — Serena reclamou.

Fechou os olhos e relaxou de novo na maca. Deveria saber que era melhor não trazer à tona o que, ultimamente, andava ocupando sua mente. Um suspiro baixinho escapou de seus lábios quando Julie recomeçou a massagear seus músculos.

— A hora de falar sobre fantasias sexuais é quando estou fazendo massagem no Nathan Tucker — Julie comentou em tom sonhador.

Faith riu ao lado de Serena.

— Agora ele é cliente assíduo?

— É. Duas vezes por mês — Julie disse animada. — Esse, *sim*, é um trabalho que eu faria de graça. Tenho que tomar cuidado para não babar nas costas dele.

— Na frente não? — Serena murmurou.

Julie deu risada.

— Ele só me deixa trabalhar nas costas. É uma pena. Eu pagaria para massagear aquele peitoral.

— Só o peitoral, hein? — disse Faith.

— Por que só as costas? — perguntou Serena.

As mãos de Julie sacudiram quando ela riu.

— Ele tem vergonha, eu acho. Não quer que eu veja a ereção.

As mãos dela se moveram com mais firmeza sobre as costas de Serena, que soltou um gemido de prazer.

— Mas chega da minha obsessão pelo Nathan Tucker. Quero saber por que você está perguntando sobre fantasias sexuais.

— É, eu também — Faith completou. — Pensando em expandir a Fantasy Incorporated?

Serena deu um risinho.

— Ah, não. Pagar alguém para realizar as fantasias *sexuais* de outra pessoa é chamado de prostituição, não é?

— Então, por que você quer saber? — Julie persistiu, dando um tapinha no ombro de Serena para informar que tinha terminado, seguindo para Faith.

Serena sentou-se e esticou o braço para pegar o roupão, enrolando-o em volta do corpo ao se mover para a beirada da mesa de massagem. Observava Faith enquanto Julie começava a massageá-la. Por *que* estava perguntando aquilo?

Havia escapado de sua boca, um deslize provocado pela frustração cada vez maior de que o trabalho da sua vida fosse realizar as fantasias dos outros. Algumas, frívolas; outras, o acúmulo de uma vida inteira de esperanças.

Tinha orgulho do seu trabalho. Fazia as outras pessoas felizes. E talvez fosse por isso que se sentia frustrada com a própria falta de satisfação.

— Talvez eu só precise transar — Serena murmurou.

Um sorriso divertido apareceu nos lábios de Julie.

— Não precisamos todas? Bom, menos a Faith aqui. Tenho certeza de que o Gray está oferecendo tudo o que ela precisa nesse quesito.

— Ei, sem despeito — Faith protestou. — Não posso fazer nada se sou irresistível.

Serena jogou uma toalha na cabeça de Faith, que a pegou rapidamente dos cabelos e jogou de volta.

— Afinal, quando vocês vão se casar? — Serena perguntou a Faith.

— Ah, não, pode esquecer — disse Faith ao abrir os olhos para encarar Serena. — A gente estava discutindo a *sua* pergunta sobre fantasias sexuais.

— É... é verdade — Julie concordou enfática.

Serena soltou o ar exasperada.

— Vocês duas não desistem nunca.

— Não mesmo — Julie respondeu com um sorriso. — Não tenho vida, esqueceu? Tenho que viver através dos meus clientes. Agora, desembuche.

Serena mordeu o lábio e deu de ombros. Que diabos! Quem não arrisca, não petisca.

— Tenho umas... fantasias bem interessantes.

Julie fez um ruído com o nariz, expressando desdém.

— E não é assim com todo mundo?

Serena podia ver o rubor de Faith começando nos pés e subindo pelo corpo. Sorriu.

— Pelo que parece, a Faith tem, levando em conta como ela ficou vermelha.

Faith soltou um gritinho mortificado e escondeu o rosto.

— Não estamos falando sobre mim — disse em uma voz abafada.

— Não, mas queria que estivéssemos — Julie murmurou. — Aposto que esse exterior doce e inocente esconde uma mente pervertida.

— Serena. Estamos falando sobre a Serena — Faith apontou.

Julie se virou e dirigiu o olhar para Serena.

— Então, desembuche, querida. O que há de tão interessante sobre as suas fantasias sexuais? E por que quer saber se alguém que conhecemos pode realizá-las? Linda do jeito que você é, não precisaria ir longe para encontrar uma porção de homens mais do que dispostos a receber instruções.

Serena lançou um olhar sombrio.

— Não contei quais são as minhas fantasias.

— Ooohhh! — Faith exclamou. — Anda, Julie. Isso está com cara de que vai ser bom.

— Minhas mãos mágicas estão sendo trocadas pelas fantasias desvairadas dela? — perguntou Julie em um tom de voz exageradamente magoado.

— Como se você não estivesse com tanta vontade de ouvir quanto ela — Serena acrescentou, arrastando a voz.

Julie sorriu.

— Verdade. Ok, Faith, terminamos aqui. Melhor se vestir. Você não faz ideia do que envolvem as fantasias da Serena, e quero acreditar que o Gray se oporia a um *ménage* lésbico.

Faith ficou vermelha como um tomate, como se suas entranhas estivessem sendo espremidas a ponto de explodir.

Serena revirou os olhos.

— Você é um livro aberto, Faith.

— Vocês só pensam que sou toda doce e inocente — ela resmungou ao vestir o roupão.

— O que foi isso? — perguntou Julie, referindo-se à declaração de Faith.

— Serena. Estamos falando sobre a Serena. Lembram?

O telefone tocou e Julie ergueu um dedo, indicando que esperassem enquanto ela ia até o aparelho para atender. Serena ficou sentada na maca com os pés para fora, balançando. Nas semanas em que se encontraram para massagem e depois almoço, haviam discutido vários assuntos bizarros, mas que nunca haviam incluído os detalhes pessoais de suas fantasias profundas e obscuras, e Serena, sinceramente, não tinha certeza se estava preparada para revelá-las. Mesmo para as amigas mais próximas.

Mas, se não para elas, então para quem?

Exato.

Suspirou. Talvez devesse esquecer esse assunto e continuar a realizar as fantasias sentimentais dos outros.

Julie voltou, um olhar de desculpas perturbando seus belos traços.

— Desculpem, meninas. Não posso almoçar hoje. Era uma das minhas clientes precisando de um reparo de emergência.

— Que pena — Faith disse com uma expressão infeliz.

— Reparo? Isso não soa bem — Serena observou.

Julie sorriu.

— A culpa é dela. Foi a outra cabeleireira e agora está superarrependida, rastejando de volta para mim.

— Do jeito que você gosta — Faith comentou ao descer da mesa de massagem.

— Vão sem mim. Mas — disse, lançando um olhar fulminante para as duas —, espero um relatório *completo* depois. No sentido de "não deixar nada de fora". Não me faça machucar vocês.

Serena revirou os olhos e desceu da mesa para se vestir.

— Confie em mim. Não é nada tão escandaloso, Julie. Como se alguma coisa na minha vida chata fosse escandalosa.

Julie analisou-a com um olhar especulativo.

— Ah, não sei, Serena. São sempre as chatas que acabam tendo os segredos mais chocantes.

Mais uma vez, um tom róseo tingiu as faces de Faith, e tanto Serena quanto Julie deram risada.

— É óbvio que a gente não anda pressionando a Faith o suficiente para ouvir os dela — Serena acrescentou sem meias-palavras.

— Faça ela te contar no almoço — Julie sugeriu. — Aí pode me ligar depois com os podres.

— Ah, ela não vai fazer isso — Faith respondeu inocente. — Porque, então, eu teria que te contar os podres dela.

— É melhor alguém me passar o relatório de vocês duas, suas pervertidas — Julie advertiu. — Todos os serviços estão suspensos até eu ficar sabendo. E você, minha cara, logo vai precisar de depilação.

— Droga — resmungou Faith.

Serena enlaçou o braço no de Faith e começou a arrastá-la para a sala onde se vestiriam.

— Sempre podemos encontrar um novo salão, sabe.

Julie fez um ruído de desaprovação.

— Claro, se quiserem ficar parecendo dois espantalhos.

— Ela é metida, não é? — Serena disse em um sussurro audível enquanto saíam.

A risada de Julie seguiu-as até a outra sala.

Serena virou-se e entrou no cubículo para colocar a roupa, e, alguns minutos depois, encontrou Faith na parte da frente do salão, onde Julie já estava acalmando a cliente aborrecida. Conforme Serena e Faith se dirigiam à porta, Julie cruzou o olhar com elas e revirou os olhos. Serena mandou um beijo no ar.

— O de sempre? — perguntou quando ela e Faith caminhavam para o estacionamento.

Faith sacudiu a cabeça.

— Se vamos ter uma conversa indecente e sincera, não quero ir ao Cattleman's.

Serena arqueou a sobrancelha.

— Por que não?

— Porque qualquer um dos rapazes pode estar lá — respondeu Faith.

— Bem observado — Serena murmurou. Os rapazes com quem Faith trabalhava, todos exemplares maravilhosos da espécie masculina, rondavam regularmente o Cattleman's, um bar e restaurante local. A última coisa que Serena queria era uma plateia. Se bem que, se algum deles quisesse se voluntariar e se encarregar de suas fantasias, ela não reclamaria.

— Onde, então? — perguntou ao pararem perto dos carros.

— Que tal o meu apartamento? — Faith sugeriu. — Não é longe, e posso requentar alguma sobra de outro dia.

Serena suspirou.

— E tem privacidade suficiente para a conversa escandalosa que você vai me fazer ter.

Faith deu um sorriso malicioso.

— Exatamente.

Serena seguiu Faith até seu apartamento. Só tinha estado ali uma vez antes, logo depois que o noivo dela, Gray Montgomery, trouxera a maior parte das coisas dele.

— Não repare na bagunça — Faith disse ao desviar de uma caixa no chão.

— Mudança? — perguntou Serena.

O sorriso de Faith iluminou todo o rosto.

— O Gray e eu vamos comprar uma casa. Esperamos nos mudar assim que nos casarmos.

— A Julie ainda está mortalmente ofendida por vocês não fazerem um casamento enorme na igreja para ela poder te deixar linda de morrer para a ocasião — Serena disse ao se acomodar em uma banqueta diante do balcão da cozinha.

Faith fez uma careta.

— Nem o Gray nem eu estávamos morrendo de vontade de uma grande comoção. Não depois de tudo o que aconteceu. — O sorriso desvaneceu quando a dor invadiu sua face. — O Pop também queria um casamento grande para poder me levar ao altar; mas, sinceramente, o Gray e eu só queremos ficar juntos. Quanto antes, melhor.

Serena sorriu.

— Acho que isso é ótimo, Faith. Você merece ser feliz depois de tudo pelo que passou.

— Chega de falar sobre mim — Faith disse, elevando os ânimos, ao começar a pegar potes da geladeira. — Estamos aqui para falar sobre você e essas suas fantasias pervertidas.

Serena gemeu.

— E quem disse que são pervertidas?

Faith riu.

— As melhores sempre são. Então, o que a aflige, Serena? — A expressão de Faith tornou-se mais sombria ao observar a amiga. — Ultimamente, você não anda no seu estado normal. Parece distante, como se estivesse infeliz por alguma coisa.

Serena colocou os cotovelos no balcão e apoiou o queixo na palma da mão.

— Só ando pensando bastante.

— Sobre?

— O fato de que dedico tanto tempo e energia para tornar realidade as fantasias dos outros, mas ignoro as minhas. E então me dei conta de que eu não saberia nem por onde começar se quisesse realizá-las. As fantasias dos outros são tão... normais comparadas às minhas. Minha mãe teria um infarto se soubesse que a filha que criou para ser autossuficiente, não precisar da proteção de homem nenhum e ser uma mulher de negócios bem-sucedida secretamente fantasia ser a escrava sexual de um homem.

Faith engasgou e depois tossiu delicadamente para disfarçar a reação.

— Escrava sexual? — guinchou.

— É, eu sabia que você ia levar um susto ao ouvir isso — Serena respondeu melancólica.

— Ah, não. Quero dizer, só é a última coisa que eu esperava ouvir de você.

— Vá em frente, pode dizer. Pareço uma louca.

Faith colocou um prato de lasanha em frente a Serena e se acomodou na banqueta do outro lado do balcão.

— Você não é louca, Serena — disse calmamente. — Mas escrava sexual? Está falando de uma noite de sexo quente em que você brinque de ser escrava de um dominador, ou é outra coisa?

Serena sentiu um calor tomar conta das bochechas. Droga. Diferente de Faith, ela não era de corar.

— Bom, de preferência algo que durasse mais de uma noite, mas não permanente, nem nada do tipo. Quero dizer, acho que eu gostaria. A ideia me excita, mas também posso odiar.

Faith ficou em silêncio por um longo momento, enquanto Serena, pouco à vontade, brincava com a comida.

— Você deve estar pensando de onde foi que eu tirei essa ideia, não é? — Serena resmungou.

— Pare de ficar na defensiva e não se desculpe pelos seus desejos — Faith a repreendeu. — Deus, as mulheres já não fazem isso demais? Só estou tentando entender o quanto você está falando sério. Sabe, se só quiser realizar uma fantasia, pode contratar um... Como eles chamam? Um "prostituto", mesmo? — perguntou com um risinho.

Serena fechou os olhos.

— Até parece que vou contratar um garoto de programa. Quero alguém pelo menos um pouco normal. De preferência alguém que já não tenha dormido com metade das mulheres de Houston. E gostaria de ter mais de uma noite. Não sei, talvez um mês. Não vou poder descobrir nada sobre a realidade se for só por uma noite.

Faith lançou um olhar pensativo:

— Conheço uma pessoa que pode te ajudar.

Serena ficou boquiaberta.

— Você?

Faith mostrou a língua e fez careta.

— Não sou tão inocente quanto você e a Julie gostam de pensar.

Serena riu.

— Ah, eu sei, amiga. As doces e tímidas sempre são as verdadeiras safadinhas.

— Safadinhas? — Faith cuspiu. — Preciso te lembrar de quem aqui está pensando em se tornar uma escrava sexual?

Serena sorriu.

— Tem algo muito proibido nisso, não tem? — Colocou uma garfada de lasanha na boca e fechou os olhos. — Você é uma cozinheira maravilhosa, sabia? Não sei nem ferver água. Aposto que o Gray acha que está no paraíso.

— Ele não vai se casar comigo pelas minhas habilidades culinárias — Faith respondeu com ironia.

— Admita. Você é muito safadinha — Serena tentou persuadir.

Faith mostrou um sorriso sem remorso.

— Posso te dar o telefone do Damon Roche.

— Damon Roche? Esse é o cara que você acha que pode me transformar em uma escrava sexual?

— Não pessoalmente — Faith corrigiu. — Mas ele é dono de um… droga, ainda não sei que nome dar. Suspeito que o Damon não gostaria que eu chamasse de clube de sexo.

— Clube de sexo? — Serena ergueu uma sobrancelha e encarou a amiga com surpresa. — Que diabos você anda fazendo em um clube de sexo?

— Foi só uma vez — Faith murmurou.

— É óbvio que você andou escondendo coisas de mim.

— Não surgiu oportunidade de falar — Faith respondeu com uma risada. — De qualquer forma, voltando ao Damon... Se você ligasse para ele e dissesse o que quer, aposto que ele poderia ajudar. Parece ter algo para todos os gostos no... estabelecimento dele.

— É seguro? — Serena perguntou, na dúvida.

— Extremamente. O Damon tem uma segurança bem estrita e seleciona os membros com bastante critério.

— O Gray sabe sobre esse Damon? — perguntou Serena, mais para fazer Faith corar do que por curiosidade.

Em vez de ficar vermelha, Faith abriu um amplo sorriso.

— O Gray sabe tudo sobre ele. O Damon vai nos levar para a nossa lua de mel no jato particular dele.

— O ramo do clube de sexo deve ser lucrativo — Serena murmurou.

— Ah, a The House é uma diversão paralela. O Damon é um homem de negócios. — Faith franziu as sobrancelhas. — Sabe, acho que ele nunca me disse exatamente o que faz.

— Ah, maravilha. Provavelmente é traficante.

— Ele não é traficante — Faith respondeu exasperada. — Ligue para ele. Diga o que quer. Ele é muito acessível.

— Você não vai tentar me tirar da minha insanidade? — perguntou Serena. — Você é minha amiga. Deveria ser má e me dar sermões para que eu pudesse ir depois ao programa da Oprah, falar sobre como somos almas gêmeas.

— Ou posso ir ao *America's Most Wanted* depois de te matar e jogar seu corpo no golfo — Faith murmurou.

Serena mandou mais lasanha para dentro e acompanhou com vários goles de chá.

— Está bem, vou ligar. Isso se não amarelar quando chegar em casa. Você tinha que tirar essa ideia da minha cabeça, não me dar o nome de alguém que pode me ajudar na trilha da devassidão.

— As devassas se divertem mais — disse Faith com uma piscadinha maliciosa.

— Falou a voz da experiência.

Faith andou até uma das gavetas e pegou um bloquinho e uma caneta. Ao voltar, rabiscou em uma folha de papel e depois a arrancou, deslizando-a sobre o balcão na direção de Serena.

— Vá para casa e ligue para ele.

Capítulo 2

Serena entrou no escritório e parou na janela para observar o horizonte de Houston. Estava vestida com elegância. Terninho, saltos médios. Sabia que tinha boa aparência. Eficiente.

Com um suspiro, virou-se para sua mesa. E seu telefone. Tinha o pedaço de papel com o número de Damon Roche amassado e úmido na mão. Ela o abriu e alisou as beiradas quando se sentou na cadeira de trabalho.

Não, não havia conseguido ligar de casa no dia anterior. Precisava fazer ali, onde podia fingir que eram apenas negócios. Ali, em seu ambiente de conforto, não ficava nervosa. Não precisava falar de si mesma. Naquela sala, poderia assumir uma postura sóbria e fingir que estava agindo em nome de uma cliente.

Pegou o telefone e olhou o número mais uma vez antes de discar. Por vários instantes de tensão, ela ouviu chamar. Quando decidiu que ninguém atenderia, uma voz distraída murmurou um "alô" abrupto.

Ela engoliu em seco rapidamente.

— É o sr. Roche falando?

Houve uma pausa pronunciada.

— Quem está falando e como diabos você conseguiu meu número particular?

Merda. Maldita Faith por não ter dito que era um número particular, e um que, aparentemente, ele preferia manter assim. Conseguira irritá-lo antes mesmo de chegar à parte difícil.

— Faith Malone me deu o seu número — respondeu com tanta calma quanto seu coração disparado permitia.

— Faith? Está tudo bem com ela? — perguntou ele com firmeza.

Serena apressou-se a assegurar:

— Ela está bem. Me deu o seu número por causa de um... assunto de trabalho. Desculpe ter incomodado. Não sabia que era um número particular.

Antes que ele pudesse responder, ela recolocou o fone com cuidado no gancho e se afastou da mesa.

Má ideia. Definitivamente uma má ideia.

Seu pulso acelerou e ela se esforçou para recolocar os nervos sob controle. Com certeza hoje não estava sendo a empresária assertiva de sempre. Sacudindo a cabeça com pesar, ela voltou a atenção para a lista de tarefas do dia.

A porta do escritório se abriu e Serena ergueu os olhos para ver sua assistente pessoal, Carrie Johnson, entrar com um sorriso caloroso no rosto.

— Serena, acabei de receber uma ligação do sr. Gallows. Ele está muito satisfeito com o trabalho que você fez no caso dele.

Serena endireitou-se na cadeira e retribuiu o sorriso de Carrie.

— Ah, que bom. Foi um cliente difícil.

Carrie esforçou-se para manter uma expressão impassível.

— Não ajuda que a fantasia dele envolvesse ser o *chef* executivo do Riganti's.

— Nem me lembre — Serena disse com um grunhido. — Posso ter perdido meu status de cliente preferencial com o Carlos para sempre. Provavelmente ele vai me banir do restaurante por causa disso.

— Soube de fontes seguras que os funcionários do Riganti's te adoram e que foi tudo bem com o curto emprego do sr. Gallows por lá. O sr. Gallows deu a entender que vai se candidatar a um curso de culinária em Paris, como resultado da experiência.

Serena suspirou.

— Ah, que adorável. É tão legal quando temos um final feliz. Na metade das vezes o cliente percebe que alguns sonhos ficam melhores no reino da fantasia, e que nunca deveriam ter sido trazidos ao mundo real. A realidade é dura, infelizmente.

Carrie ergueu a sobrancelha, surpresa.

— Essa não parece você falando, Serena. Tem alguma coisa acontecendo que eu deveria saber?

— Não, nadinha. — Mentirosa. — Não posso ver o lado bom das coisas como Poliana o tempo todo. Existe um certo risco no que a gente faz. Temos o poder de realizar o sonho das pessoas, mas também temos o poder de acabar com ele para sempre.

Carrie deu de ombros.

— Às vezes uma dose saudável de realidade é necessária. Não dá para viver na terra da fantasia indefinidamente. Eu diria que você fez um favor a muita gente ao deixar isso claro.

Serena sacudiu a cabeça.

— Esse não é o meu trabalho. As pessoas não me pagam para alertá-las. Me pagam para realizar uma fantasia. Dar algo que ninguém mais pode.

— E você faz isso muito bem.

— Talvez.

Carrie inclinou a cabeça de lado.

— Você está com um humor esquisito, Serena. Talvez devesse tirar o dia de folga. Volte quando não estiver tão... melancólica. Ou pelo menos me deixe falar com os clientes hoje.

Um sorriso curvou o canto dos lábios de Serena.

— Está tudo bem, Carrie. De verdade. Prometo não espantar clientes potenciais com minha dose de realidade. Além disso, hoje temos que elaborar os detalhes para a fantasia da Michelle Tasco.

A expressão de Carrie suavizou e Serena sorriu com satisfação. Carrie era, de verdade, a assistente perfeita. Tinha um coração de ouro e um compromisso eterno com a missão de fazer as pessoas felizes.

— Os pais dela ligaram há alguns minutos para agradecer — Carrie disse suavemente. — Isso é muito importante para eles. Achei maravilhoso da sua parte cuidar dos preparativos sem cobrar.

Serena remexeu-se na cadeira, pouco à vontade, as faces tensas sob o olhar inquisidor de Carrie.

— Sim, bom, vai servir para isenção de impostos.

O divertimento brilhou nos olhos de Carrie.

— Você não me engana, Serena. Seu coração é mole, mesmo que não admita.

— Cuidou da excursão? — Serena perguntou, impaciente.

Ainda sorrindo, a assistente deixou uma pasta cair sobre a mesa de Serena.

— Tudo pronto. Só precisa ligar para os pais da Michelle com as datas definitivas depois de ter acertado as coisas com o cruzeiro.

— Está bem, vou fazer isso agora — respondeu Serena. — Depois podemos riscar mais uma fantasia da nossa lista.

— E não se esqueça de almoçar — Carrie comentou por cima do ombro, ao sair da sala.

— Sim, mamãe — murmurou Serena.

Voltou os olhos para a pasta que Carrie havia deixado cair em sua mesa. Na foto, Michelle olhava para ela, uma garotinha de traços delicados que tinha visto horror demais em sua curta vida. Se Serena pudesse fazê-la sorrir, mesmo que por um breve instante, valeria cada centavo.

Pegou o telefone e discou o número da empresa de cruzeiros. Desligou alguns minutos depois, satisfeita que todos os preparativos tivessem sido feitos para a viagem da vida de Michelle. Hesitou ao começar a discar o telefone dos pais da menina e mudou de ideia, ligando para Carrie em vez disso.

— Pode ligar para os pais da Michelle e dizer que estamos cuidando de tudo? Vou almoçar.

Um risinho surgiu na linha.

— Amarelou. Está bem, eu ligo. Não pode evitá-los para sempre, Serena. Eles querem te agradecer pessoalmente.

Serena fez careta e desligou. Era para isso que tinha uma assistente. Encontrar-se com pais agradecidos era muito mais o forte de Carrie do que o dela. Serena podia tomar decisões, gerenciar o negócio, mas Carrie tinha uma afinidade natural pelas pessoas, o que fazia dela uma escolha melhor para ser a porta-voz da empresa.

Esticando os pés para procurar os sapatos, Serena puxou-os com os dedões e os calçou. Depois de pegar a bolsa, jogou o celular dentro e foi em direção à porta. Ao passar pela sala de Carrie, ouviu a voz animada da assistente transmitindo as informações aos pais de Michelle.

Um sorriso infiltrou-se em seus lábios apesar da tentativa de não se envolver com os detalhes mais pessoais da viagem da menina. Ela saiu para o ar quente de verão e fechou os olhos quando o Sol acariciou seu rosto.

Estava quente e abafado, mas ela adorava o clima em Houston. Mesmo a névoa perpétua que pairava sobre a cidade no verão não a incomodava.

Quando ia pegar as chaves do carro, o celular tocou. Com um suspiro, procurou por ele na bolsa e olhou no visor. Franziu as sobrancelhas quando não reconheceu o número. Podia ser um cliente.

— Serena James falando — disse como saudação ao continuar o caminho para o carro.

— Senhorita James, aqui é o Damon Roche.

A voz profunda causou um arrepio que subiu por sua coluna até a base do crânio. Não esperava que ele retornasse a ligação.

— Como conseguiu este número? — perguntou com voz autoritária e depois se encolheu quando percebeu que soava exatamente como ele da primeira vez.

A risada dele surgiu pela linha.

— É minha vez de ser intrometido. Seu número não apareceu quando a senhorita me ligou, então tive que rastreá-la, usando outros métodos. É uma mulher difícil de encontrar.

— Não muito, aparentemente — ela murmurou.

— Liguei para a Faith — ele disse apenas. — Peço desculpas pelo meu tom de hoje mais cedo. Foi desnecessário, ainda mais se a senhorita é amiga de alguém de quem gosto muito. Agora, em que posso ajudá-la?

Serena fez careta.

— A Faith não falou?

— Claro que não — ele respondeu suavemente. — Ela apenas me disse que a senhorita precisava da minha ajuda. Já almoçou?

Ela piscou várias vezes em resposta à abrupta mudança de assunto.

— É... não, estava saindo para isso agora mesmo, na verdade.

— Perfeito. Por que não nos encontramos para discutirmos o seu... problema?

Inferno. Ela respirou fundo. Já tinha se acovardado com relação ao plano grandioso de partir em busca de suas fantasias. Era absurdo pensar que poderia ir em frente com essa história. Não contava com o retorno da chamada depois de ter desligado na cara dele.

— Senhorita James?

— Me chame de Serena, por favor.

— Muito bem, Serena. Gostaria de sair para almoçar?

— Ah. — Droga. — Sabe, sr. Roche, o assunto sobre o qual eu queria falar não é algo que eu gostaria de discutir em um local público.

— Posso garantir que teremos a mais absoluta privacidade. Você está no seu escritório? — ele perguntou.

— Estou...

— Vou mandar um motorista buscá-la. Uns quinze minutos, pode ser?

— Mas como é que sabe onde fica o meu escritório? — protestou.

Ele deu um riso suave, um som rouco nos ouvidos dela.

— Pesquisa. Quinze minutos?

Sua cabeça girava e, ainda assim, quando percebeu, estava dizendo "sim".

— Vou esperar no estacionamento.

— Eu me sentiria bem melhor se esperasse do lado de dentro, onde é seguro. Meu motorista vai buscá-la. Estou ansioso para o nosso encontro, Serena.

Antes que ela pudesse responder, ele desligou, deixando-a parada ao lado do carro, boquiaberta. Quando deu por si, estava entrando de novo no prédio e apertando o botão para chamar o elevador.

— Já de volta? — Carrie perguntou quando Serena passou por sua sala alguns minutos depois.

— Compromisso de última hora. Um motorista vem me buscar daqui a pouco.

Carrie arqueou as sobrancelhas com jeito questionador.

— Parece interessante.

Serena ignorou-a e continuou a caminho de sua sala. Uma vez lá dentro, afundou-se no sofá em frente à mesa e tirou os sapatos.

Tinha enlouquecido oficialmente.

Fechou os olhos. Deus do céu, mas como é que poderia ter uma conversa normal com o homem a respeito de escravidão sexual?

Cliente. Tinha fingido que estava a serviço de uma cliente. Assim não pareceria tão pessoal, e se esse tal de Damon reagisse como se ela tivesse alguns parafusos soltos, então poderia se safar culpando as agruras do seu ramo de negócios. Se ele havia pesquisado, provavelmente já suspeitava de que ela o estivesse contatando por causa de um cliente.

Sentindo-se um pouco melhor com a idiotice extrema de seu plano e com o terror que implicava, ela acomodou as costas e tentou relaxar. Alguns longos minutos depois, o interfone tocou.

— Serena, o motorista do Damon Roche está aqui para te buscar — Carrie disse.

Serena levantou-se correndo e alisou as roupas depressa. Calçou os sapatos novamente e pegou a bolsa antes de sair da sala e seguir pelo corredor, a passos largos.

Um homem grande e de físico robusto estava ao lado de Carrie. Quando viu Serena, baixou a cabeça, em forma de cumprimento.

— Se estiver pronta, srta. James, o carro está esperando.

Ela assentiu e seguiu o homem até o elevador. Desceram em silêncio. Ele segurou a porta do prédio para ela sair e depois a conduziu para a rua.

Um Bentley reluzente estava parado do outro lado, o metal brilhando sob o Sol.

— Belo carro — murmurou.

O motorista apenas concordou com a cabeça, abriu a porta de trás e fez um gesto para que ela entrasse. Alguns instantes depois, estavam prosseguindo em meio ao tráfego pesado.

Ela passou as mãos sobre o banco de couro macio, deliciando-se com o tato suave de tamanho luxo. Ainda não estava convencida de que Damon Roche não fosse um traficante.

— A temperatura está do seu agrado, srta. James?

Ela lançou um olhar para o motorista, que a estava observando pelo retrovisor.

— Está ótima, obrigada.

Ele voltou o olhar para a rua e Serena direcionou a atenção para a janela, a fim de observar o borrão dos carros passando. Finalmente, entraram no estacionamento de um restaurante e pararam sob o toldo que cobria a entrada.

A porta de Serena abriu e um dos *valets* estendeu a mão para ajudá-la. Antes que chegasse à entrada, o *maître* cumprimentou-a e a acompanhou rapidamente para dentro.

Aquele lugar, sim, era o que o sr. Gallows deveria ter escolhido para a fantasia de *chef* executivo. Parecia exclusivo e obviamente voltado para uma clientela muito luxuosa.

— O sr. Roche vai recebê-la aqui — disse o *maître* com uma reverência ao abrir a porta de um opulento salão de jantar privativo.

Ela entrou com as pernas trêmulas e viu um homem levantar-se da cadeira à mesa posta para duas pessoas. Deus do céu, o homem era maravilhoso. Gritava riqueza e classe desde a ponta dos sapatos italianos até a ponta dos cabelos arrumados meticulosamente.

— Serena — cumprimentou ele ao se adiantar para recebê-la. — Que bom que pôde vir.

Colocou a mão dela sob o braço e a guiou até a cadeira. Serena precisou se controlar para não ficar boquiaberta ao se acomodar na cadeira confortável.

Primeira regra de negócios: nunca deixe o oponente perceber que tem vantagem.

Endireitou as costas e dissipou o espanto que ele inspirava. Ok, talvez não fosse espanto e sim uma enorme descarga de pura luxúria.

Foco, Serena. Pelo amor de Deus.

Recuperando a compostura, ela relaxou graciosamente na cadeira quando um garçom serviu vinho em sua taça.

— Espero que me acompanhe em uma taça de vinho, já que não vai dirigir. Espero que não seja presunçoso demais da minha parte escolher a marca ou pedir que o garçom sirva uma prova.

— Não tem problema — respondeu ela tranquilamente. — Adoro vinho.

— Excelente.

Ele fez um gesto antes de se sentar diante dela, e o garçom trouxe dois cardápios.

— Espero que esteja com fome — Damon observou. — A comida daqui é soberba.

— Na verdade, estou — ela admitiu. Seus nervos haviam impedido que comesse muito no dia anterior. — Tudo isso era desnecessário, sr. Roche — disse, fazendo um gesto para indicar o salão. — Tive a impressão de que o senhor era um tanto ocupado, e meu pedido não é... importante.

— Por favor, me chame de Damon — ele respondeu com um sorriso. — E não foi transtorno algum. Já a respeito do assunto que gostaria de discutir comigo, talvez devêssemos falar sobre ele antes que você decida, de forma tão precipitada, não dar a importância que tem.

Ela tomou um gole do vinho ao analisar o cardápio. Esperava que Damon Roche tivesse encarado sua ligação como um transtorno e aceitasse sua ansiedade de deixar o assunto de lado de uma vez por todas, mas ele estava sendo muito insistente para saber por que ela havia ligado. Foi difícil evitar um suspiro.

— Talvez devêssemos pedir antes — sugeriu Damon.

— Já decidi, se você estiver pronto para pedir — ela disse ao colocar o cardápio de lado.

Mais uma vez ele acenou e o garçom apareceu. Serena fez o pedido e observou o sorriso aprovador de Damon. Um arrepio eufórico desceu por sua espinha e então ela franziu a testa. Por que diabos importava se ele aprovava sua escolha?

— Vou pedir o mesmo — disse Damon, devolvendo o cardápio.

O garçom pegou o dela também e se afastou da mesa. Assim que ele desapareceu, Damon voltou o olhar para Serena. Seus olhos de um castanho cálido a avaliavam, reluzindo com interesse. Analisavam cada centímetro seu, o mesmo que ela fazia com ele.

— Então, o que gostaria de discutir comigo, Serena?

Ela sorveu outro gole de vinho antes de colocar a taça na mesa.

— Sua pesquisa foi bem detalhada? — perguntou. — O quanto descobriu sobre mim antes de me ligar?

Os lábios dele se curvaram em um meio-sorriso.

— Você é do ramo de realização de fantasias. Muito admirável. Seus clientes falam muito bem de você.

— Como diabos você saberia o que meus clientes têm a dizer? — ela perguntou áspera.

— A internet é uma ferramenta maravilhosa. Incrível o que a gente descobre com uma pesquisa no Google.

— Não saberia dizer — murmurou ela. — Não tenho o hábito de procurar sobre mim no Google.

— O que posso fazer por você? — ele repetiu. — Talvez uma doação para os clientes que atende?

As faces dela ficaram tensas com o constrangimento.

— Não! Não peço doações. O assunto não é dinheiro. Eu não...

Damon ergueu a mão para interrompê-la.

— Desculpe-me. Não tinha a intenção de ofendê-la. Vamos começar de novo. Por que não me diz o que queria discutir?

Serena endireitou os ombros e reforçou a coragem que murchava.

— Tenho uma cliente com uma fantasia um pouco diferente dos meus pedidos usuais.

Ele permaneceu em silêncio, esperando que ela continuasse.

— A maioria dos meus clientes quer uma experiência, algo com que sonharam, mas sentem que nunca vão conseguir realizar sozinhos. Acho que talvez, neste caso, seja mais falta de coragem do que uma inabilidade de atingir a satisfação.

Damon assentiu.

— Faz sentido.

Ela respirou fundo.

— A fantasia dela é ser dominada por um homem.

Ele não reagiu de imediato. Apenas ficou ali sentado, observando-a, esperando mais.

— Não sei bem o nome exato para isso, mas talvez "escrava sexual" seja o mais adequado — ela acrescentou em tom baixo, depois de uma rápida olhada em volta para ter certeza de que não havia ninguém ouvindo. — Isso foi, para mim, um problema um tanto incomum — continuou. — Obviamente não é algo que eu possa arranjar para ela ou pagar. Não pretendo me envolver em nenhum problema com a lei, nem tenho vontade de passar algum tempo na cadeia por apologia à prostituição. A Faith me contou sobre o seu... sobre a The House, e sugeriu que talvez você pudesse me ajudar a encontrar alguém adequado para a... fantasia desta mulher.

Damon esfregou o queixo, pensativo.

— Entendo.

Se esperava que ele ficasse chocado ou até achasse graça, não estava preparada para que ele a levasse tão a sério.

— Conte mais — pediu ele, inclinando-se para frente na cadeira. — Você diz fantasia. Suponho que ela não esteja procurando uma situação permanente.

— Hum, não. Talvez pelo período de um mês. Ela quer que seja um tempo longo o bastante para que possa ter uma experiência plena e com todas as nuances, mas é puramente uma fantasia.

— E a Faith achou que eu pudesse ajudar — ele disse com um sorriso de divertimento.

— Não pessoalmente — apressou-se a responder. — Ela mencionou a The House e pensou que você pudesse conhecer alguém adequado e que não se importasse com um arranjo temporário.

— E o que esse homem receberia em troca pelo... serviço?

— Bom, essa é a parte difícil — respondeu Serena.

Foram interrompidos quando o garçom voltou com a comida. Serena parou o que estava dizendo e esperou até que ele servisse os pratos e fosse embora, antes de continuar. Ela pegou o guardanapo e o colocou sobre os joelhos ao voltar os olhos na direção de Damon.

— Não posso pagá-lo pelo sexo, obviamente. Posso fazer um contrato enfatizando os aspectos não sexuais do acordo. Qualquer coisa além disso ficaria puramente a critério das partes envolvidas.

— Mas sexo é esperado — Damon disse.

— Bem, sim, não oficialmente, claro — Serena acrescentou depressa.

Ela experimentou o peixe grelhado e suspirou contente quando o sabor explodiu em sua boca.

— Você está certo. A comida é excelente.

— Fico feliz que aprove.

Comeram em silêncio por alguns instantes antes que ela o espiasse e percebesse que ele a observava.

— Então, o que acha? — Serena perguntou hesitante.

— Não é um pedido insensato — ele respondeu apenas. — É provável que eu encontre alguns candidatos para você avaliar. Pesquiso extensamente o histórico dos membros da The House, mas avaliaria uma pequena lista de homens com ainda mais critério antes de apresentar a você. Com a permissão deles, claro.

Ela assentiu.

— Gostaria de fazer minha própria pesquisa de histórico, em paralelo com as informações que você disponibilizar.

— Claro. Também pediria que me informasse o nome da cliente para que eu também possa fazer uma verificação de segurança a respeito dela.

Os olhos de Serena arregalaram-se de surpresa.

— Se for para eu dar acesso às minhas instalações e pedir que um dos membros participe dessa fantasia complexa, tenho que garantir que a mulher se adéque. Compreendo que ela não fique à vontade em revelar a identidade, mas é necessário para eu oferecer meus serviços.

Isso não estava saindo como ela havia planejado. Não que pudesse manter o segredo para sempre, mas certamente não havia necessidade de revelar a identidade se não encontrasse nenhum candidato adequado.

Tome vergonha e pare de ser tão covarde.

Com certeza estava precisando de um novo discurso motivacional, porque, em termos de inspiração, esse não estava fazendo muito efeito.

— Vou... falar com a minha cliente e passo as informações por e-mail esta tarde — Serena esquivou-se.

— Um resumo do que exatamente ela quer também seria útil. Precisaria que fosse tão específica quanto possível para nenhum dos lados acabar se decepcionando.

Ela assentiu com a cabeça.

— Concordo.

Ergueu os olhos e sustentou o olhar de Damon. Ele era realmente bonito. Parecia arrogante, mas não chegava a ser insolente. Seguro de si. Confiante. À vontade na própria pele.

Um poder sutil o rodeava como uma aura, e ela se permitiu brevemente cair na fantasia de como seria pertencer a ele. Dominada.

Só a palavra já causava um arrepio por sua espinha. Sentiu um aperto entre as pernas e o clitóris formigou e pulsou até que ela precisou se arrumar melhor na cadeira para aliviar a pressão.

Os dedos dele tamborilavam distraídos na taça de vinho, e ela observou fascinada quando um deslizou suavemente pela superfície. Damon tinha mãos lindas. Dedos longos e esguios. Como seria senti-los na pele?

— A comida não está do seu agrado?

Ela piscou e sacudiu a cabeça antes de fitar a entrada no prato, apenas meio comida.

— Não é isso — respondeu depressa. — Está excelente. Desculpe, estou só organizando meus pensamentos.

Comeram o resto da refeição em relativo silêncio, apenas quebrando-o para uma conversa furada de vez em quando. Quando ela terminou a última garfada, olhou no relógio e fez uma careta.

— O almoço foi delicioso, mas preciso mesmo ir.

Damon levantou-se e fez um aceno de cabeça para um dos garçons.

— Vou trazer o carro imediatamente. Posso acompanhá-la até lá fora?

Ela se levantou quando ele ofereceu o braço, e sorriu pelo cavalheirismo.

— Sua mãe deve ter orgulho — comentou ela, ao caminharem em direção à porta.

— Bem, na verdade, sim, mas por que diz isso? — perguntou ele em um tom intrigado.

— Seus modos são impecáveis.

Ele riu.

— Minha mãe não teria problemas em me encontrar e me dar uma surra se algum dia eu me esquecesse dos bons modos, ainda mais com uma mulher. Ela é uma dama do sul da ponta dos dedos do pé até o topo da cabeça.

Quando chegaram à saída, o *maître* abriu a porta e Serena viu o Bentley estacionado a alguns metros. Damon a acompanhou até a porta e a abriu antes de ajudá-la a entrar no banco de trás. Ele se inclinou, a mão segurando a parte de cima da porta.

— Foi um prazer, Serena. Estou ansioso para ter mais notícias suas.

Ela sorriu quando ele endireitou as costas e deu um pequeno aceno quando o carro entrou em movimento. Ficou parado, observando-a por um longo instante antes de enfiar as mãos nos bolsos e voltar para o restaurante.

Um aperto nervoso tomou conta da barriga de Serena e ela relaxou no encosto do banco como um balão murcho.

Não foi tão ruim. Não foi tão ruim.

Havia sobrevivido e ele havia tornado a conversa fácil. A caminho do escritório, um pensamento lhe ocorreu. Damon era dono da The House, um estabelecimento que oferecia fantasias sexuais, fato que implorava a seguinte pergunta: qual era a dele?

Capítulo 3

Em vez de voltar para o escritório no centro, Damon dirigiu até a região norte de Houston, onde a propriedade particular que havia transformado na The House estava localizada. Tinha dado seu endereço de e-mail a Serena e se viu curioso pelos detalhes do pedido da cliente dela.

Serena James era intrigante. Tinha uma beleza estonteante. Esbelta, pernas longas, olhos grandes e exóticos e cabelos negros que caíam como seda pelos ombros. Os dedos de Damon com certeza coçaram para tocá-los, para acariciá-los e depois envolvê-los ao redor do punho.

Quais eram os segredos dela? Seus olhos escondiam muitos, havia uma aura misteriosa capaz de enfeitiçar um homem, de fazê-lo se aproximar e descobrir o que se escondia por baixo do exterior despojado.

Fantasy Incorporated. Negócio interessante. Ele não era muito adepto a fazer teatrinho e fingir, mas era uma grande parte do que acontecia na The House. Pessoas gostavam de escapar da realidade por um período. Ele entendia e encorajava, mas, depois de um tempo, a fachada o entediava.

Podia pensar num bom número de homens que ficariam mais do que felizes em guiar uma mulher por uma fantasia elaborada e dispostos a abandonarem o barco quando tudo chegasse ao fim. Temporário. Uma palavra importante que guardava uma riqueza de significado no mundo das fantasias sexuais.

Damon, porém, não queria algo temporário. Por um longo tempo tinha ficado a distância, observando, esperando, acreditando que, se fosse paciente, a mulher certa apareceria, que as coisas que desejava viriam também. Havia aprendido a ter paciência ainda jovem, mas agora percebia que ela rapidamente se esgotava.

Encontrar uma mulher não era o problema. Houve muitas — bonitas, inteligentes — que transitaram por sua vida com desenvoltura. Desfrutara das companhias, dera prazer e o recebera em troca, mas, no fim das contas, elas não estavam dispostas a lhe dar a única coisa que ele queria: elas mesmas. Inteiras, completamente. À sua proteção e a seus cuidados.

Ele podia já ter sossegado há muito tempo, mas havia feito uma promessa a si mesmo: nunca se contentaria com nada menos do que o que queria realmente.

O portão de segurança abriu-se quando ele inseriu o cartão; em seguida dirigiu pelo caminho sinuoso até a The House. Estacionou e saiu, piscando para o Sol forte que banhava seu rosto. Apertando os olhos, seguiu para a porta. Entrou no local fresco e mais escuro, apreciando o frio do ar-condicionado tocando sua pele.

A The House estava vazia. Nenhum dos funcionários chegaria até mais tarde. Gostava do silêncio e da solidão que chegar cedo lhe proporcionava. Seu escritório era confortável e receptivo, e ali estava cercado por objetos que lhe davam prazer.

Era decorado num estilo do velho mundo, com vários modelos de veleiros pontuando as superfícies das mesas, peças de antiquário. Um antigo globo estava sobre sua escrivaninha, e, decorando as paredes, estavam pinturas de navios antigos, barcos pesqueiros e mapas do tesouro amarelados.

Ele sorriu como sorria todas as vezes que entrava no escritório, pois era onde se sentia em casa. Sobre a mesa estavam várias correspondências, mas sobre todas elas havia um envelope amarelo-pálido, que parecia delicado e feminino como a remetente.

Sentou-se e pegou o envelope, seu sorriso ficando mais amplo. Sua mãe. Ela se recusava a entrar no século XXI e usar métodos mais modernos de comunicação, tais como e-mail ou mensagens de texto, Deus a livre. Não, ela se apegava teimosamente à correspondência e dizia que nada substituía receber pelo correio uma carta escrita à mão.

E talvez estivesse certa, pois ele esperava ansioso por suas cartas. Eram sempre cheias de ternura e de amor, e sua voz surgia das páginas como se ela estivesse sentada diante dele, dando um sermão materno.

Teria que ligar para ela depois. Poderia sentar e falar ao telefone enquanto desfrutassem de uma taça de vinho. A imagem dela sentada no deque de madeira, de frente para os ciprestes nodosos do pântano, na casa de Louisiana onde ele crescera, encheu-o de saudades de casa.

Só voltara lá uma vez depois da morte do pai, há dois anos, mas brevemente. Era difícil demais encarar a casa da infância sem a presença marcante de seu pai.

Era hora de voltar.

Normalmente agradeceria pelo silêncio da tarde e do começo da noite, mas naquele dia o achava sufocante, desconfortável. Estendeu a mão para o controle sobre a mesa e apertou um dos botões.

Os acordes suaves de música clássica preencheram a sala, crescendo e reverberando das paredes com um pequeno eco. Relaxou na cadeira e se reclinou, colocando as mãos atrás do pescoço para apoiar a base da cabeça.

Fechou os olhos e permitiu que a música o acalmasse. Por que, de repente, se sentia inquieto e agitado, não sabia dizer. Mas não mudava o fato de que se sentia enjaulado como um leão em cativeiro.

Depois de um momento, endireitou a postura e se inclinou para a frente, a fim de observar a carta mais uma vez antes de desdobrá-la com cuidado. Abriu-a na mesa e a colocou sobre outros envelopes de cor pastel, de sua mãe.

Alongando-se na cadeira, mexeu o mouse para tirar a proteção de tela do monitor e clicou para abrir sua caixa de e-mails.

Passou vários minutos trabalhando nas mensagens da caixa de entrada. A maioria era de assuntos de menor importância, fáceis de lidar. Alguns que precisavam de mais atenção, ele encaminhou para a assistente pessoal.

Uma nova mensagem apareceu, e ele viu o nome de Serena no campo do remetente. Intrigado, ele o abriu.

Damon,

Segue uma carta detalhada com os requisitos da fantasia. Sinta-se à vontade para encaminhar a seus prospectos.

Serena James

Damon rolou a mensagem para ver a carta anexada ao e-mail.

Para ser sincera, sinto-me muito constrangida de revelar meus segredos mais profundos a um estranho, e ainda mais constrangida de confiar em você para a realização de uma fantasia que mal consigo admitir para mim mesma, que dirá para outra pessoa.

Como posso explicar o ímpeto que toma conta de mim quando imagino ser dominada por um homem? Pertencer a ele. Ser cuidada e protegida. Nada me falta na vida para sugerir um desejo tão radical por escravidão sexual. Nenhuma razão psicológica profunda que alimente o apetite pela submissão. Algumas coisas simplesmente acontecem e, para mim, essa foi uma delas.

Penso com frequência nas minhas fantasias. Normalmente, tarde da noite, no silêncio da escuridão, elas vêm até mim, sedutoras e envolventes. Imagino bem a cena, isto é, como tudo começa.

Estou num salão cheio de homens famintos. O desejo de prazer carnal paira, é pesado como uma névoa. Estou nua, exceto pelas cordas que amarram minhas mãos atrás das costas. E eu espero. Por você.

Vou ser comprada esta noite, mas por quem? Muitos homens estão dispostos a pagar um preço alto pelo prazer de serem meus donos. Me excita e me assusta ao mesmo tempo. Espero com pernas trêmulas, os olhos voltados para baixo, pois ouço os murmúrios ansiosos ao meu redor.

E então você entra. Não o vejo, mas o sinto no momento em que entra no salão. Há uma mudança sutil na energia, e os outros também percebem. Posso senti-los prendendo a respiração ao olharem para você. E então ergo os olhos.

Você me fita do outro lado do salão. O primeiro olhar é um choque no meu sistema, pois vejo a promessa em seus olhos. Você me quer e vai ter a mim.

Há arrogância na sua postura quando caminha decidido, passos largos, na minha direção. Você para a alguns metros de distância e fala com o meu guardião. Me esforço para ouvir. Estou ansiosa para escutar o que estão dizendo, mas vocês mantêm a voz baixa demais.

E então vem na minha direção outra vez, e eu estremeço quando cada passo te traz mais perto até que fique a meros centímetros do meu corpo nu. Você estende o braço e enrola meu cabelo na sua mão, erguendo meu queixo até que o pescoço fique exposto e vulnerável a você. Há satisfação nos seus olhos, como se você me achasse agradável, um fato que me traz grande contentamento. Percebo que desejo lhe dar prazer mais do que qualquer coisa que desejei antes.

Você se curva e se aproxima até seus lábios pairarem de forma precária sobre os meus e então sussurra:

— Você vai ser minha.

Quando me solta e se afasta, engulo de volta a onda de excitação. Porém, mais do que ansiedade, é a necessidade que me preenche. Preciso pertencer a você. É o que desejo como o ar que respiro.

Uma estranha mão puxa meus punhos amarrados e eu protesto em silêncio ao ser conduzida para longe de você. Mas seu olhar me acompanha, e uma promessa incendeia seus olhos. Você vai me possuir.

Ando com passos incertos até a frente do salão, e alguém a distância anuncia que o leilão vai começar. Estou de costas para todos até que recebo a ordem de me virar, o que faço timidamente.

Analiso os homens reunidos e absorvo seus olhares cheios de luxúria, mas é você que procuro, que desejo. Prendo a respiração e bolhas minúsculas de pânico estouram em meu estômago. Não o vejo em lugar algum.

Um homem dá um lance e depois outro, e ainda não ouço você. Por vários minutos tensos, ouvem-se as vozes e o preço sobe. Depois uma pausa. Cai o silêncio. Ouço meu guardião como se não houvesse outro lance, quando ele se prepara para fechar o leilão.

Meus olhos se fecham e o desapontamento aperta meu peito.

E então o ouço. Sua voz firme surge sobre os murmúrios dos ali reunidos. Você anuncia uma soma impossível, muito mais alta do que os lances anteriores, e fica claro que não tem intenção de abrir mão do seu prêmio.

A alegria explode em minha alma, pois sei que vou ser sua. Minha pele ganha vida, formiga, e mal consigo conter a excitação. Sou repreendida pelo guardião, mas é a você que deverei resposta e a nenhum outro.

Há comoção enquanto os apostadores processam a sua oferta, mas ninguém se prontifica a elevá-la. Meu guardião sorri, pois conseguiu um ótimo preço por mim esta noite.

Decreta o fim do leilão e você se adianta. A multidão se abre para você caminhar até a frente. Meu guardião me coloca de joelhos e me lembra de lhe demonstrar o respeito apropriado. Não preciso de lembrete e me ajoelho de bom grado, esperando suas ordens.

— Olhe para mim — você diz num tom suave, mas que não permite questionamento.

Ergo a cabeça quando você para diante de mim, forte, poderoso. Sua mão acaricia meu rosto, e fecho os olhos ao me aconchegar na sua palma. Seu toque é mágico. Quente e sensual, começando a acender minhas entranhas.

Você tira a mão, e seus dedos vão até suas calças. Você a desabotoa e abre o zíper. Por um instante, sua mão desaparece, mergulhando dentro delas. Você tira o pênis do confinamento. Ele vem à tona, livre, diante do meu rosto. É grande e grosso, ereto, e seu cheiro almiscarado me envolve.

Você o estimula com a mão uma vez e de novo, para cima e para baixo, por todo o comprimento, aproximando o membro de mim. Minha boca saliva e eu abro os lábios ansiosamente; minha necessidade de sentir seu gosto é avassaladora.

Uma das suas mãos desce pelos meus cabelos e se encaixa na minha cabeça com força, segurando-me no lugar. Arrepios fortes descem dançando pela minha coluna e se espalham por minha pele.

— Abra para mim — você manda.

Obedeço. Não há um único pensamento de desobediência em minha mente. Só quero satisfazê-lo e receber prazer em troca. Você segura o membro com uma das mãos e o desliza dentro da minha boca, ao puxar minha cabeça na sua direção com a outra.

Seu gosto explode na minha língua. Todo masculino. Tão vigoroso e mundano. Você é firme e ao mesmo tempo macio na minha boca. O contraste me fascina e me deixa faminta por mais.

Sugo você mais fundo e passo a língua por todo o seu comprimento, mas você recua e aperta minhas mandíbulas como um pequeno lembrete de que você está no controle, não eu. Relaxo e me entrego à sua autoridade. Permito que dite o ritmo e que use minha boca como quiser.

Você empurra mais, enterrando-se no fundo da minha garganta e parando. Engulo-o e sinto o prazer que isso lhe dá. Isso me agrada.

Meu corpo não me pertence mais. De repente ele canta num tom que só você toca. Meus seios estão túrgidos; meus mamilos, dolorosamente rígidos. Quando você abaixa a mão para pegar um bico duro, quase faz meu orgasmo explodir.

Tento recuperar o fôlego e o controle, pois ainda não o levei ao clímax. Minha vagina queima como se alguém trouxesse fogo para junto dela. Cada nervo está tão tenso, que qualquer estímulo será insuportável, tenho medo.

Você me preenche de novo e de novo, seu sexo deslizando com tanta elegância por minha língua. Então você se torna mais urgente, suas investidas são mais fortes. Está próximo. Suas duas mãos agarram minha cabeça, enredadas em meus cabelos conforme você me puxa ao encontro de cada estocada.

Seus sussurros quentes caem em meus ouvidos, cálidos e tão doces quanto mel. Você inunda minha boca com o seu alívio. Suas mãos ficam mais gentis ao segurar e acariciar meu rosto. Há afeto em seu toque quando murmura que eu o satisfiz.

Deleitando-me, recebo cada gota da sua ereção antes que você finalmente se afaste.

Meu corpo grita pelo seu. O seu prazer é o meu. Você se inclina e me beija de leve no topo da cabeça e então me ajuda a levantar. Suas mãos descem trilhando meu corpo e depois sobem enquanto explora minha maciez.

Você pega um mamilo entre os dedos e gira, testando. Com apenas um olhar, dá uma ordem ao meu guardião, que me segura pelos ombros para me equilibrar quando sua mão desce mais.

Minha respiração se prende bruscamente quando seus dedos afundam entre minhas pernas para a umidade na minha entrada. Você estimula meu clitóris e eu gemo. Minhas pernas tremem e ameaçam fraquejar, mas meu guardião me segura para você.

— Goze para mim — você me diz.

Oh, sim, vou gozar.

Tento respirar, mas é como inalar fogo. O ar incendeia meus pulmões e se prende no meu peito.

Com a outra mão, você puxa meus mamilos; primeiro um, depois o outro.

— Não a deixe cair — você adverte meu guardião, e as mãos dele ficam mais firmes nos meus ombros.

Você desliza os dedos pelos meus fluidos, para a frente e para trás sobre meu clitóris dolorido e depois sobre a abertura, onde você me provoca, impiedoso.

— Você fantasia com o meu pau enterrado dentro de você? — pergunta em tom aveludado.

— Sim — ofego. — Quero mais do que tudo.

Você sorri e aumenta a pressão dos dedos.

— Em breve. Em breve você vai me ter inteiro. Por enquanto, quero que goze com seu guardião te segurando para mim, pois vai ser a última vez que outro homem jamais vai te tocar. Agora você é minha.

Suas palavras, mais do que seu toque, disparam o orgasmo pelo meu sexo. O meu estilhaçar é assustador e esplêndido na mesma proporção. As mãos do meu guardião estão firmes em mim quando me curvo e estremeço. Meus joelhos ameaçam se dobrar, mas vocês dois me seguram em pé.

Quando quebra a última onda do meu prazer, você ordena que meu guardião me solte. Há formalidade nos seus atos quando você cuida da transferência de propriedade. Ainda não fui desamarrada, mas você pega meu braço e me leva dali.

Fora do salão, você me desamarra com cuidado e depois me envolve num robe para proteger minha nudez dos olhos dos outros. Embora não diga nada, sinto sua possessividade em relação a mim.

Quando vamos embora, você me diz mais uma vez que sou sua, e fico feliz de ouvir, pois sou sua agora, e estou contente por isso.

Damon endireitou as costas na cadeira, aturdido por quanto havia sido afetado pela carta. Raramente tinha visto algo tão sincero e cru. Nada de meias-palavras, nenhum constrangimento evidente. Apenas um relato honesto e verdadeiro dos desejos mais íntimos de uma mulher.

Seu olhar continuou seguindo pelo e-mail até onde estavam listadas as informações pessoais da remetente. Ele franziu a testa e se inclinou para a frente bruscamente na cadeira.

O nome, o endereço e a data de nascimento da cliente diziam respeito a *Serena James.*

Um sorriso curvou seus lábios. Então era um blefe. A cliente era ela o tempo todo, mas havia esperado para revelar quando não estivesse diante dele.

Algo potente invadiu suas veias. Excitação? Desejo? Ou era algo completamente distinto? Expectativa. Lambia como chamas ávidas sobre lenha seca.

De repente não havia dúvida quanto à pessoa que encontraria para realizar a fantasia de Serena. O inferno congelaria antes que a entregasse a outro homem. Se ela queria ser a maldita escrava de alguém, seria a dele.

Capítulo 4

Serena saiu do utilitário e deu uma corridinha até o campo de beisebol, consciente de que estava atrasada. Quando circundou as arquibancadas e percorreu o olhar pelos assentos, na maior parte vazios, viu Julie olhar em sua direção e acenar. Faith também se virou e ofereceu um sorriso como cumprimento quando Serena dirigiu-se até onde estavam sentadas, distante de uma porção de pessoas, sentadas do lado oposto.

— Não tinha certeza se você viria — Faith disse quando Serena largou o corpo no assento ao lado.

— E perder nosso passatempo favorito de cobiçar homens maravilhosos de bermuda e camisas suadas? — Serena perguntou com horror fingido.

— Amém, gata — murmurou Julie, fitando o campo.

Os homens que trabalhavam com Faith na Malone and Sons Security estavam jogando uma miniliga de quatro semanas, ou algo a que eles se referiam como "coroas revivendo os dias de glória". Em geral, era uma desculpa para farrear e beber um monte de cerveja depois.

— Nunca consigo decidir qual deles é meu favorito — Serena comentou ao dar uma secada em Connor Malone e Micah Hudson. — Seu irmão é bem sexy, Faith, mas o Micah também é.

— O que há de errado com o Nathan? — Julie quis saber.

Serena sorriu.

— Nada, a não ser que você já urinou no cara e marcou território.

Faith quase engasgou com a risada e Julie teve que bater em suas costas.

— Quando você vai tomar uma atitude com ele? — Serena perguntou.

— Não sei — Julie resmungou. — Ele é... difícil.

— Tente nudez — Faith disse com solenidade. — Funciona que é uma maravilha.

Foi a vez de Serena rir.

— Deus, como se a gente precisasse da imagem da doce Faithzinha como veio ao mundo, enfeitiçando o homem dela. Já vejo a forma como o Gray te olha vestida. Nem quero saber como ele te olha pelada.

Faith sorriu serenamente e bateu palmas com entusiasmo quando Gray foi para a posição de rebatedor.

— Shhh, vocês duas. É a vez do Gray.

Julie revirou os olhos, mas concordou.

Faith levantou e guinchou como uma menina quando Gray deu uma rebatida dupla contra a parede do centro, fazendo Connor retornar à base. Assim que ela se acomodou outra vez, Julie olhou além de Faith e travou o olhar com Serena.

— Ainda estou esperando para ouvir todos os detalhes escandalosos que perdi no outro dia.

— Você quer dizer que ainda não espancou a pobre Faith até a morte para saber dos podres?

Julie bufou.

— Ela pode parecer doce, mas é como uma mula em termos de teimosia. Ela me informou que, como a história era sua, você é quem deveria contar, não ela.

— Nossa, obrigada, Faith — Serena disse docemente. — Quanta consideração.

— Shhh, o Micah vai rebater.

— Ai, pelo amor de Deus — Julie disse ao se levantar e se dirigir para o outro lado de Serena. — Faith, querida, na verdade a gente não vem aqui para assistir ao *jogo*. A gente vem fofocar e babar.

Ela se acomodou ao lado de Serena e jogou os cabelos castanhos sobre os ombros.

— Agora a fofoca, Serena, e não deixe nada de fora, ou eu juro que vou retaliar e os resultados não vão ser bonitos.

— Você definitivamente não vai me deixar apreciar a paisagem, vai? — Serena perguntou com um suspiro de contrariedade.

— Você pode assistir e conversar ao mesmo tempo.

Serena revirou os olhos e se inclinou para frente, relatando em voz baixa a conversa que tivera com Faith, e o subsequente encontro com Damon.

— Caraca. — Julie suspirou. — Agora, isso, sim, é que eu chamo de notícia bombástica.

— Não tenho certeza se gosto do que você está querendo dizer com isso — disse Serena num tom seco.

— Entendo a parte da fantasia, mas, Serena, *escrava sexual*? — Julie indagou incrédula.

— Shhh! — Serena sibilou. — Pelo amor de Deus, eu queria que a grande Houston ainda não tivesse ouvido.

— Você vai mesmo fazer isso? — Julie perguntou em um tom mais baixo.

Serena parou por um minuto e se virou para a amiga.

— É, acho que vou.

— Uau. Você tem colhões, amiga. Tiro totalmente o chapéu para você. Sou uma supermedrosa. Não consigo tomar coragem nem para chamar o Nathan para sair e você está aqui embarcando nas suas fantasias mais sombrias.

Havia um brilho pesaroso nos olhos castanhos de Julie. A admiração sombreou sua expressão e um tracinho de inveja também.

— Se posso discutir escravidão sexual na hora do almoço com um cara que parece um modelo de capa da revista *GQ*, então acho que você deveria pelo menos ter coragem de chamar o Nathan para sair — apontou Serena.

— GQ, hein? Esse é o amigo da Faith, não é? — Julie lançou um olhar de soslaio para Faith, que mantinha os lábios apertados numa linha, embora seus olhos brilhassem risonhos. — Acho que ela anda escondendo coisas da gente, Serena. Não apenas trabalha com um bando de caras gostosos, mas agora anda cultivando amizades com donos gostosos de clubes de sexo?

Faith deu um suspiro exagerado. Em seguida, levantou num salto quando Gray chegou à base.

— Garotas precisam aprender a dividir — resmungou Julie.

— Ei, eu te dei o Nathan de bandeja. O que mais você quer? — Faith inquiriu ao largar o corpo de volta no banco ao lado de Serena.

— Ela tem razão, Julie — Serena observou. — Ela o levou até você quando ele quis furar a orelha e você o deixou viciado naquelas massagens.

Julie suspirou de tristeza.

— Aposto que, se você aparecesse sem roupa para fazer massagem nele, ele te notaria — Faith comentou.

— Faça-o rolar de frente — Serena disse com um sorriso malicioso.

— Ele não é um maldito cachorro — Julie respondeu sombriamente.

Faith murmurou um palavrão quando um dos rapazes foi derrubado de primeira, terminando a rodada. Então se voltou para Serena, a expressão séria.

— Tem certeza de que sabe onde está se metendo, Serena? Quero dizer, você pensou direito?

Serena inspirou bruscamente e depois fez que sim.

— Pensei, isso é algo que eu quero fazer. Ei, também não é como se eu fosse fazer uma mudança enorme de vida. É uma fantasia temporária. Se eu odiar, coloco um fim nisso rápido e vou sonhar com alguma coisa diferente.

— Confio no Damon — disse Faith. — Ele vai cuidar direito de você, eu sei.

— Como foi mesmo que você conheceu o Damon, hein? — Julie interveio. — Parece que essa só pode ser uma história escandalosa.

Faith corou e olhou para as próprias mãos.

— Digamos que eu tinha algumas fantasias próprias e o Damon foi bem útil em direcionar o meu caminho.

— Fala sério! — Julie exclamou, quase se jogando em cima de Faith. — O Gray sabe disso?

Faith deu uma risadinha.

— O Gray me arrancou do clube do Damon, então, sim, ele sabe.

Serena estremeceu de leve.

— Garota, você se diverte mesmo. O que eu não daria por um homem dando uma de machão para cima de mim.

— Então, hum, quais eram essas fantasias suas, Faith? — Julie insistiu.

Faith corou de novo.

— Não eram tão diferentes das da Serena, que é o motivo de eu ter indicado o Damon.

Julie arqueou uma sobrancelha, depois olhou de Faith para Serena.

— Não pensem nada disso a meu respeito, meninas. Não tenho um osso submisso no meu corpo.

— Não estamos aqui para converter você, Julie — disse Serena com uma leve exasperação.

— Só estamos assumindo a nossa sexualidade — Faith acrescentou com firmeza.

Serena assentiu.

— Exato.

— Bem, droga, eu quero assumir a minha — Julie murmurou. — Assim que eu a compreender.

— Está querendo dizer que você é lésbica em segredo? — Serena provocou.

Julie a acotovelou na barriga.

— Engraçadinha. Uma garota não pode ser mais hétero do que eu. Aliás, acho que a minha fantasia pode envolver o Nathan *e* os amigos dele juntos.

Serena tossiu e depois caiu na risada.

Julie estreitou os olhos.

— Ei, não estava brincando.

— Fala sério, Julie. Mais de um cara? E o que diabos você ia fazer com todos eles?

— Ah, você ficaria surpresa — murmurou Faith.

Julie e Serena viraram a cabeça bruscamente na direção de Faith, mas ela ficou olhando para o campo, um olhar de inocência suprema no rosto.

— Me diga que você não fez — disse Julie em voz baixa. — Porque se fez, posso te estripar com a minha inveja.

Faith apenas sorriu e continuou a assistir ao jogo.

— Meu Deus, ela já fez — disse Serena e depois seguiu o olhar de Faith até o campo, onde os rapazes estavam fazendo fila para os cumprimentos. Em seguida, voltou a olhar para Faith, cujas bochechas estavam num tom delicado de rosa. — Com eles?

— Não com o Nathan — Julie grunhiu. — Me diga que não foi com o Nathan.

— Eccaaa! — Faith exclamou. — Quero dizer, não que ele não seja atraente, mas ele é que nem o Connor, pelo amor de Deus.

— Quem? — Julie quis saber. — Isso foi antes ou depois do Gray? Tem que ter sido antes. O Gray não me parece o tipo que gostaria de outro cara comendo a mulher dele. Ele é extremamente possessivo com relação a você.

O sorriso de Faith se alargou.

— Certo, você me fez entregar o jogo, Faith — disse Serena. — Não é justo esconder. Se eu posso admitir que quero ser o brinquedo sexual de algum homem, Jesus, então você pelo menos pode nos contar com quem fez sexo a três.

— Ai, Deus, foi mais do que a três? — perguntou Julie em repentino choque. — Como isso se chama, afinal?

— Um *gang bang*? — interveio Serena, sarcástica.

— Foi só com dois — Faith disse num fio de voz. — Senhor, o que acham que eu sou? Uma aspirante a estrela pornô?

Julie não deixou a oportunidade escapar:

— Quais dois?

— Gray e Micah — Faith resmungou.

Serena olhou para a amiga com admiração recém-descoberta. A doce e tímida Faith claramente era uma garota no comando de seu destino sexual. De repente, ela se sentiu bem a respeito da própria decisão de seguir em frente com os desejos que tinha, e se sentiu ainda melhor por ter compartilhado seus planos com as amigas. Fazia com que não se sentisse mais tão sozinha.

Julie fez um ruído desolado e fechou a cara de maneira exagerada.

— Estou morrendo de inveja. Eu faria um sanduíche com o Connor e o Nathan tranquilamente.

Faith fechou os olhos.

— Julie, por favor. Não preciso de imagens de você e do meu irmão gravadas na minha retina. Vamos parar com essa conversa enquanto ainda estamos no reino da decência.

— Decência? — Julie repetiu. — E quem aqui quer decência? Quero decadência. Hedonismo. Com toda certeza preciso ser apresentada a esse tal de Damon.

Serena franziu o cenho.

— Fique longe do Damon.

Julie olhou-a com surpresa.

— Guarde as garras, colega. Está decretando a posse do sr. GQ?

As faces de Serena ficaram tensas de constrangimento. Que diabos ela estava pensando? E por que a irritava que Julie quisesse tirar uma casquinha de Damon? Ele não era nada de Serena. Só era o elo entre ela e qualquer homem com quem terminasse por causa da fantasia.

Ainda assim, a ideia de Julie-linda-demais fazendo charme para Damon lhe dava vontade de procurar por objetos cortantes.

— Você pode tê-lo depois que ele terminar o que precisa fazer por mim — disse Serena. — Até lá, por que não para de fingir que é toda recatada e vai atrás do Nathan? Você está agindo como se tivesse feito um transplante de cérebro, pelo amor de Deus.

Julie fez cara feia, mas Faith concordou e a cutucou quando os rapazes se puseram a caminhar até elas.

Pobre Julie, parecia tão esperançosa quando Nathan se aproximou, mas ele e Connor estavam conversando compenetrados e nenhum dos dois sequer olhou na direção delas ao se aproximarem, bolsas de equipamentos penduradas nos ombros.

Micah, por outro lado, ficou mais do que contente em parar e flertar. E era um exemplar deslumbrante de homem, Serena tinha que admitir.

— Oi, bonequinha — ele cumprimentou Faith.

Armada com o novo conhecimento sobre as escapadas sexuais de Faith com Micah e Gray, Serena observou a interação dos três com interesse.

Para sua surpresa, eles agiam com muita naturalidade. Gray foi até Faith enquanto ela descia as arquibancadas. Ela sorriu e disse "oi" para Micah, mas envolveu com os braços o pescoço de Gray, quando ele a ergueu e a baixou até o chão, e o beijou com uma paixão que Serena pôde sentir a metros de distância.

Pare de ser uma vadia tão invejosa.

Faith merecia ser feliz e merecia um homem que venerasse o chão onde ela pisava. Serena só queria ter um também.

Micah fitava Julie com interesse não disfarçado, mas ela observava Nathan se afastar com um olhar que só podia ser descrito como de cachorrinho abandonado.

Serena riu e sacudiu a cabeça, o que atraiu um olhar curioso tanto de Micah quanto de Gray. Sorriu maliciosa e aceitou a mão estendida de Micah. Ele a ajudou a descer o último degrau e ela aterrissou no chão ao lado dele, de Gray e de Faith.

Julie não estava sequer olhando para a mão estendida de Micah quando desviou os olhos das costas de Nathan, que se afastava, e finalmente desceu da arquibancada para ir até os outros.

— As moças gostariam de se juntar a nós no Cattleman's para uma bebida? — Micah perguntou com um sorriso preguiçoso.

Era um sorriso charmoso, mas, por alguma razão, Serena estava tendo dificuldade em se livrar das feições de Damon. Ele estava enfiado em sua mente e se recusava a sair dali.

— Sim, vamos. Vai ser legal — disse Faith, quando Gray a colocou ao seu lado e passou um braço por seus ombros.

— Eu vou para casa — Julie disse melancólica.

Faith sacudiu a cabeça, exasperada, e depois trocou um revirar de olhos com Serena quando Julie se afastou.

— Foi algo que eu disse? — Micah perguntou ao colocar os cabelos rebeldes e escuros atrás da orelha.

Serena sorriu e deu um tapinha afetuoso no braço dele. *Hum... belo braço também.*

— Imagine, não foi você. Ela está amuada.

— Adoro uma mulher fazendo beicinho — disse Micah. — É uma ótima oportunidade para oferecer o que elas querem.

Faith riu.

— Você nunca deveria admitir isso, Micah.

Ele deu de ombros.

— O que posso dizer? Adoro agradar as mulheres.

— Eu que o diga sobre agradar uma mulher bonita — Gray murmurou ao passar o nariz na orelha de Faith.

— Ah, pelo amor de Deus — Serena disse com repulsa. — Vocês dois podem parar com isso?

Micah riu e deslizou um braço pelos ombros de Serena. Ela se aconchegou ao lado de seu corpo e desfrutou do calor e do poder que emanavam dele. Tinha um cheiro bom, mesmo com o suor molhando a camisa.

— Por que nós dois não deixamos os pombinhos em paz e vamos para o meu apartamento? — ele perguntou com um sorriso malicioso.

Serena sorriu. Ele era brincalhão e muito sexy, mas, por algum motivo, não rolava a química. Era uma grande pena, inclusive, porque simplesmente sabia que ele seria ótimo na cama.

Ela chegou mais perto e sussurrou em seu ouvido:

— Você não ia me aguentar, querido.

O abraço dele ficou mais forte em volta dela, o corpo ficando mais tenso. Ele tocou-lhe a face e ela virou o rosto para encontrar o olhar dele.

— Eu não teria tanta certeza disso, bonequinha.

Ela quase gemeu. Deus, precisava de sexo do pior tipo.

— Também não vou ser usada como a segunda opção quando a mulher que você realmente quer te deixou aqui.

— Que mulher? — ele perguntou inocente. — Existe outra mulher aqui além de você?

— Hum-hum — interrompeu Faith.

— Quieta, Faith, ele está a ponto de massagear meu ego — Serena repreendeu.

— Massagearia mais do que isso se você deixasse.

Serena riu e se aproximou ainda mais, até que seu corpo estivesse colado ao dele. Nem um pouco envergonhada, ela desceu a mão pelo corpo de Micah e o apalpou entre as pernas.

— Quando eu me entregar a um homem, vai ser porque ele está tão duro por minha causa que está quase gozando nas calças — ela sussurrou perto do pescoço dele. — Por mais lisonjeira que seja a sua proposta, a menos que você tenha um problema sério de tamanho no quesito pau, ou esteja só falando para ouvir a própria voz, está claro para mim que eu não te excito.

Com isso, ela se afastou, deu uma piscadinha travessa para Faith, fez um tchauzinho mexendo os dedos para ela, Gray e Micah, e saiu rebolando, deixando-o ali, boquiaberto como um idiota.

— Droga, acabei de me apaixonar — Micah disse em voz alta para Faith e Gray.

Serena riu e continuou andando.

Capítulo 5

Damon afastou-se do pequeno grupo de pessoas com quem conversava e fez um aceno de cabeça amigável para outro casal, a caminho do corredor. Costumava gostar de dar uma volta pela The House e se certificar de que seus convidados estavam felizes, mas, em vez disso, Serena ocupava sua mente. Ele estava ansioso para começar o processo de transformação do piso superior em uma casa de leilões para a fantasia dela. Sua realidade.

A caminho do escritório para se esconder, viu Micah Hudson vir do salão comum e seguir para a saída.

— Micah — chamou.

Ele parou e se virou para olhar Damon.

— E aí, cara?

— Já está indo embora tão cedo? — Damon fez um gesto indicando sua sala. — Quer tomar uma bebida?

Houve uma breve hesitação antes de Micah mudar de direção.

— Contanto que você tenha alguma coisa decente. Aquela merda de mariquinha que você bebe é refinada demais para as minhas papilas gustativas de caipira.

Damon abriu um sorriso.

— Suas papilas gustativas precisam de um pouco de refinamento. Deixe comigo.

Indicou o lado de dentro do escritório e ele e Micah entraram. Damon acendeu as luzes e foi até o armário de bebidas, enquanto Micah largava o corpo em uma das poltronas de couro perto da mesa.

Micah procurou no bolso e tirou um maço de cigarros quase vazio. Levantou-se e se inclinou sobre a mesa de Damon, em busca do cinzeiro de madeira mantido mais por decoração do que para uso, e o arrastou para perto.

— Se importa? — perguntou, já colocando a ponta do cigarro entre os lábios a acendendo o isqueiro.

Damon deu de ombros.

— Os pulmões são seus. Imagino que não teve sorte em parar, não é?

— Reduzi para um ou dois por dia — Micah respondeu com ar de indiferença. — O Pop pega no meu pé. Vou parar. Um dia.

— E então, por que você estava saindo tão cedo? — Damon perguntou, ao tocar o topo de cada uma das garrafas. Enfim escolheu um uísque envelhecido muito bom; sofisticado demais para Micah, mas que dava a Damon uma razão para zombar dele.

Micah grunhiu em resposta. Pegou o copo que Damon lhe entregou e o fitou com suspeitas. Antes de responder, sentiu o aroma com cautela e colocou os lábios na borda.

Damon sentou-se numa poltrona em frente.

— E então? Como foi?

— Nada mal — Micah resmungou ao dar outro trago no cigarro.

Damon sorriu.

— E por que você estava saindo cedo? Encontro bom?

Micah fez um ruído de desdém com o nariz.

— Como se eu andasse tendo um desses há um bom tempo.

— Por escolha própria, imagino — ponderou Damon.

Uma sombra cruzou o rosto de Micah.

— É, cara, por escolha própria.

Damon arqueou uma sobrancelha, mas não pressionou. Afinal, havia outras coisas que queria discutir. Observou Micah tragar, curtindo o cigarro por um instante, antes de exalar uma longa nuvem de fumaça.

— Então — disse casualmente. — O que você sabe sobre Serena James, amiga da Faith?

— Além de ser gata? — Micah bateu o cigarro no cinzeiro e tomou outro gole de uísque.

— Isso é fato. Qualquer homem com olhos pode comprovar esse detalhe — Damon respondeu com ironia.

— Está interessado?

— De certa forma.

— Não é o seu tipo — Micah disse sacudindo a cabeça.

— Por que diz isso? — indagou Damon com apenas uma leve curiosidade. — Acho que ela pode ser exatamente o meu tipo.

— O que você sabe que eu não sei? Você está com um daqueles sorrisinhos convencidos e idiotas. A Serena... ela é gostosa. Infinitamente gostosa. Voluntariosa e gostosa. Flertamos e ela retribuiu na mesma moeda, com certeza.

— Sem falar que ela é determinada, inteligente, motivada, honesta e confiante quanto à sexualidade.

— Mas não *submissa* — observou Micah. — Não vá bater onde você não é bem-vindo, cara. Uma vez só já não foi suficiente?

Damon sorriu.

— Sabe que tipo de negócio a Serena administra?

— Sei, realização de fantasias, e não do tipo divertido.

— Bem, ela quer a própria fantasia realizada. Por isso veio até mim.

Micah se inclinou para a frente com interesse. Apagou o cigarro e fitou Damon com olhar atento.

— Estamos falando de fantasia sexual?

— Ela quer que um homem seja dono dela — disse Damon. — Ser uma escrava. Queria que eu arranjasse um leilão para ela ser vendida na The House.

— E claro que você não pensou em mim — Micah resmungou.

— Ninguém mais vai tê-la senão eu — Damon disse em voz baixa.

Micah analisou-o por um longo momento.

— Marcando território, hein?

Damon fez que sim.

— Ela me intriga. Eu a quero e ela quer o que eu posso dar. Estou disposto a ver aonde isso chega.

Micah já estava sacudindo a cabeça.

— Não acredito que você está a fim de entrar nessa. Não com a forma como você vê encenação.

— Quem disse que vai ser encenação? Vou dar a ela a coisa verdadeira...

— E ela vai te dar fantasia — Micah interrompeu.

— Sua preocupação me toca — Damon disse com divertimento. — Tenho minhas dúvidas se a mulher que eu quero existe, ou, se existir, não tenho a menor chance de encontrá-la. Por enquanto, vou ficar com o que tenho.

A expressão de Micah voltou ao normal. Um espasmo de sofrimento passou por seus olhos antes de ficarem frios e ilegíveis.

— Ela existe, Damon. Existem mulheres por aí que desejam ardentemente o que podemos dar a elas. Quando experimentarem, não vão conseguir ir embora jamais — ele disse com uma nota de tristeza na voz.

Damon analisou-o com estranheza, mas Micah desviou o olhar e drenou o resto do álcool de seu copo.

— Espero que funcione para você — Micah disse por fim. — A Serena parece ser uma mulher com muita paixão. Não alguém que eu consideraria para ser escrava, mas ela é realmente bonita e bem-humorada. Tenho certeza de que você vai cuidar bem dela.

— É o plano — Damon murmurou.

— Estou convidado para o leilão? — Micah perguntou com repentina malícia.

— Cai fora — Damon respondeu, cruel. — Você só aumentaria o meu lance e complicaria o negócio.

Micah sorriu.

— Uma linda mulher nua sendo vendida certamente pode alimentar a insanidade de um homem.

Damon apoiou o copo, agora vazio, na mesa e hesitou antes de finalmente decidir dizer a próxima coisa que tinha em mente. Era um atrevimento. Meter-se na vida dos amigos não era o seu estilo. Mas era exatamente isso: Micah era alguém que ele considerava amigo.

— Quando você vai parar de viver no passado, Micah?

Micah voltou olhos duros e zangados na direção dele e, assim, num piscar de olhos, os humores amenos e alegres desapareceram. Ele se transformou em alguém sombrio e raivoso. Atormentado. Damon se arrependeu do impulso, mesmo reconhecendo que precisava dar um toque em Micah para tirá-lo de seu *status quo*.

— Talvez quando você parar?

Damon negou com a cabeça.

— Estou partindo para outra. Vou tomar a Serena como minha escrava.

— Você vai realizar uma fantasia cafona para uma mulher que quer brincar de ter um mestre que lhe dê uns tapas na bunda e distribua um pouco de autoridade. Nós dois sabemos que isso não é real, e seu fingimento não vai mudar esse fato.

As palavras saíram com raiva, secas, mas Damon não se ofendeu. Provavelmente era a única pessoa em quem Micah já confiara a respeito dos eventos que o haviam trazido a Houston — um fato de que Micah devia estar arrependido agora.

— Vamos deixar isso de lado — disse quando Damon começou a responder. — Antes que nós dois falemos coisas de que vamos nos arrepender.

— Considere deixado — Damon concordou.

— E, se isso significar alguma coisa, espero que você encontre o que está procurando — disse Micah.

— Já parei de procurar — Damon respondeu em voz baixa. — É meio difícil procurar por algo em que a gente já parou de acreditar.

Capítulo 6

Serena leu por cima a ficha de um cliente potencial, o cenho franzido pela concentração, conforme assimilava todas as informações. A fantasia era factível, e ela adorava o desafio de pensar nos detalhes. Já estava formando uma imagem mental quando terminou a última parte do questionário.

O senhor de meia-idade queria ser um figurão por uma noite. Queria estar na pele de um apostador ricaço, alguém procurado pelos cassinos, que tivesse todos os seus caprichos realizados. Queria um carro caro, uma mulher maravilhosa a tiracolo. Serena revirou os olhos, achando um pouco absurdo; mas, ei, andar com um mulherão era parte da fantasia e ela faria o que pudesse.

Sua mente já estava trabalhando. Marcaria um horário para que ele fosse vestido e preparado de acordo com a ocasião. Terno caro, todos os acessórios necessários para compor a fachada. Ela poderia contratar uma limusine para levá-lo até Lake Charles, Louisiana, onde um dos seus contatos de cassino poderia proporcionar a ele toda a pompa destinada aos apostadores costumeiros.

Precisava ligar e marcar um dia quando o cassino já não estivesse recebendo os *verdadeiros* figurões. O dinheiro que o cliente apostaria seria o dele próprio e seria escolha dele gastar ou não, mas o luxo e as reverências ficariam a cargo de Serena.

Era uma situação vantajosa em todos os aspectos para o cassino, pois, na realidade, poderiam ganhar um novo cliente habitual, e, em troca, ela se beneficiaria em deixar seu cliente muito feliz.

Se ao menos todos pudessem ser tão simples...

Foi interrompida quando Carrie chamou pela linha interna.

— Serena, o sr. Roche está na linha 2 para você.

Seu coração acelerou e saltou no peito quando ela pegou o telefone. Será que só agora ele tinha terminado de ler seu e-mail? Será que teria algo a dizer sobre o fato de ela ter se apresentado como a cliente? Oh, por que não tinha simplesmente aberto o jogo e sido direta e sincera desde o começo?

— Sr. Roche? — disse com a voz macia ao colocar o telefone no ouvido. Estava orgulhosa por sua voz não ter saído parecendo um coaxar.

— Achei que tínhamos concordado em você me chamar de Damon.

Sua voz arrastada e preguiçosa disparou nela uma sensação gostosa, que a fez relaxar imediatamente.

— Está bem... Damon. O que posso fazer por você?

— Bem, espero que seja o que *eu* posso fazer por *você*. Está livre para almoçar?

Ela sorriu e relaxou a mão segurando o telefone. Talvez não fosse tão ruim, afinal. Ele não estava agindo diferente agora que sabia que ela estava em busca de um homem para torná-la uma escrava sexual.

Seus ombros se curvaram. Realmente teria que encontrar uma descrição melhor para a fantasia.

— Fiquei curiosa — ela disse. — Estou livre. Queria saber o que você vai fazer por mim.

Uma risadinha soou em seu ouvido.

— Me encontre para o almoço e eu conto.

— Um homem que provoca — ela brincou. — Ok, vou morder a isca. Onde gostaria que nos encontrássemos?

— Vou enviar um carro.

— Não — ela disse depois de pensar por um instante. — Por que eu não pego *você* desta vez? Vamos almoçar no meu território.

Houve uma leve pausa.

— Aah, você é um homem acostumado às coisas do seu jeito.

— Sempre — ele respondeu num grunhido rouco.

Um arrepio desceu incontrolável pelas costas dela, e os mamilos enrijeceram em contato com a seda do sutiã.

— Gosto de deixar um homem fazer as coisas do jeito dele em circunstâncias apropriadas — ela disse com leveza. — Vamos fazer assim: você vem me buscar, e almoçamos onde eu escolher.

— Estarei aí em meia hora — respondeu ele com voz aveludada.

— Vou ficar esperando.

Ela estava sorrindo ao devolver o telefone ao gancho. Reclinou-se na cadeira e flexionou os dedos dos pés sob a mesa. Que raios estava fazendo, flertando com Damon Roche, quando ele estava selecionando outra pessoa para ela, era algo além de sua compreensão, mas o diabo tinha assumido as rédeas no que dizia respeito àquele homem.

Já tinha encontrado alguém? O nervosismo remexeu seu estômago e lhe deu uma sensação de náusea. Poderia ir para a cama com um completo estranho? Mais do que isso, poderia depositar seu bem-estar, sua confiança e todo o seu ser nas mãos dele?

Talvez não tivesse refletido adequadamente.

Um traço de preocupação franziu seus lábios, e ela esfregou o rosto com as mãos. Não era tarde demais para recuar. Poderia encontrar Damon e dizer que havia mudado de ideia, não poderia?

Claro que poderia, imbecil.

Também não era um acordo de negócios do tipo oito ou oitenta. Era sexo e ela poderia dizer não a qualquer momento.

Sentindo-se melhor a respeito de suas opções, Serena deslizou os pés de novo para dentro dos sapatos e levantou. Uma passadinha rápida no banheiro diria se precisava fazer algum reparo de maior importância no cabelo ou na maquiagem.

Vinte minutos mais tarde, ela caminhava pelo saguão, contente por ter escolhido sapatos mais sociais para aquele dia. Eles chamavam a atenção para suas pernas, as quais ela sabia, sem falsa modéstia, que atraíam os olhares masculinos — e não poucas vezes. Sua saia ia até acima dos joelhos, assim, tinha muito a mostrar.

Para sua surpresa, Damon vinha caminhando em direção à porta do edifício comercial. Ela sorriu para cumprimentá-lo quando ele entrou. Estava vestido casualmente; isto é, de forma tão casual quanto um homem podia ficar em calças sociais caras e camisa polo.

— Chegou cedo — ela disse olhando no relógio.

— Tento nunca deixar uma mulher bonita esperando — ele respondeu com charme natural.

— Boa filosofia. Está pronto, então?

Ele ofereceu o braço, mas não esperou que ela o pegasse. Ele mesmo pegou sua mão e envolveu os dedos nos dele antes de colocá-la com segurança debaixo de seu cotovelo.

Saíram para o ar quente e Serena olhou em volta à procura do Bentley. Em vez disso, ele a guiou em direção a uma BMW preta e reluzente, estacionada em frente à entrada.

Damon abriu a porta e a acomodou antes de dar a volta até a porta do motorista. Quando ele entrou ao seu lado, ela olhou com apreço para o interior.

— Você veio dirigindo — disse sem que houvesse necessidade.

— É o que parece — respondeu ele com um sorriso divertido. — Então, para onde vamos?

— Cattleman's. Sabe onde é?

Ele fez careta.

— O motivo de mulheres bonitas como você e a Faith frequentarem aquele lugar está além da minha compreensão.

— Tem personalidade — ela respondeu com o rosto sério. — Mas, se você odiar, podemos ir a outro lugar.

Ele entrou no trânsito e desceu uma rua movimentada.

— Não, eu concordei em ir a um lugar da sua escolha, então vai ser o Cattleman's.

— Você é esnobe — ela disse com orgulho.

Ele lhe lançou um olhar surpreso e notou, evidentemente, que ela estava zombando.

— Esnobe, não. Só gosto... digamos que gosto de coisas mais refinadas.

Serena assentiu.

— Nada de errado com isso, mas tenho que te falar, sou o tipo de mulher que gosta de cerveja e anéis de cebola.

— Bárbara — ele disse com horror fingido. — Não tenho nada contra comidinhas oleosas e uma boa cerveja, mas também não recuso um bife bem curado e uma boa taça de vinho.

— Hummm, bife. Adoro bife. Adoro carne. Sou totalmente carnívora. O Cattleman's tem ótimos bifes.

— Vou ficar surpreso se você não pedir uma salada de mulherzinha. O que acontece com as mulheres, sempre pedindo salada, hein?

Ela fingiu pensar a respeito.

— Bem, vou pedir salada se vier bife junto.

Ele riu.

— Então acho que teremos bife para o almoço.

Damon dirigiu até o estacionamento e, quando Serena esticou a mão para abrir a porta, ele a fez parar com um toque no braço.

— Permita-me — disse.

Ele saiu e deu a volta para abrir a porta. Depois ofereceu a mão para ela. Pequenas faíscas desceram por seu braço quando deslizou os dedos sobre a mão dele. Damon deu um puxão de leve e ela desceu, parando ao lado.

— Obrigada — murmurou Serena.

Mais uma vez, ele tomou o braço dela no seu e a acompanhou até a entrada. Quando passaram para dentro, a recepcionista os cumprimentou e Damon se inclinou para murmurar baixinho em seu ouvido. Ela sorriu imediatamente e concordou com a cabeça. Em seguida, indicou que ele e Serena a seguissem.

Foram levados ao outro extremo do salão, longe da confusão da clientela do almoço. Serena acomodou-se e ergueu uma sobrancelha quando a jovem se afastou.

— Suborno? — perguntou. — Essa área normalmente fica fechada na hora do almoço.

Damon sorriu.

— Digamos que estou acostumado a ter as coisas do meu jeito.

Serena fez um ruído de desdém.

— Já pudemos comprovar.

— Queria um lugar onde a gente pudesse falar em particular — disse. — Tenho algo para você.

— Oh!

Seu coração bateu forte dentro do peito quando ele deslizou um envelope sobre a mesa até ela. Não tinha nem notado que ele o carregava desde quando saíra do carro, mas era porque sua concentração estivera voltada para outras coisas. Por exemplo, como ele era lindo.

Com dedos trêmulos, ela abriu o envelope. Antes de desdobrar as páginas, ergueu os olhos para Damon, com expressão questionadora. Tinha quase certeza de que era o que havia pedido, mas, agora que estava ali, em sua frente, sentia-se um pouco assustada e muito insegura.

— Está hesitando — ele disse em voz baixa.

— Estou nervosa — ela admitiu.

— Natural. Está se arrependendo?

Serena corou.

— Você nunca disse uma palavra sobre o fato de que era eu...

Ele deu de ombros.

— Imaginei que você tinha seus motivos. Não me deve explicações.

Serena olhou fixo para o papel e o abriu devagar. Detalhes sobre idade, endereço, aspectos físicos e aparência estavam todos listados primeiro. Seus olhos percorriam o papel conforme ela tentava absorver o maior número de informações que conseguia de uma só vez.

Sem ficha criminal, com emprego e renda estáveis. Seus olhos voltaram de repente para a folha e foi então que viu o nome encarando-a com ousadia. Damon Roche.

Ela engasgou, sobressaltada, e ergueu a cabeça para fitar Damon.

— Não entendo.

Ele arqueou uma sobrancelha e a estudou intensamente.

— Não?

— Por quê? — ela quis saber.

Se ele estava tentando pegá-la totalmente desprevenida, com certeza tinha conseguido. Estava tão aturdida que suas mãos tremiam, e o suor formava gotas em sua testa.

— Por que não? — ele perguntou com calma.

— Não brinque comigo. Esse não era o nosso acordo.

— Nosso acordo era que você queria que eu encontrasse um homem adequado para a questão da sua fantasia sexual. Eu sou esse homem. Não vejo problema. — Ele se inclinou para a frente e travou o olhar com o dela. — Preferiria um completo estranho para tomá-la e possuí-la? Se não tivéssemos nos conhecido como nos conhecemos, se alguma outra pessoa tivesse arranjado o nosso encontro, você se oporia ao fato de eu ser o homem a controlar sua fantasia?

— Mas, por quê? — sussurrou ela. — Por que você não se voluntariou desde o começo?

— Eu não sabia que a mulher era você — ele disse apenas. — Quando descobri, soube que tinha de ser eu.

Ela ficou de queixo caído como uma tonta, os lábios abertos em choque.

— Você me quer?

— Por que isso a surpreende? Você é uma mulher bonita, Serena. Eu a quis desde o momento em que você entrou no restaurante. Depois de ter lido o e-mail eloquente e visto quem tinha escrito, não sobrou nenhuma dúvida sobre eu me prontificar. Nenhum outro homem vai ter você.

O calor se enrodilhava na barriga dela, queimando na região de suas partes femininas. Seu clitóris pulsava e latejava, e seus mamilos endureceram até quase doerem. O voto feito por ele sussurrava em seus ouvidos, ricocheteava, fazia eco, sedutor, envolvente.

Havia arrogância crua em sua expressão. Confiança. Mais do que isso, havia conhecimento. Poder. Ela ansiava por ele com todo o seu ser. Queria aquilo e queria Damon mais do que qualquer outra coisa, e tudo o que tinha que fazer era esticar a mão e pegar.

— Diga-me, Serena. Você me quer? — ele perguntou suavemente. — Você me deseja? Quer ser minha? Fica acordada à noite desejando um homem forte o bastante para domar a sua sexualidade, atiçá-la até que pegue fogo, e depois liberá-la, torná-la livre?

— Sim — ela sussurrou, a voz prendendo na garganta. — Sim.

— Há muito para ser discutido — ele disse. — Mas não aqui. Vamos refinar os detalhes técnicos e estabelecer a base do acordo, mas para os detalhes mais íntimos... vamos nos encontrar num lugar bem mais particular.

Ao dizer a última parte, ele esticou a mão e traçou um dedo pela face dela, depois afastou uma mecha de seu cabelo do rosto, colocando-a atrás da orelha.

— Estou muito ansioso por essa conversa — ele murmurou.

O calor inundou as faces de Serena, e ela se inclinou para o toque antes que pudesse pensar a respeito.

— Não sei o que dizer.

— Não há nada para dizer a não ser "sim". A menos que tenha mudado de ideia. Posso, claro, encontrar outro candidato adequado, mas não posso ter sido o único sentindo a faísca entre nós, Serena, e depois de ter lido o seu e-mail, não a considero covarde.

Ela estava simplesmente atordoada.

Ele estendeu a mão sobre a mesa mais uma vez e capturou a mão dela na sua. De um jeito sensual, seu polegar massageava distraído o nó dos dedos dela, tirando sua atenção.

— Vamos tirar os pormenores do caminho — ele disse. — Podemos marcar uma data e discutir os aspectos mais... pessoais depois que você tiver tido tempo de digerir tudo.

— Pormenores? — ela repetiu quase coaxando.

Ele pegou sua mão e a trouxe lentamente aos lábios. A respiração de Serena se prendeu na garganta e se recusou a sair da boca, em antecipação ao toque do beijo de Damon.

Uma descarga elétrica percorreu suas veias. Correntes quentes e vibrantes, subindo por seu braço e lançando faíscas de alerta pela base do pescoço até que os pelinhos da nuca ficassem arrepiados.

Os lábios dele se moveram suavemente até a junção entre seus dedos, até pousarem sobre os nós.

— Os pormenores são os detalhes desagradáveis, o lado não tão romântico do nosso acordo. Estéreis, talvez, mas necessários.

Ela ergueu o papel e olhou o conteúdo por alto.

Era um relatório médico. E então ela se deu conta.

— Oh — disse suavemente. — Você deve achar que eu sou a maior tonta. Eu não tinha... Deus, que idiota eu sou.

Ele deu um sorriso gentil.

— Não uma idiota, Serena. Apenas nervosa e querendo seguir adiante antes de perder a coragem. Você teria pensado nisso, não tenho dúvida, e teria exigido o que eu acabei de te entregar.

— Mas não pensei, digo, eu vou ao médico regularmente, mas não fiz exames...

— Posso cuidar disso com o meu médico imediatamente — ofereceu. — É importante que você se sinta segura comigo, e é importante que a nossa boa saúde seja comprovada. Quero realizar a sua fantasia, Serena, e não quero que nada ruim se coloque no meio.

— Vou ligar para o meu médico amanhã — ela disse.

— Isso significa que você está concordando? — Damon perguntou.

Ela inspirou fundo para se controlar e olhou fixo para o homem bonito do outro lado da mesa. Sim, ele era maravilhoso. Era confiante, vestia arrogância como uma capa e, Deus, ela adorava um homem arrogante, seguro de si, mas que não fosse um imbecil. Damon era de verdade? Ou estava só desempenhando um papel?

Queria tanto descobrir, que podia sentir até o gosto.

Ela lambeu os lábios e fez que sim.

— Quero ouvir você dizer — incitou ele.

— Sim. Eu concordo.

O sorriso de Damon era triunfante. Algo obscuro e primitivo brilhou em seus olhos. Naquele momento ela imaginou como seria pertencer a ele, algo que a preencheu de um desejo poderoso.

— Jante comigo este fim de semana — ele disse. Não era um pedido e ele não parecia ter intenção nenhuma de se desculpar por ser, em essência, uma ordem. — Isso vai te dar tempo para ir ao médico e pensar em mim. E em você. Nós. Depois poderemos nos encontrar para discutir os detalhes mais íntimos do nosso arranjo.

Só a forma como ele disse "íntimos" fez todas as suas partes femininas formigarem. E então caiu a ficha de que ela se tornaria bastante íntima daquele homem. Fantasias à parte, ele estava oferecendo-se para lhe proporcionar realidade. Com ele.

Ela o veria nu. Ele a tocaria, colocaria as mãos e a boca em seu corpo. Ela estremeceu da cabeça aos pés e seus joelhos bateram um contra o outro até que fosse preciso colocar a mão entre eles para parar o movimento.

Comida? Completamente esquecida. Não tinha nenhuma esperança de almoçar. Não quando tudo o que imaginava era o gosto que ele teria. Chamas incandescentes queimaram em suas faces quando ela se lembrou de como seu e-mail tinha sido descritivo.

— E eu pensei que a Faith fosse a única mulher restante na Terra que corava tão vivamente — disse ele num tom tingido de divertimento.

Ela grunhiu e fechou os olhos.

— Não tenho a menor chance de manter o controle. Você tirou o chão que havia debaixo dos meus pés completa e absolutamente.

— Como você fez quando li seu e-mail — ele disse com suavidade. — Não posso permitir que outro homem tome o que eu já considero meu.

O estômago de Serena contorceu-se e um calor invadiu seu corpo.

— Você já soa possessivo — ela disse com um fio de voz.

— E é exatamente isso que você quer de mim, não é?

Ela se remexeu um pouco sob os olhos atentos dele, mas não iria mentir ou fingir timidez, mesmo quando estava pronta para se esconder debaixo da mesa. Nada a respeito de sua abordagem havia sido tímida até o momento, e não havia necessidade de começar agora.

— É, sim — admitiu. — Eu quero... quero pertencer. A um homem — acrescentou depois de respirar fundo. — Parece loucura.

— Pare — ele disse com tranquila autoridade. — Não vou permitir que você se repreenda por dar voz a seus desejos. Eles são seus. Isso os torna importantes. Válidos. Não há nada de loucura neles.

— Não é só a posse. — Ela fez uma pausa por um instante, mas estava determinada a prosseguir, a explicar o que a atormentava de forma tão incessante. — Quero a segurança de saber que... pertenço a alguém. Ah, mas "pertencer" é uma palavra horrorosa de se dizer e ainda assim não consigo pensar em nenhuma melhor. Quero ser estimada, protegida, mimada... valorizada. Quero que o homem me conheça como eu me conheço. Quero que ele antecipe minhas necessidades e as atenda, mas ao mesmo tempo quero ser importante para ele. Quero que ele seja forte. Capaz. Dominador sem ser um imbecil. Pelo menos por algum tempo, quero estar nas mãos dele. Me entregar a seus cuidados, proteção e poder, confiar nele para me abrigar, me dar prazer e me ensinar como dar prazer a ele.

De repente, Serena sentiu-se muito vulnerável, como se tivesse se exposto da mais brutal das formas. Sentiu-se nua, despojada de tudo por conta das próprias palavras.

— Olhe para mim — ele pediu gentilmente.

Ela ergueu o queixo e encontrou os olhos dele.

— Você ainda não confia em mim, e nem deveria, pois acabamos de nos conhecer. Mas vai passar a confiar em mim, e, quando isso acontecer, vai se entregar aos meus cuidados e proteção. Quando fizer isso, vou te dar o que mais quer. O que precisa. E vou amar cada maldito minuto.

Capítulo 7

Julie corria de um lado para o outro no salão como uma barata tonta. Nathan chegaria para a massagem dali a cinco minutos e ela estava reconsiderando seriamente seu plano louco de sedução.

Parou em frente a um dos espelhos de corpo inteiro e arrumou a blusa pela décima vez. Era decotada e acomodava seu busto como as mãos de um amante. Os seios estavam empinados como dois melões maduros que ameaçavam pular pela gola da blusa.

Perfeito.

— Oh, inferno — murmurou ao arrumar a blusa de novo. — Pareço uma prostituta procurando homem.

Pior do que isso, parecia desesperada.

Com um olhar sombrio para o próprio reflexo, ela suspirou e se virou para preparar os óleos. Escolhera-os especialmente para Nathan, pois todos os seus outros produtos eram femininos demais. Nathan… hummm, ele era um homem másculo. Precisava de algo que não o fizesse cheirar delicado, floral.

Empinou os seios mais uma vez antes de se dirigir para a sala de massagem. Suspender o corpo sobre o de Nathan algumas vezes, uma roçada ou duas, talvez um esbarrão dos seios no rosto dele ao se abaixar para pegar uma toalha.

Com certeza ele não poderia continuar a ignorá-la. Só precisava ser corajosa. Mais incisiva. Estar no comando de sua sexualidade. Sim, era isso. Faith tinha assumido a dela (e até mais) e Serena já estava trilhando o caminho da escravidão sexual.

Revirou os olhos e sacudiu a cabeça. Escravidão sexual... Em nome de tudo o que era mais sagrado, o que tinha possuído aquela mulher? Não que a ideia de Nathan amarrá-la e possuí-la não fosse de perder o fôlego, mas Julie tinha algumas fantasias insanas e selvagens e, na metade delas, Nathan estava completa e absolutamente à sua mercê.

Um sorriso imoral curvou seus lábios, e suas partes baixas ficaram tensas e pulsaram. Oh, sim, como tinha planos para um certo Nathan Tucker. Ele ainda não sabia, mas seria dela. E nunca saberia o que o atingira.

O telefone comercial tocou e Julie se inclinou para pegá-lo ao passar os olhos pelo quadro de avisos para ter certeza de que tudo estava em ordem.

— Julie's — atendeu.

Houve uma leve pausa.

— Ei, Julie, aqui é o Nathan Tucker.

— Oi, Nathan, você vai se atrasar hoje? — Droga, até sua voz saiu num suspiro, como uma garota de 16 anos a fim de um cara de faculdade.

— Então, é por isso que estou ligando. Não vou poder ir hoje.

Ela sentiu um aperto no coração.

— Ah. Está bem.

— Podemos remarcar? — ele perguntou.

— Hã, claro, me deixe dar uma olhada na agenda.

Ela deu a volta no balcão, onde ficava sua agenda de clientes, e folheou as páginas, embora soubesse cada horário de cor.

— Quando você gostaria de vir? — perguntou.

Houve outra pausa e ela o ouviu conversar ao fundo com outra pessoa. Em seguida, ouviu uma voz muito feminina fluindo pela linha. Ouviu uma leve risadinha e depois:

— Ah, eu te faço uma massagem, Nathan. Não precisa pagar outra pessoa.

Ela ficou ali se sentindo mil vezes idiota. Olhou para o busto e colocou a mão sobre os seios para cobrir o grande decote.

— Idiota — murmurou.

— O que foi isso? — Nathan perguntou.

— Nada. Quer remarcar ou não? — ela perguntou através de dentes cerrados.

— Vamos fazer assim. Deixe eu te ligar daqui a alguns dias e marcamos um horário.

— Claro — ela disse, tensa. — Tenha um bom-dia.

Antes que ele pudesse responder, ela desligou o telefone e bufou com força.

— Olhe pelo lado bom, Julie. Você foi salva de fazer um papel ridículo.

Serena saiu do apartamento para o estacionamento onde o motorista de Damon a esperava. Teve de abafar o risinho bobo que ameaçava escapar de seus lábios quando viu vários dos vizinhos observarem-na boquiabertos e curiosos.

O encontro daquela noite com Damon seria na casa dele. O fato a deixava um pouco nervosa, pois não estariam se encontrando em território neutro. Porém, ao mesmo tempo, ela estava ansiosa para vê-lo num ambiente mais íntimo.

Tinha vestido jeans e camiseta de propósito, não querendo partir para um visual abertamente sexy. Ele já sabia muito bem quais eram os seus desejos e ela não queria pressioná-lo, fazer tudo girar em torno de sexo. Queria se sentir confortável perto dele e queria que ele sentisse o mesmo.

Quando ela chegou, Damon cumprimentou-a na entrada de veículos circular de sua casa enorme. Ele abriu a porta e estendeu a mão para ajudá-la a descer do carro.

Para sua surpresa, ele também estava vestido casualmente, e, se pensava que não tinha como ele ficar melhor do que nos trajes de sr. GQ, com as calças caras feitas sob medida, camisa de seda e sapatos sociais de couro, ela estava redondamente enganada.

O homem era simplesmente lindo de morrer, vestido em calças jeans ajustadas e uma camiseta que moldava seus braços e peito musculosos. As roupas mais folgadas de antes haviam escondido o quanto seu corpo era atlético.

Ele a beijou na face de um jeito casual antes de se virar para guiá-la para dentro. Um ar mais fresco soprou quando entraram na casa. Serena seguiu-o até uma sala de estar luxuosa, onde o fogo queimava numa grande lareira de pedra.

Teve que olhar duas vezes e então virou-se para Damon com uma expressão de surpresa.

— Uma lareira? Nesse calor?

— Gosto do clima que ela cria — respondeu ele. — Deixa a sala tão aconchegante, não acha?

Deixava.

— Adorei. Foi só o choque de ver uma nessa época do ano. Caramba, na maioria dos anos nem faz frio suficiente por aqui no inverno para acender lareira.

— Eu gosto muito dos confortos que criei aqui — ele disse com um sorriso. — Você pode até dizer que sou mimado, mas tenho poucas necessidades e gosto de cuidar para que todas sejam atendidas.

Ah, sim, ele poderia cuidar muito bem dela. Ela podia sentir, e, Deus, mal podia esperar.

— Por favor, fique à vontade — ele disse ao fazer um gesto indicando um dos sofás de couro. — Gostaria de beber alguma coisa? Uma taça de vinho, talvez?

— Seria maravilhoso — ela respondeu ao se acomodar na maciez confortável do sofá. — O que você escolher está ótimo.

Ele deu aquele sorriso de predador, um que dizia que ele gostava muito de fazer as escolhas por ela.

Ela chutou a sandálias dos pés e os colocou sob o corpo ao se acomodar melhor no sofá. Damon estava certo a respeito de uma coisa. A sala era aconchegante e confortável, e, graças ao sopro fresco do ar-condicionado, a lareira não esquentava demais as coisas.

Ele voltou um instante depois e ofereceu uma taça de vinho para ela. Em seguida, recuou para a poltrona em frente à dela e se sentou.

Serena tomou um gole para experimentar e deixou o sabor explodir em sua língua.

— Bom? — ele perguntou.

— Perfeito.

Ele assentiu e sorriu.

Serena abaixou a taça depois de tomar outro pequeno gole e o observou por cima da borda.

— Recebeu o fax que enviei esta tarde?

— Recebi, mas não esperava nada diferente de um atestado perfeito de saúde.

Um sorriso curvou o canto da boca dela.

— Você não teria ficado surpreso se eu recebesse resultado positivo para alguma DST assustadora?

Ele riu.

— Isso teria sido uma pena, de fato.

— Você é um bom amante, Damon?

Até mesmo ela havia ficado um pouco espantada com a facilidade com que a pergunta havia saído de sua boca. Para seu crédito, Damon nem sequer se mexeu. Ele baixou a taça de vinho para apoiar a mão sobre o joelho, e seus olhos castanhos cálidos encontraram os dela.

— Gosto de pensar que sim. Sou exigente, mas generoso, embora de alguma forma eu ache que a parte exigente vai se adequar muito bem aos seus desejos.

O calor tingiu as faces dela, mas Serena concordou com a cabeça.

— Há coisas que devemos discutir antes de assinarmos um contrato — ele disse.

Mais uma vez ela concordou com a cabeça, mas não fazia a menor ideia de por onde começar. Felizmente, ele não enfrentava a mesma dificuldade.

— Você delineou muito bem do que gosta, ou pelo menos por onde gostaria de começar.

— Sim — ela respondeu com a voz rouca.

— Então, talvez devamos partir para as minhas expectativas — ele disse sem meias-palavras.

Ela ergueu as sobrancelhas subitamente com a surpresa; ele sorriu.

— Sei o que está pensando. Essa é a sua fantasia. Você está no controle. Mas sua fantasia é abrir mão do poder. Você vai se submeter a mim e aos meus desejos. Meus caprichos e vontades serão os seus. Vai me satisfazer e, em troca, vou satisfazer você.

As mãos de Serena tremiam quando ergueram a taça de vinho aos lábios novamente.

— Quando você estiver comigo, espero total obediência e respeito.

Os pelos da nuca dela se arrepiaram com a forma como ele disse "obediência", mas podia vê-lo observando-a, esperando que protestasse, quase como se estivesse esperando para chamá-la de fraude.

— Isso a incomoda? — perguntou ele.

— Imagino que queira dizer sexualmente.

A expressão de Damon não se alterou.

— Quero dizer em todos os aspectos.

Ela arqueou as sobrancelhas repentinamente.

— Não tem certeza de como se sente a respeito?

Como se sentia a respeito? A tomadora de decisões independente que havia dentro dela se afastava de qualquer um com expectativas de sua obediência. Era uma ideia ridícula, ou o grito de suas sensibilidades feministas? Se fosse, por que não gritavam mais alto?

Era mais como um murmúrio obrigatório de protesto antes da fuga para se esconder.

— Isso é importante para você? — ela perguntou suavemente. Porque podia sentir que era. Ele a estava provocando. Testando. Desafiando-a para um duelo, por assim dizer.

— Não precisa me escolher — ele a lembrou. — Pode escolher um homem com atitude mais... transigente a qualquer momento.

— E como ele seria transigente a mim? — perguntou naturalmente. — Fingindo?

— Não se trata disso? Um grande fingimento? Uma atuação roteirizada?

Ele tinha razão. Damon tinha ouvido as condições dela; agora estava listando as dele. Não, ela não precisava concordar; mas, maldição, como o queria. Ela o queria muito.

— Isso é importante para você — ela disse novamente.

— É, sim — ele reconheceu. — Mesmo que seja uma situação temporária, quero que seja real pelo tempo em que você escolher vivê-la.

— E pela realidade você quer que eu me submeta. A você. Completamente.

A voz dele era como veludo, macia, tremulando sobre sua pele, quando pronunciou uma única palavra:

— Sim.

Ela estava banhada pela vontade. A necessidade queimava em seu coração e em sua *alma*. Não havia percebido o quanto queria aquilo até esse momento, até Damon ter inspirado tanto desejo dentro dela.

— E se o que você pede de mim não for razoável, o que acontece? — ela perguntou.

Ele apoiou um tornozelo sobre o joelho e relaxou mais na poltrona.

— Em muitos círculos, na verdade, na maior parte deste "estilo de vida", por assim dizer, usamos palavras de segurança em abundância.

Ela assentiu, pois sabia o que era uma palavra de segurança.

— Eu não vou usá-las — ele disse, firme.

Os olhos dela se arregalaram.

— Está me pedindo para confiar em você assim, sem questionar?

Ele negou com a cabeça.

— Não vou usar uma palavra que encoraje um homem a desprezar a palavra "não" vinda da boca de uma mulher. Se você disser "não", se estiver até mesmo pensando "não", será o fim para mim. Não vou brincar desses joguinhos de não-significa-sim. Quando a palavra cruzar seus lábios? Acabou. Se alguma vez eu pedir alguma coisa que você não aceite inteiramente, então, tudo o que precisa dizer é "não".

Ela não tinha a menor certeza de como responder a isso, pois ele estava absolutamente, cem por cento, certo. Que ideia idiota a de desconsiderar a negação de uma mulher.

Ele mudou de posição de novo, colocando o pé de volta no chão, inclinando-se para frente.

— Venha aqui, Serena.

Ela ergueu a cabeça, surpresa.

— Você ficou tensa, e quero que relaxe. Quero que fique à vontade comigo ou isso nunca vai dar certo.

Ele estendeu a mão e ela se viu levantando-se do sofá, os pés descalços tocando o piso de madeira. Ao caminhar na direção dele, os olhos de Damon miraram seus pés e ele sorriu.

— Você gosta de ficar descalça.

Ela estava um tantinho constrangida de ter ficado tão à vontade no curto período de tempo em que tinha estado ali, mas assentiu ao deslizar a mão na dele.

— Então nunca vai usar sapatos na minha casa — ele disse suavemente. — O seu conforto é muito importante para mim.

Ele puxou o braço dela para baixo.

— Sente-se aqui aos meus pés e encoste a cabeça no meu colo.

Sem jeito, ela se abaixou até se sentar no chão. As mãos dele guiaram sua cabeça até apoiá-la no colo.

— Sonhei em passar meus dedos pelo seu cabelo desde o momento em que nos conhecemos — ele murmurou.

Com os dedos dele trilhando as mechas de seu cabelo, ela fechou os olhos e soltou um suspiro de êxtase. Os movimentos eram gentis ao alisarem e acariciarem.

— Agora, relaxe — ele incentivou. — E vamos conversar enquanto eu te toco.

Queria que ela relaxasse, quando cada terminação nervosa de seu corpo estava em chamas?

Ele brincava com os fios e alternava passar os dedos pelas mechas pesadas com leves toques e carícias na curva de seu pescoço. Lentamente, ela começou a relaxar e depois ficou lânguida encostada nele.

— Precisamos discutir um método anticoncepcional — ele começou. — Não quero tirar conclusões, mesmo dadas as minhas preferências. Você apontou na carta que parte da sua fantasia era que seu novo dono ejaculasse na sua boca.

Oh, Deus, agora pelo menos sabia por que ele a deixara esconder o rosto. Deus do céu, estava pegando fogo.

— Relaxe — ele murmurou. — Não deve existir vergonha em dar voz às suas fantasias.

Ela se forçou a relaxar de novo ao perceber que tinha ficado completamente tensa outra vez contra o corpo dele.

— Prefiro não usar camisinha, mas vou usar se for o seu desejo. Adoro a ideia de gozar bem fundo dentro de você e observar meus fluidos deslizarem da sua boceta quando eu sair do seu corpo.

Ela estremeceu incontrolavelmente, e a mão dele ficou mais firme em seu cabelo.

— Você também gosta.

Ela fez que sim.

— Não sei explicar de forma lógica o desejo que sinto de marcar uma mulher. Tenho certeza de que tudo tem a ver com a psique primitiva masculina — ele acrescentou com um riso. — Mas o fato é que quero gozar na sua boca, na sua boceta, na sua bunda, nos seus seios. Quero marcar você como minha de todas as formas concebíveis. Você vai ser minha. O seu corpo vai ser meu para fazer o que eu desejar.

Outro leve suspiro escapou dela e todo o seu corpo estremeceu quando as palavras eróticas roçaram sua pele, alcançando seus locais mais íntimos.

Sim, ela também queria.

Os dedos dele continuaram mexendo em seu cabelo e pescoço, acariciando de leve.

— Você está protegida contra gravidez, Serena? Ou prefere que eu use camisinha?

— Uso anticoncepcional — ela disse baixinho. — Eu... eu não quero que você use camisinha.

As mãos dele apertaram seu ombro em sinal de aprovação.

— Agora acho que vamos conversar sobre o seu leilão.

Ela ergueu a cabeça e o olhou. Havia algo cálido e vibrante nos olhos dele, algo que estava além de simples atração sexual.

— Faria isso por mim?

Ele tocou sua face, deixou um dedo trilhar seu maxilar e depois o passou por seu lábio inferior.

— Claro. É a sua fantasia. Admito que vai ser uma encenação excitante para mim também.

Ela franziu as sobrancelhas por um momento ao se entregar mais ao toque dele.

— Então essa também é a sua fantasia?

A expressão dele ficou mais séria.

— Não — respondeu distante. — Não é minha fantasia.

— Então, por que...?

Ela deixou a pergunta no ar ao olhar intensamente nos olhos dele.

Damon continuou a acariciar a face dela, tocando cada parte de sua pele com dedos inquisidores, fitando-a de volta.

— Talvez eu esteja cansado de esperar por algo que posso nunca encontrar.

— E o que você quer? — ela perguntou em voz baixa.

Um olhar distante percorreu os olhos dele, que ficaram quase melancólicos.

— O que você quer em fantasia, eu quero na realidade. Uma mulher que se entregue a mim, que confie em mim para cuidar dela, prover o que ela precisar, e que ela não se importe de abrir mão do controle em todos os aspectos da nossa relação.

— E não conseguiu encontrar uma mulher que corresponda a esses requisitos?

Ela não podia evitar a surpresa que sangrava na questão.

— Não, não encontrei — ele disse tranquilamente.

Serena deitou a cabeça no colo dele outra vez e Damon continuou a acariciar seu cabelo.

— Então, por que está concordando com isso?

Ele parou por um momento, mas os cabelos dela ficaram enroscados em seus dedos.

— Porque estou cansado de esperar. Assim, por pouco tempo, gostaria de experimentar a minha própria fantasia.

Ela assentiu. Essa parte podia entender. Fantasias eram seguras. Eram uma quebra na realidade. Uma chance de agir segundo os desejos por um curto período de tempo.

— Agora sobre o leilão. Você parece aberta a ficar nua em um salão cheio de homens, e até mesmo deixar que a toquem, que a observem e queiram você.

Contra a perna dele, ela fechou os olhos apertados, mas confirmou sem dizer nada.

— E quer que eu foda a sua boca na frente desses homens.

Mais uma vez ela ergueu a cabeça para olhá-lo e tentou não se encolher em resposta às palavras tão diretas.

— Isso o incomoda?

Ele sorriu.

— Me incomoda que uma mulher bonita queira me dar prazer enquanto todos os outros homens do lugar sejam consumidos pela inveja?

Ela deixou escapar uma risadinha.

— Pergunta estúpida, eu acho.

— Eu estava mais preocupado que isso incomodasse você — ele disse gentilmente.

Ela tentou baixar os olhos, mas ele não deixava. Segurou o queixo dela nos dedos, forçando-a a olhá-lo diretamente.

— É uma fantasia — ela disse. — Quero, por um tempo, fazer coisas que não faria normalmente, ser uma pessoa que não sou. Sei que essa não sou eu, mas é o que desejo. Só um gostinho. Depois tudo se acaba, vou poder olhar para trás sem vergonha porque… não é real.

— Parece muito segura de que essa não é você — ele disse. — E, ainda assim, articula seus desejos tão bem. Você sabe precisamente o que quer.

Ela sacudiu a cabeça.

— Não, essa não sou eu. Sou mais forte que isso. Não quero ser fraca. Só quero… uma aventura.

Os olhos dele brilharam e ficaram impenetráveis.

— Então é isso que vai ter. Se confiar os preparativos a mim, vou marcar uma noite para a sua fantasia começar no meu estabelecimento.

Vou pedir a ajuda de alguns membros do clube, mas acredito que a fantasia vai ser mais poderosa para você se não conhecer todos os detalhes.

— E depois? — Serena fez a principal pergunta em sua mente. O que aconteceria depois que Damon a tomasse como sua?

Ele levantou o queixo dela ainda mais para cima e seus olhos cravaram-se nos dela. Havia um poder latente queimando em seu olhar. Uma corrente contida com força, apenas começando a ser liberada.

— Depois do leilão, você é minha.

Capítulo 8

— Julie, você está me matando — Serena disse entre dentes cerrados. — Isso era para ser uma massagem, não uma aula de sovar massa.

Ela aliviou um pouco e murmurou um pedido de desculpas.

— O que há de errado com você, Julie? — Faith perguntou da mesa ao lado. — Não é do seu feitio ser tão... mal-humorada.

Serena ergueu a cabeça.

— Ainda não chegou a sua vez. Fique feliz. Vou ganhar hematomas.

— O Nathan me deu o cano — Julie disse.

— Te deu o cano? Vocês tinham um encontro? — Faith perguntou com voz empolgada.

— Não exatamente — Julie resmungou.

Ela continuou a massagem nas costas de Serena, agora com muito mais cuidado, embora esta ainda pudesse sentir a tensão em seus dedos.

— O que quer dizer com "não exatamente"? — Serena indagou ao relaxar na mesa.

Julie suspirou.

— Ele remarcou a massagem após eu meio que tramar o início do meu plano de sedução. Bem, na verdade ele ainda não remarcou. Simplesmente cancelou.

— Oh-oh. Não soa bem — Serena observou.

— Faith, o Nathan está saindo com alguém? — Julie perguntou.

— Não que eu saiba, mas não acompanho a vida amorosa dele. Por que a pergunta?

— Quero saber tudo sobre esse plano de sedução — Serena se manifestou.

— Coloquei uma blusa que deixava meus peitos quase pulando para fora.

— Minha nossa — Faith disse, achando graça. — Deve ter sido uma visão maravilhosa. Você tem, hum… peitos impressionantes.

Serena se sentou e as mãos de Julie escorregaram por suas costas.

— Não terminei ainda, querida — Julie protestou.

— Ah, sim, você terminou. Quero ouvir tudo sobre isso e odeio conversar deitada, a menos que envolva um homem lindo.

Faith sorriu.

— Já vamos chegar a você, Serena. Fique sabendo.

Serena revirou os olhos.

— Como se eu pudesse escapar de vocês duas. — E se virou para encarar Julie. — Então? Você deixou os peitos à mostra e aí?

— Nada. É o que estou tentando dizer. Eu estava aqui empinando o busto, planejando colocá-lo na cara do Nathan, quando ele liga e cancela a hora marcada.

— Nossa, sinto muito — disse Faith, a solidariedade escurecendo suas belas feições.

— Fica pior — Julie disse de modo sombrio. — Alguma vadia no fundo o estava informando de que não era preciso pagar para fazer massagem, porque ela estava mais do que feliz de fazer para ele. Aí, quando perguntei se ele queria remarcar, ele disse que ligava depois.

— Ai, essa doeu — Serena murmurou. — A parte "te ligo depois".

— É — Julie resmungou. — Fui abatida antes mesmo de levantar voo. Sem dúvida preciso focar minha atenção em outra freguesia. Quero dizer, não sou capacho, sou? Nunca tive nenhum homem colocando um saco de papel na minha cabeça durante o sexo, nem nada do tipo.

Serena e Faith gargalharam.

— Sinto tanto, Julie — Faith disse ao enxugar as lágrimas de riso. — Não faço ideia de qual é o problema do Nathan. Você é linda!

Julie revirou os olhos.

— Pareceu uma amiga leal elogiando uma mulher feia.

Serena riu entre dentes.

— Bom, você não é tão bonita quanto eu, mas com certeza não é feia para usar saco na cabeça.

Julie empurrou os ombros de Serena.

— Ei, obrigada, que amiga...

— Por que não o convida para sair? — perguntou Serena. — Pare de ficar rodeando, embora o plano de pular nele durante a massagem não fosse uma má ideia de jeito nenhum, e simplesmente enfrente, convide-o para sair. Se o Nathan recusar, apague a existência dele dos bancos da sua memória e chame o Micah ou o Connor. Os dois são gatos.

— Não posso sair com alguém que dormiu com uma das minhas amigas — Julie murmurou. — Por isso, obrigada, Faith, por estragar o Micah para mim.

Faith riu.

— Se você soubesse como ele é bom de cama, não ficaria toda cheia de pudores sobre sair com ele.

Julie grunhiu.

— Pelo amor de Deus. Parem já. Estão me matando. O que eu não daria por um *ménage à trois* com dois caras gatos! Inferno, nesse momento, eu aceitaria *um* cara gato. Ou mesmo um não tão gato assim. Só quero trepar, droga.

— Brinquedos não estão funcionando para você? — Serena perguntou inocente.

— Vá se danar — Julie respondeu mal-humorada. — Falou a mulher que já tem uma transa matadora garantida agora que está se candidatando a ser escrava sexual de alguém.

— O que nos leva muito bem ao próximo assunto da nossa conversa — disse Faith. — O Damon já encontrou alguém para você?

Serena mordeu o lábio e olhou para as duas amigas, perguntando-se se deveria contar tudo.

— Achou, não foi? — Julie entrou no assunto. — Desembuche, Serena. Queremos detalhes.

— Ele não exatamente achou *alguém* — ela disse. — Ele meio que se ofereceu.

A boca de Faith se escancarou, enquanto Julie apenas pareceu confusa.

— Ele fez o quê? — Faith perguntou. — Está falando sério?

Julie alternou o olhar entre Serena e Faith.

— O que eu estou perdendo? Esse é o cara GQ, certo?

Faith a ignorou.

— Mas ele não é muito chegado a interpretar papéis e fazer jogos. Isto é, ele me disse uma vez que, se as coisas fossem do jeito dele, teria uma mulher de coleira, amarrada na sua cama.

Um estremecimento delicioso começou nos dedos dos pés de Serena e foi subindo, até seu corpo todo ter se banhado em arrepios.

— Bem, não precisamos de um gênio para descobrir aonde isso vai chegar — Julie disse com ironia.

Agora era a vez de Serena ignorar Julie.

— Bem, ele meio que mencionou isso. Não nestes termos específicos, imagine, mas, hum... está bom para mim, pelo menos em caráter temporário.

A preocupação escureceu os olhos de Faith.

— Nunca pensei que o Damon aceitaria algo temporário. Ele é muito focado no que quer.

— Talvez ele faça você mudar de ideia — provocou Julie.

Serena lançou um olhar fulminante.

— Fala sério, Julie. Você realmente me vê como a escrava sexual permanente de alguém? É bom para um pouco de sexo bem quente e uma fantasia ardente, mas de verdade? Não é nada minha cara.

— Por que não é algo para você? — Julie desafiou. — É óbvio que tem apelo em algum nível básico ou senão você não colocaria um anúncio em busca de um homem que te amarrasse e te comesse.

— Alguém já disse como vocês são duas bruxas? — Serena ralhou. — É uma fantasia. Todo mundo tem uma, mesmo que não seja algo a ser traduzido para o mundo real. Eu sou muito... voluntariosa para algum dia me tornar permanentemente submissa a um homem.

— O Gray me disse uma vez que nunca iria atrás de uma mulher que não fosse forte o bastante para se submeter — Faith disse baixinho. — É preciso ser uma mulher forte. Nunca duvide disso.

Tanto Julie quanto Serena olharam chocadas para Faith.

— Espere um minuto. Está dizendo que você e o Gray... que você tem esse tipo de relação com ele? — perguntou Serena.

Faith deu de ombros.

— Eu não classificaria a nossa relação como típica de nada além do que fazemos, mas, se você está perguntando se ele é a força dominante no nosso relacionamento, então, sim, ele é.

— Ai, merda, e agora eu te insultei — Serena disse, enrugando a testa para a amiga como quem se desculpa.

Faith sorriu.

— Não, não insultou. Eu costumava pensar como você, como se querer um homem que tomasse conta de mim me tornasse fraca, como se eu fosse uma tonta covarde por me submeter a um homem. Mas era o que eu queria e estava cansada de me conformar com uma segunda opção.

— Assumindo sua sexualidade — Julie murmurou. — Vou falar, terei que arranjar um pouco disso.

— Amém — Serena concordou. — Faith, não queria me intrometer, mas você vai ter que me revelar mais coisas aqui.

Faith sorriu.

— Bem, receio que o Damon provavelmente seja mais duro do que o Gray, pelo menos de acordo com o que ele me contou. Ele quer... ele quer uma mulher. Em outras palavras, quer uma escrava, embora tenha feito grande esforço para dizer que não era a favor dessa palavra; mesmo assim, para todos os fins práticos, é isso o que ele quer.

— Uau — Julie balbuciou. — Está ficando quente aqui e de repente estou pensando em uns absurdos que nunca passaram pela minha mente antes.

Serena revirou os olhos.

— Julie, você não tem um osso submisso no seu corpo.

Julie deu um sorriso atrevido.

— Não. Não tenho.

Serena se voltou para Faith.

— Está bem, então, se o Damon não gosta de jogos e de fantasias, por que diabos ele está aceitando ser meu... senhor? Deus, odeio essa palavra. Parece simplesmente... tola.

Faith deu de ombros.

— Talvez ele esteja atraído por você? Talvez esteja cansado de esperar pela mulher certa?

— Ou talvez só queira algumas noites de sexo quente com uma escrava — Julie acrescentou com um sorriso malicioso. — Quero dizer, fala sério, que cara vai recusar uma mulher maravilhosa implorando para ser submissa a ele?

Os olhos de Faith brilharam, divertidos.

— O Micah me informa que homens ficam loucos por uma mulher submissa.

— Ai merda, ele também não — Julie gemeu. — Deus do céu, mulher. E por isso você deixa ele e o Gray fazerem coisas pervertidas com você? O que você os deixou fazer? Te amarrarem e te comerem até dizer chega?

Faith fingiu interesse nas unhas da mão e lançou um olhar de soslaio para Julie.

— Basicamente.

— Você é uma vadia perversa — Julie murmurou. — E o Gray concordou?

— Você já perguntou isso — Serena disse paciente. — É óbvio que sim, já que os dois estavam lá.

Julie sacudiu a cabeça.

— Não consigo me conformar com isso. Quero dizer, o Gray é completamente possessivo em relação à Faith e, ainda assim, deixa outro homem comê-la enquanto ele assiste? Isso é uma loucura.

Faith fez um ruído de desdém.

— Como se você fosse recusar um sexo a três com dois caras sexy?

— Droga, não, não recusaria — Julie declarou. — Só estou espantada que seu homem tenha deixado você fazer isso.

— Foi ideia dele — Faith respondeu com um sorriso.

Julie fechou os olhos.

— Por que todos os bons já estão comprometidos?

— Talvez devesse repensar a sua postura de não transar com homens com quem suas amigas já dormiram — Serena disse. — Esqueça o Nathan e redirecione a sua atenção ao Micah. Se você só quiser transar, tenho certeza de que ele arrumará tempo.

— Ah, certo, como se eu quisesse que ele comparasse a nota do meu desempenho na cama com a da Faith. Não, obrigada.

— Não que eu esteja te encorajando a ir atrás do Micah, mas ele nunca faria isso — Faith objetou. — Ele não é desse tipo.

— Então você ainda está dormindo com ele… eles? — Julie perguntou.

Faith negou com a cabeça.

— Não estou dizendo que nunca aconteceria de novo, já que isso excita muito o Gray, mas só aconteceu uma vez.

— Está bem, entendo por que isso excita uma mulher — Serena disse. — Mas e para o homem? O que ele tiraria disso?

— Que conversa horrível — Julie interveio. — Graças a Deus vocês são minhas últimas clientes do dia.

Julie se apoiou na mesa de massagem e olhou de Serena para Faith.

— Vocês duas estão sentadas aqui como vieram ao mundo e estamos falando sobre caras gatos. Há algo seriamente errado nesta cena.

— Estamos de toalha — corrigiu Faith.

Julie revirou os olhos.

— E elas cobrem muito.

— E? — Serena disparou. — O que um cara tira disso, Faith? Você me deixou curiosa demais. Sempre pensei que a fantasia masculina seria se envolver com duas mulheres, não estar com uma mulher e um homem.

— Oooh — Julie engasgou. — Os homens não... eles não fazem um com o outro, fazem?

Faith largou o rosto nas mãos e deixou escapar um gemido.

— Essa conversa se deteriorou demais. Pelo amor de Deus, Julie.

— Ei, é uma pergunta legítima — Serena observou.

— Obrigada, Serena — Julie disse ao cruzar os braços na frente do peito e fitar Faith.

— Não, eles não fazem juntos — Faith respondeu numa voz apertada. — Eles nem sequer se tocam.

— Então, qual é o sentido? — insistiu Julie.

Exasperada, Faith suspirou.

— O sentido é que o Gray fica muito excitado vendo outro homem transar com a mulher dele. Ele gosta de transar comigo ao mesmo tempo. Sabe, orifícios diferentes?

Serena riu entre dentes.

— Ela disse "orifícios".

Faith jogou uma toalha na cabeça de Serena.

— Juro, me arrependi de ter contado qualquer coisa a vocês duas. Eu estava tentando ajudar uma *amiga*.

Julie esfregou o queixo, pensativa.

— Então está dizendo que é algo masculino primitivo. Tipo: "Aqui está a minha mulher. Ela é minha, mas você pode tê-la um pouquinho".

Faith revirou os olhos.

— Acho que você poderia colocar isso de um jeito meio bárbaro. Não posso falar em nome de ninguém, mas, na minha situação, os homens estavam focados somente em mim. Não estavam se tocando. Estavam ocupados demais me tocando.

— E te comendo até dizer chega — Julie completou.

— Isso também — Faith acrescentou com um sorriso.

— Vagabunda sortuda — Julie disse pesarosa.

— Então, se pudermos direcionar a conversa de novo para mim e para a minha iminente escravidão... — Serena comentou.

— Sem a menor dúvida — Julie disse com leveza. — Não deixe minhas fantasias de sanduíche com dois caras gatos interromperem você.

Serena olhou para Faith.

— Acha que estou cometendo um erro ao deixar que o Damon realize a minha fantasia?

Faith pressionou os lábios por um momento.

— Sinceramente, não. Não sei se você poderia ter pedido um homem melhor. Estou surpresa que ele tenha aceitado, ou se oferecido, acho que devo dizer, já que você não exatamente pediu a ele, mas na verdade acho que ele é perfeito para você. E com certeza ajuda o fato de ser lindo de morrer.

Serena observou Julie revirar os olhos em direção ao teto.

— Verde de inveja não é a sua cor, Julie — Serena provocou.

Julie suspirou.

— Essa sou eu. Uma maldita invejosa.

— Por que não levamos a Julie para tomar umas? — Serena sugeriu. — Talvez a gente possa conseguir que ela durma com alguém nesse processo e depois Deus sabe como o humor dela melhoraria.

— Acho que não era para você parecer tão esperançosa, Julie — Faith disse ao abafar a risada.

Serena descartou a toalha, desceu da mesa de massagem e se enrolou no roupão.

— Bem, vamos, então. Vamos ficar decentes e encher a cara. Considerando o que eu concordei em fazer ontem, acho que poderia tomar um drinque ou três.

— É, bom, só prometa que vai me contar todos os detalhes sórdidos da sua incursão pela escravidão — Julie disse. — Se eu ficar realmente desesperada, vou me inscrever para ter uma rodada com o sr. GQ.

— Achei que você não fosse dormir com homens que já tivessem transado com as suas amigas, não é? — Serena disse com uma sobrancelha arqueada.

— Foi muita falta de consideração sua me lembrar disso — Julie bufou. — Parece que entre você, a Faith e a vagabunda que anda rondando o Nathan, todos os pedaços de mau caminho estão ocupados. É muito triste quando já estou contemplando as sobras.

— Pelo amor de Deus, Julie, cale a boca — pediu Faith. — Achei que só os homens rejeitassem parceiras com a quilometragem rodada.

— Querida, ao que tudo indica, os seus homens não — Julie retrucou docemente.

— Está bem, meninas, chega. Vamos beber antes da briga de mulher começar — Serena interveio.

— Beber e transar — Julie disse ao fazer um brinde no ar.

Capítulo 9

Quando Serena, Julie e Faith entraram no Cattleman's, Julie grunhiu, tentou dar meia-volta e sair de novo.

Sentados a uma das mesas estavam Nathan e uma beldade loira.

Faith e Serena pegaram, cada uma, um braço de Julie e a arrastaram para dentro.

— Nunca deixe que te vejam fugindo — Serena aconselhou. — Ande aqui como se fosse dona do lugar, peitos voluptuosos e tudo mais.

Julie deu uma espiada no busto e em seguida lançou um olhar fulminante na direção de Nathan, do lado oposto do salão. Com um movimento rápido de dedos, ela desabotoou os dois primeiros botões da camisa e a arrumou de forma a mostrar um pedacinho do sutiã de renda. Serena tinha que admitir, Julie tinha um decote bem fantástico.

Um brilho perverso perpassou os olhos de Faith, que de doce e inocente se transformou em satânica e assustadora. Ela apertou o braço de Julie e lançou um olhar decidido a Serena.

— Ande, nós vamos até lá — anunciou.

— O quê?! — Julie quase guinchou. Puxou o braço de volta num movimento brusco, mas Faith segurou firme.

As duas amigas a arrastaram pelo caminho em direção à mesa de Nathan.

— Vou matar vocês por isso — Julie sussurrou logo antes de colocar um sorriso radiante no rosto.

Nathan olhou para cima e sorriu calorosamente.

— Olá, garotas.

Sua acompanhante não estava tão feliz em vê-las.

— Oi, Nathan — Faith cumprimentou-o com doçura. — Saiu mais cedo do trabalho?

Ele riu.

— É, só não conte ao Pop. Ele e o Connor ainda estão fazendo um trabalho.

Seus olhos oscilaram para Julie e depois para Serena, que podia jurar ter visto interesse em sua expressão, ainda mais quando ele deu uma boa olhada no decote de Julie.

Julie sorriu, mas era um daqueles sorrisos maquinadores que deveriam dizer a Serena que ela estava encrencada.

— Bem, foi bom te ver, Nathan. Me ligue e vamos remarcar a massagem. A gente ia ficar para bater um papo, mas estamos indo para o bar discutir o futuro leilão da Serena — ela disse.

Faith tossiu e Serena fechou os olhos, gemendo em silêncio.

— Leilão? O que estão vendendo? — Nathan perguntou.

Não responda. Não se atreva a responder, Julie.

— Ela — Julie respondeu como se fosse um evento corriqueiro.

As sobrancelhas de Nathan dispararam para o alto, e ele voltou o olhar para Serena. Até a perua loira parecia surpresa.

— Bom, esse, sim, que é um leilão interessante — Nathan comentou arrastando a voz, o divertimento à espreita em seus olhos. — É aberto ao público?

— A Julie andou bebendo — Serena explicou, ao fincar os dedos na lateral do corpo dela. Podia sentir a amiga da onça sacudindo com o riso silencioso. — Foi bom ver você, Nathan. E você... — Ela olhou para a loira, que parecia irritada por não ter sido apresentada.

— Bom ver vocês duas também — Nathan respondeu. — Faith, vejo você amanhã.

Julie fez um aceno com os dedos, jogou o cabelo e seguiu Faith até o bar.

— Vou te matar — Serena sussurrou quando se sentaram nas banquetas do bar.

Julie riu.

— Isso é por você ter me forçado a ir até lá.

— Eu? Fala sério, não foi ideia minha — Serena disparou. — Foi a sua *doce* amiga ali.

— É, bom, eu vou dar o troco assim que pensar num jeito — Julie disse ao lançar um olhar sombrio para Faith.

— Bom, ele notou o seu decote — Faith observou. — Embora eu pense que você queria que ele notasse mais.

Julie revirou os olhos.

— Ai, aqui vamos nós. A Faith vai nos dar o sermão *ele deve te querer por você e não pelos seus atributos.* O que é legal, mas, no momento, eu ficaria com ele me notando do jeito que fosse. Não quero me casar com o cara. Só quero dar uns amassos algumas vezes.

— Ela precisa de duas bebidas — Serena disse ao acenar para o barman.

— Uma para cada mão — Julie disse com um sorriso.

Faith girou no banquinho.

— Então, por que mesmo que a gente veio aqui?

— Para fazer a Julie beber — Serena respondeu.

— E transar — Julie completou. — Não se esqueça da parte mais importante da equação.

Uma risada masculina ressoou atrás delas.

— Merda — Julie murmurou ao fechar os olhos.

Serena virou-se para ver Gray Montgomery parado atrás delas, um largo sorriso no rosto.

— Conversa interessante. Estou interrompendo?

— Não — Faith respondeu.

— Sim! — Julie exclamou.

Faith desceu do banquinho e imediatamente foi envolvida pelos braços de Gray. Serena e Julie trocaram um revirar de olhos, mas as duas sabiam que estavam sendo duas cobras invejosas.

— Suponho que vão ficar aqui por um tempo — Gray disse, o divertimento ainda pesado em sua voz.

Faith sorriu.

— Ah, sim, nós meio que estamos tramando a ruína do...

Julie ergueu a mão para interrompê-la.

— Não se atreva a dizer o nome dele, Faith, ou juro por Deus que vou te asfixiar com o seu cabelo.

Gray riu.

— Não sei se tenho inveja do coitado ou se tenho pena dele.

E se inclinou para beijar Faith outra vez.

— Vou te deixar com seus papos de mulher. Vou me encontrar com o Micah e o Nathan para tomar umas. Te vejo em casa mais tarde.

As mãos dele deslizaram possessivamente pelo corpo de Faith ao capturar um último beijo, e Serena ficou olhando sem um pingo de pudor. A química entre os dois era palpável.

— Acho que vai encontrar o Nathan ocupado — Julie disse, sarcástica.

— Ah, você quer dizer a reunião com a cliente? — Gray perguntou. — Já acabou.

Julie franziu o cenho e olhou feio para Faith.

— Cliente? A loira é cliente? Por que você não sabia que era cliente, Faith?

Ela deu de ombros.

— Ao contrário do que todo mundo acredita, não sei de tudo que acontece na Malone and Sons.

— Todos os seus clientes são tão... pegajosos? — Julie perguntou a Gray.

Faith enrugou a testa depois dessa e então olhou para Gray.

— É verdade... são? Você não tem reuniões de negócios com nenhuma perua loira, tem?

Gray riu e tocou uma mecha dos longos cabelos loiros de Faith.

— Você é a única loira para quem tenho olhos, querida. — Depois ele se inclinou para mais um beijo. — Vejo você mais tarde, está bem?

Ele se afastou, mas depois franziu as sobrancelhas ao ver as bebidas que o barman colocou na frente das mulheres.

— Vamos fazer assim: vou ficar por aqui e levo vocês para casa quando terminarem.

— Para mim está ótimo — Julie respondeu, dando de ombros. — Vim de carona com a Serena.

— Eu não estava planejando beber nada — Serena disse ao sorrir para Gray. — Foi muita gentileza sua oferecer, mas posso levar a Julie para casa.

— Sim, mas agora você pode beber — Faith disse. — Tenho certeza de que o Nathan e o Micah não se importariam de buscar os nossos carros quando precisarem ir embora.

Serena quase riu do quanto Faith estava sendo transparente.

— Ok, parece um bom plano para mim — disse Serena. — Bebam, garotas.

Vários drinques depois, as três mulheres estavam rindo; entretanto, por mais que tentasse, Serena não conseguia entender de quê. Julie estava imitando a loira de Nathan se oferecendo para fazer a massagem, enquanto Faith tentava, em vão, fazê-la baixar a voz.

— Acha que eles sabem que estamos falando deles? — Julie perguntou ao dobrar o corpo para a frente e apontar o polegar por sobre o ombro para onde Gray, Micah e Nathan estavam sentados, a várias mesas de distância.

— Provavelmente eles têm uma boa ideia — Serena disse com ironia. — Você não é o que se pode chamar de garota propaganda da discrição.

Julie deu de ombros.

— Bom, ele que se dane.

— Você está tentando, lembra? — Faith perguntou ao abafar a risada.

— Não mais — Julie anunciou ao drenar as últimas gotas de sua bebida. — Se ele não gostar de mim e das minhas massagens, então vou encontrar quem goste.

— Essa é minha garota — Serena disse.

— Ai, Serena, não olhe agora, mas o Damon acabou de entrar — Faith sussurrou.

Julie girou no lugar e prendeu a respiração de repente.

— Aquele é o sr. GQ? Minha nossa, ele é... bonito. Muito bonito, Serena. Acho que posso repensar minha postura sobre submissão e escravidão.

— Vire-se e coloque a língua de volta na boca — disse Serena. — Está deixando cair baba na minha camisa.

— Ele está vindo nesta direção — Julie avisou ao girar no banquinho.

O coração de Serena bateu um pouco mais rápido, e ela olhou para Faith, procurando confirmação. Faith assentiu logo antes de se virar e sorrir.

— Damon, que surpresa ver você por aqui — disse quando ele estava chegando perto.

Por fim, Serena virou-se calmamente no banquinho para ver Damon parado a meros trinta centímetros de distância. Ele estava vestindo jeans e camiseta outra vez. Entretanto, mesmo com o traje casual, exalava sexualidade crua por seus poros, com toda a certeza. E confiança. Estava parado como se fizesse parte dali, como se não restasse dúvida de que seria bem-vindo.

— Uma surpresa e tanto — Serena concordou. — Veio se misturar a nós, bárbaras?

Damon riu.

— Algumas das minhas bárbaras favoritas frequentam este lugar, mas na verdade eu estava procurando por você. Sua assistente disse que eu poderia te encontrar aqui.

— E aqui estou eu.

— Não se preocupe com a gente — Julie murmurou. — Podemos levar nossas carcaças bêbadas para outro lugar.

— De forma alguma — Damon disse suavemente. — Posso pagar uma rodada para vocês? Não achei que interromperia uma noite das garotas.

Julie acenou para Faith pular para o banco ao lado e ali se sentou.

— Sente-se — ela convidou Damon. — Se vai pagar uma rodada, o mínimo que pode fazer é se acomodar.

— Damon, com certeza você conhece a Faith, mas esta aqui é nossa amiga Julie Stanford. Julie, este é o Damon Roche.

Julie estendeu a mão e Serena rezou em silêncio para que Julie ficasse de boca fechada a respeito de leilões e escravidão.

— Muito prazer em te conhecer, Damon. Ouvi muito sobre você.

— O prazer é meu, Julie — ele respondeu ao pegar a mão dela na sua para um cumprimento. Depois dirigiu-se a Serena: — Se importa se eu me sentar?

— De forma alguma — respondeu, apontando o banquinho. — Precisava de alguma coisa? Não que eu ache ruim você vir até aqui me procurar — ela se apressou a acrescentar —, mas queria alguma coisa em especial?

— Você — ele disse apenas.

Serena engoliu uma vez e engoliu de novo quando o nó em sua garganta pareceu não sumir.

— Se já não tiver planos para o jantar, pensei que poderíamos comer juntos e discutir...

Ele ficou em silêncio, mas o significado era claro.

Julie se inclinou para a frente.

— Não se preocupe com a gente, Serena.

— Mas você veio de carona comigo — ela protestou. — Não posso te deixar aqui.

— Eu ficaria feliz em levar a sua amiga para casa — Damon disse. — Vou providenciar para alguém vir levar o seu carro para o seu apartamento, se não tiver problema, e te levo em casa depois.

Julie endireitou o corpo para trás e encarou Damon com interesse, antes de retornar o olhar para Serena.

— Está bem, esqueça tudo o que eu disse sobre um homem que assuma o controle, porque de repente estou achando isso muito interessante.

Damon sorriu e Faith caiu na risada.

— Algum problema se o Damon te levar para casa, Julie? — Serena perguntou. — Talvez eu não devesse ir. Detesto deixar vocês na mão, meninas.

— Claro que podemos jantar outra hora — Damon observou. — Ou a Faith e a Julie seriam bem-vindas para se juntar a nós, embora eu perceba o Gray olhando feio de longe, por isso duvido que ele fique feliz com a ideia de eu sair daqui não com uma, mas com três mulheres lindas.

— Oh, eu gosto dele — Julie suspirou. Ela piscou e pareceu despertar do estupor de semiembriaguez. — Vocês dois podem ir. O Gray prometeu cuidar da minha carona para casa.

— Tem certeza? — Serena perguntou.

— Não é problema levá-la para casa — Damon assegurou.

Julie sorriu.

— Agradeço a oferta, mas tenho certeza de que vocês dois têm muito assunto para discutir. Sabe, leilões, grilhões para pescoço, correntes...

Serena fechou os olhos e rezou por uma saída, mas Damon apenas riu.

— Vamos — Serena murmurou. — Antes que eu a mate.

Capítulo 10

Serena saiu para o estacionamento com a mão de Damon encostada de leve em sua lombar. Caminhava no mesmo ritmo de propósito para que a mão dele não escorregasse.

O crepúsculo havia caído, e uma brisa noturna suave soprava por seu cabelo. A noite estava menos úmida do que o habitual, e os sons da cidade os envolviam.

Depois de Damon acomodar Serena em seu carro, ele deu a volta e se sentou no banco do motorista. Pegou o celular em vez de dar partida, e ela o ouviu dar instruções ao motorista para encontrá-los no restaurante e pegar as chaves do carro dela.

— O Sam vai levar o carro ao seu apartamento ainda hoje, depois que eu te deixar em casa, assim pode te entregar as chaves. Vou me certificar de que ele ligue antes para você não ser pega de surpresa.

Serena colocou a mão sobre o punho de Damon quando ele foi colocar a chave na ignição.

— Não precisava fazer isso, Damon. Você poderia me deixar aqui mais tarde para pegar o carro depois do nosso jantar.

Ele deu partida e depois estendeu o braço para tocar o rosto dela.

— Não é transtorno algum, Serena. Melhor se acostumar comigo tomando conta de você, porque garanto que, enquanto for minha, vou cuidar de cada uma das suas necessidades.

Ela sentiu um aperto na garganta, e milhões de nós se formando em seu estômago. Ele fazia aquilo soar tão envolvente, tão bonito. Nada parecido com a imagem estéril que a palavra *escrava* evocava.

— Acho que vou gostar — ela disse baixinho.

— É minha intenção.

Ao sair com o carro do estacionamento, ele esticou a mão e a deslizou sobre a dela. Seu polegar acariciou de leve um dos dedos de Serena, para cima e para baixo, enquanto ele manobrava pelas ruas movimentadas.

— Gosto de tocar você — ele disse ao vê-la com olhos fixos na mão. — Sua pele é muito agradável ao toque.

— Pode tocar — ela respondeu com a voz rouca. — Suas mãos são fortes. Gosto delas na minha pele.

Os olhos dele brilharam, refletindo as luzes das numerosas lanternas dos carros.

— Logo vai me sentir em cada parte do seu corpo, Serena. Está preparada? Você fica acordada à noite, me imaginando tocando seus seios? Seus lábios? Entre suas coxas?

Os sentidos dela ganharam vida como se ele os controlasse. Um arrepio exótico subiu de sua pélvis até os seios, transformando os mamilos em botões rígidos.

— Sim — ela sussurrou.

— Estou ansioso para ser seu dono — ele murmurou. — É por isso que fui atrás de você esta noite. Queria te dizer que os preparativos para o leilão foram feitos.

Ela tremia, e ele apertou sua mão mais firme, como se para acalmá-la.

— Precisamos conversar sobre o que acontece depois — Serena disse.

— Sim, precisamos. Eu gostaria de uma semana em que a tivesse completa e inteiramente para mim. Você mencionou o período de um mês para a sua fantasia, e entendo que não pode se afastar do seu negócio por um mês inteiro, mas consegue providenciar uma semana de folga logo depois do leilão?

Ela lambeu os lábios e, quando viu, estava agarrada à mão dele.

— Consigo, com certeza. Mas o que acontece depois dessa semana? Quando eu voltar ao trabalho?

Ele sorriu.

— Você vai trabalhar como em qualquer outro dia. Mas, no final do expediente, vai voltar para mim e se entregar à minha proteção e aos meus cuidados.

— E quando eu tiver obrigações fora do trabalho?

— Você vai cumpri-las, claro. Não sou um monstro, Serena. Tudo o que eu peço é que, quando estiver comigo, seu tempo seja meu.

Ela assentiu.

— Está bem. Posso concordar com os seus termos.

— São os seus termos — ele disse com calma. — Só estou realizando seus desejos mais profundos.

— Sim, eu sei. E obrigada. Acho.

Ela sorriu quando a voz saiu toda trêmula. Ele retribuiu o sorriso e deu um leve aperto na mão dela de forma encorajadora.

— Me dê a chance de te fazer feliz, Serena.

Ela virou a cabeça de lado e olhou para ele.

— Sabe, de alguma forma, não consigo imaginar não estar feliz com você.

Ele ergueu a mão dela e passou os lábios sobre o nó de seus dedos.

— Meu objetivo é que você desfrute de todos os momentos que passarmos juntos.

Ela se recostou no assento, atordoada de satisfação. Damon fazia isso com ela. Relaxava-a e a fazia se sentir tranquila. Como se pudesse confiar nele, o que era absurdo quando ela pensava a respeito. Conhecia-o há tão pouco tempo, mas ele a conquistara. Sem questionamento, sem reservas. Ele não a julgava. Ele a aceitava.

Ele manteve a mão dela no colo durante o caminho. Quando não estava acariciando seus dedos, passava a mão para cima e para baixo em seu punho e na parte interna de seu braço.

Era viciante. Ele era viciante, e a coisa assustadora era que a relação dos dois ainda iria além de um simples toque, uma leve carícia ou um olhar pegando fogo. Ele poderia significar problemas muito, muito grandes se ela não fosse cautelosa.

Ele dirigiu até o mesmo restaurante a que tinham ido no primeiro encontro, e foram levados novamente ao salão de jantar privativo. À noite, o espaço assumia uma atmosfera totalmente distinta. A iluminação era baixa e mais intimista. As cortinas haviam sido abertas e, da grande janela panorâmica, a linha do horizonte da cidade piscava brilhante.

— Me sinto, sem dúvida, malvestida — ela lamentou num murmúrio, ao olhar para seus jeans e camiseta.

— Não estou usando nada mais sofisticado — ele a lembrou. — Além disso, estamos sozinhos, e não tem ninguém aqui para nos ver.

A expressão de Serena suavizou com um sorriso. Ele tornava muito fácil que ela relaxasse e não se preocupasse com nada além do momento presente.

Ele a acomodou na cadeira e se sentou do outro lado da mesa. Um garçom esperava por perto, e Damon pediu uma garrafa de vinho.

— Gostaria de ver um cardápio? — Damon perguntou a ela.

Serena apoiou as costas no encosto da cadeira, segurando a taça de vinho nos lábios.

— Você escolhe — respondeu suavemente. Sabia que ele gostaria de escolher, além de não questionar o desejo ardente de se adaptar aos desígnios dele.

Damon disse as escolhas ao garçom em voz baixa e, num instante, foram deixados a sós.

— Me fale mais sobre você — ela pediu ao colocar a taça de vinho outra vez sobre a mesa. — Nem sei em que você trabalha. Tem família? É sozinho?

Damon fez uma careta constrangida e foi a primeira rachadura que ela viu na postura autoconfiante que ele sempre adotava.

— Tive muita sorte de me envolver desde o início, e ainda muito novo, com o que acabaram se tornando ações muito lucrativas. Adoro um desafio, por isso compro negócios que estejam passando por dificuldades e viro o jogo.

— E alguma vez você já fracassou? — Serena perguntou, embora soubesse a verdade.

Ele a encarou inexpressivo.

— Não — respondeu apenas.

— Qual foi sua última aquisição?

Damon tamborilou os dedos na mesa, e um brilho empolgado tomou seus olhos.

— Comprei duas madeireiras no extremo leste, à beira da falência. Minha projeção é de que gerem lucro em menos de um ano. A questão é contratar as pessoas certas e tomar decisões financeiras inquestionáveis.

— Você soa muito mais pragmático do que eu a respeito de negócios — ela disse. — Admito, sinceramente, que nem sempre tomo as melhores decisões e deixo meu coração guiar o meu cérebro. A Carrie me diz que sou mole demais e que nunca vou ter mão de ferro.

Damon sorriu e se reclinou na cadeira para observá-la.

— E ainda assim, sua empresa dá lucro, você não tem dívidas e tem clientes felizes.

— Andou me espiando de novo — ela murmurou.

— Não de novo. Só aquela vez. Só me certifiquei de que fosse uma investigação bem completa. Tenho muita curiosidade para saber por que você entrou nesse tipo de ramo. Nunca ouvi falar de alguém que fizesse o mesmo.

Ela deu de ombros, mas não conseguia conter a pontada de empolgação que tomava conta dela quando falava sobre seu negócio e o que inspirava a ideia por trás dele.

— Começou como algo bem irreal, na verdade. Sempre fui um pouco sonhadora. Ok, muito sonhadora. Minha mãe costumava jurar que eu passava noventa por cento do meu tempo com a cabeça nas nuvens.

— Os sonhadores nunca morrem — disse Damon.

Serena sorriu.

— Isso é uma grande verdade e é um sentimento delicioso. De qualquer forma, mesmo muito nova, eu adorava realizar os desejos das pessoas. Se ouvia algum amigo ou pessoa da família expressar desejo por algo, e se estivesse ao meu alcance proporcionar isso a eles, eu proporcionava. Depois que terminei meu MBA, passei alguns anos trabalhando com administração de empresas. Tempo o bastante para perceber que estava engessada e entediada, e que odiava trabalhar com aquelas pessoas.

— Ah, uma rebelde — ele disse com divertimento.

Ela enrugou o nariz.

— Acho que sim. Não é que eu não consiga me relacionar com as pessoas ou que repudie autoridade. Só estou mais feliz quando tomo minhas próprias decisões e trabalho com algo que me motiva. Em poucas palavras, não amava o que estava fazendo. Agora eu amo, e isso faz toda a diferença.

— Aposto que recebe muitos pedidos interessantes.

Ela revirou os olhos.

— "Interessante" é eufemismo. É óbvio que alguns são absurdos dignos de riso, mas os piores são pedidos de uma insanidade surpreendente, porém *sérios*. Esses vêm de pessoas que sinceramente querem que eu consiga realizar suas fantasias bizarras e que têm esperanças disso. E, por mais estranho que eu possa achar, ainda são apenas pessoas que desejam algo fora de seu alcance. É difícil ter que lhes dizer que não posso ajudar.

— Você tem coração mole — ele disse numa voz afetuosa.

Ela fez careta.

— Vindo de você, duvido que seja um elogio. As decisões da minha empresa provavelmente te deixariam horrorizado.

Ele a encarou surpreso.

— Pareço ser tão implacável? Falei como um elogio sincero. E, já que seu negócio é um sucesso, e você fez tanta gente feliz, duvido que suas decisões me deixariam horrorizado.

Um prazer cálido alastrou-se pelas faces dela com a aprovação que viu na expressão de Damon.

— Desculpe, não quis dizer que você era implacável. É só que, como descobriu na pesquisa, subsidiei mais do que algumas das fantasias dos meus clientes quando era claro que eles não poderiam pagar pelos gastos envolvidos.

— E você acha que isso é uma fraqueza — ele declarou.

Ela se moveu no assento, com desconforto.

— Talvez não uma fraqueza, mas tento me educar para estabelecer limites e depois me percebo incapaz de dizer "não" a um cliente porque a fantasia não se encaixa no orçamento. Não me entenda mal; sou seletiva. Não sinto pena de um cara cuja fantasia é cuidar do ensaio fotográfico da edição de roupa de banho da *Sports Illustrated*, mas quando uma mãe vem até mim porque a filha está doente e quer ser uma princesa num cruzeiro, não vou responder dizendo que não posso ajudar pois o orçamento dela está vários mil dólares abaixo do necessário.

— Acho que o que você percebe como uma fraqueza é a sua maior força e seu maior atributo — Damon disse ao estender a mão para pegar a dela. — Você tem uma alma generosa, mas também tem senso prático.

Ela o deixou virar sua mão com a palma para cima. Ele tocou um dedo na palma e traçou um caminho na pele. Em seguida, acariciou cada um dos dedos como se saboreasse a sensação de sua pele.

Ela adorava o toque. Podia ficar ali sentada por horas e simplesmente deixar que a ponta dos dedos dele deslizasse sobre suas mãos, por seus braços. Serena estremeceu ao se lembrar de como era ter as mãos dele enroscadas nos cabelos, massageando o couro cabeludo e acariciando o pescoço.

— Você disse... — Ela parou e limpou a garganta. — Disse que providenciou o leilão.

Ele puxou a mão devagar e se inclinou para a frente na cadeira, até que restasse pouco espaço entre eles.

— Providenciei. O próximo fim de semana é muito cedo?

A adrenalina percorreu as veias dela, irrompendo como uma inundação repentina. Excitação. Medo. Terror. Todos eram descrições precisas dos sentimentos palpitando dentro dela.

Ela sentiu a boca seca e engoliu rapidamente.

— Não é. O próximo fim de semana está ótimo. Vou planejar minha agenda de trabalho para ficar livre na semana seguinte. O leilão. O que preciso fazer?

Damon sorriu.

— Nadinha. Vou enviar meu motorista para te buscar e te levar à The House, onde seu guardião estará esperando. Ele vai te ajudar a se preparar para o leilão. Você vai ficar aos cuidados dele até que eu te requisite.

O desejo pulsava forte nas veias dela. Um calor líquido se acumulava em seu sexo, latente, esperando ser incitado às alturas.

— Por que você está fazendo isso? — ela perguntou. Era algo que já tinha perguntado, mas não podia conter a necessidade de saber mais sobre aquele homem intrigante.

— É muito simples — Damon respondeu com a voz calma. — Quero você, Serena. Quero você desde o momento em que nos conhecemos. Quando descobri que era a pessoa em busca da realização da fantasia, não restou mais chance de eu te entregar a outro homem.

— E então vou ser sua — ela murmurou, gostando das palavras. E de seu significado.

— Sim. Vai pertencer a mim.

A satisfação reluzia nos olhos castanhos de Damon. Estavam escuros e cálidos com promessas.

— Diga-me, Serena. Você está aberta à possibilidade de experiências novas e ousadas? Parou para refletir precisamente sobre o que vai significar pertencer a um homem? E não só a qualquer homem, mas o que vai significar pertencer a mim?

Ela fez uma pausa, retribuindo o olhar fixo.

— Acho que me preparei para novas experiências. Estou um pouco nervosa porque não sei até onde um homem, *você*, levaria as coisas. Mas confio em você. Talvez não devesse, mas você me faz ficar muito à vontade.

— Fico feliz em saber — ele disse numa voz suave. — Não ia querer que tivesse medo de mim.

— Me percebo alimentando pensamentos loucos — ela admitiu. — Alguns estão tão além do reino da realidade, que é melhor mantê-los como fantasia.

— Espero que explore seus limites quando estiver comigo e não seja tão rápida em recuar. Quero que abra sua mente e seu coração. Não julgue. Não pense. Apenas, sinta. Mas — acrescentou — se em algum momento tiver medo, quero que seja sincera comigo. Nunca vou fazer nada para te ferir ou assustar de propósito.

— Sei disso — ela respondeu com a voz rouca. — Sei disso de verdade.

No fundo, queria que ele a levasse além da zona de conforto. Queria que ele assumisse o controle para que ela não tivesse escolha. Não queria que ele pedisse, queria que ele tomasse, que exigisse, que *desse.*

— Quis ver você esta noite porque vai ser a última vez que estaremos juntos antes do leilão — Damon disse.

Ela ergueu os olhos, surpresa. Ele sorriu.

— Gosto da consternação que brilhou nos seus olhos. Combina com a minha. E uma parte arrogante de mim gosta que você goste de passar tempo comigo.

— Então, por que…

— Porque quero que pense em mim a semana toda. Quero que imagine a noite do leilão quando vou te requerer. A primeira vez que eu te tocar e estabelecer propriedade. Quero que fique ansiosa.

— Você é muito seguro de si — ela disse em voz baixa. Porém, ele estava certo. Pensaria nele a semana inteira. Não pensaria em nada mais.

— Não, apenas tenho esperanças. E independentemente do que vai estar na sua mente esta semana, você é que vai ocupar os meus pensamentos. Não sinto esse grau de expectativa há muito, muito tempo.

Ela sorriu.

— Sua arrogância combina com a minha — ele disse com um leve curvar de lábios. — Gosto disso.

— Os contratos? — ela questionou.

— Vou enviá-los logo cedo na segunda-feira. Quero que toda a papelada esteja fora do caminho antes do leilão. Não vou ter nada se intrometendo em nosso tempo uma vez que embarcarmos na sua fantasia.

A respiração de Serena acelerou, e ela balançou a cabeça em concordância. Finalmente. Era isso. Estava, de fato, no caminho.

Surpreendia-a que estivesse sentada à mesa, em frente a um homem maravilhoso, poderoso, fazendo planos para realizar um desejo dentro dela que havia partido de uma curiosidade inativa e crescido até se tornar uma necessidade completamente desenvolvida.

Em pouco mais de uma semana, entraria no clube de Damon e seria arrematada como escrava sexual. O fato de já saber quem seria seu senhor não diminuía o temor carregado de adrenalina e a excitação que percorriam seu corpo. Na verdade, saber que Damon comandaria seu corpo só multiplicava a expectativa.

Capítulo 11

— Como assim, o Nathan te levou para casa, você acordou pelada na sua cama na manhã seguinte e não se lembra do que aconteceu? — Serena perguntou incrédula.

Estava com o celular preso entre o ombro e a orelha ao mexer na papelada que tentava organizar.

Julie grunhiu em seu ouvido.

— A Faith armou para mim. A cobra.

Serena riu.

— Ah, deixe disso, Julie. Ela só estava tentando ajudar.

— Eu sei — Julie respondeu com um suspiro profundo. — Mas ela foi óbvia demais. Praticamente me jogou para cima do Nathan e sugeriu que ele me levasse para casa. Só que não consigo me lembrar de como ele reagiu porque eu já tinha bebido muito. Lembro vagamente de ele ter me dado carona para casa, mas e depois? Nada. Acordei na manhã seguinte na minha cama, completamente nua e, Serena, eu não durmo sem roupa.

— Ah e você está preocupada que tenha feito coisas com o Nathan e não se lembre.

— Se transei com ele e não lembro, vou me matar — Julie disse com pesar.

— Bem, por que você simplesmente não liga e pergunta?

— Ah, claro, é isso que vou fazer. "Alô, Nathan, é a Julie. Você se importa de me dizer se transamos ontem à noite?"

Serena riu.

— Tenho certeza de que pode ser mais sutil que isso, querida.

— Se dormimos mesmo juntos, ele com certeza não chegou à parte em que a pessoa tem que ligar no dia seguinte. Inclusive, se transamos, com certeza ele se mandou na calada da noite, o que me diz que não devo ter sido nem um pouco boa.

— Pare de se rebaixar, Julie. De tudo o que você disse, tenho que pensar que vocês não transaram. O Nathan não me parece o tipo que tira vantagem de mulher bêbada.

— Mas e se eu tirei vantagem dele? — Julie guinchou.

Serena riu de novo.

— O Nathan é crescidinho. As possibilidades são de que ele tenha te deixado na cama e saído. Simples assim. O que você tem que fazer é ligar para ele, agradecer a carona e depois se oferecer para preparar um jantar de gratidão.

— Você é um maldito gênio. Por que não pensei nisso?

— Isso significa que você finalmente vai tomar uma atitude com ele? — perguntou Serena.

— Ah, talvez.

Serena fechou os olhos e sacudiu a cabeça.

— Pelo amor de Deus, Julie. Você me deixa louca. A Faith e eu deveríamos ser as covardes, não você. Lembra? Você é a Senhorita Mão de Ferro, não faz prisioneiros porque não deixa ninguém vivo. Comece a agir assim.

— Você está certa. Sou totalmente indigna. Me curvo perante sua grandiosidade.

— Cale a boca e vá ligar para ele — Serena respondeu exasperada.

— Sei que este telefonema só serviu para falar de mim, mas o motivo real de eu ter ligado é dizer boa sorte esta noite. Acredito, com certeza, que você perdeu uns parafusos, mas, de um jeito estranho e perverso, estou com uma inveja insana e espero que se divirta muito no seu, hum... leilão de escrava.

Serena sorriu, uma pontada de empolgação revirando seu estômago.

— Obrigada, Julie. Vou ficar fora do escritório durante a semana que vem, por isso, depois vou perguntar o que aconteceu.

— Ei, espere, até parece, pode esquecer. Você não pode simplesmente desaparecer por uma semana depois de ter sido arrematada num leilão de escravas — Julie disparou. — E se ele te arrastar para a caverna dele em algum lugar, te molestar e te matar?

— Está tentando me assustar?

— Estou! Use a cabeça. Você vai me ligar na manhã seguinte ao leilão, ou eu ligo para a polícia e faço baterem na porta do Damon. Não me importa o quanto ele é amigo da Faith, ou o quanto é bonito. Até onde você sabe, ele pode ser um *serial killer*.

— Obrigada por isso — Serena murmurou.

— Desculpe, querida. Não queria arruinar a sua noite, mas alguém tem que enfiar juízo na sua cabecinha linda.

— Está bem, está bem, te ligo na manhã seguinte.

— Bom. Agora vá. Falo com você amanhã e você pode me dizer como foi sua primeira noite de escravidão.

— Engraçadinha — Serena murmurou.

— Você me ama.

— Tchau, Julie.

Serena tirou o celular da orelha e encerrou a ligação. Colocou o telefone na mesa e deu uma olhada no relógio. Se queria ir para casa, tomar banho e se arrumar, precisava sair naquele instante. Precisava de um tempo para recuperar o controle antes que o motorista de Damon fosse buscá-la, pois estava se sentindo uma pilha de nervos caóticos.

Juntou os papéis e os jogou dentro da valise. A impaciência de chegar em casa cutucava-a. Depois de um olhar rápido pelo escritório para ter certeza de que não estava esquecendo nada, ela seguiu pelo corredor para ter uma conversa rápida com Carrie.

Carrie estava feliz da vida com a decisão de Serena de tirar uma semana de folga, mesmo que não soubesse o motivo. Supunha que estivesse tirando as primeiras férias em anos. De certa forma, *eram* férias. Da realidade.

Depois de receber as garantias de que Carrie ligaria se surgisse qualquer coisa com que não conseguisse lidar, Serena deixou o prédio e seguiu para seu apartamento.

Primeiro permitiu-se um longo banho de banheira ao tentar, em vão, acalmar os nervos tensos demais. Faith havia ligado aquela manhã e descrito sua experiência na The House para que Serena não entrasse totalmente às escuras, e, depois de ouvir o depoimento, ela estava muito mais perto de hiperventilar.

Não tinha certeza do que estava esperando, mas a descrição de Faith a respeito da abertura das atividades sexuais dos frequentadores do clube a fazia se sentir um peixe fora d'água antes mesmo que colocasse os pés lá.

Olá, você é um peixe fora d'água.

Um peixe fora d'água a ponto de pular do aquário de peixinho dourado em direção ao maldito oceano.

Graças a uma visita ao Julie's, estava depilada e retocada dos pés à cabeça e em todas as partes entre eles. Estava confiante em sua aparência e de que não assustaria ninguém com sua nudez. Engoliu em seco com o mero pensamento de estar nua na frente de um salão cheio de homens. Era tão... imoral. Isso a fazia se sentir uma garota má.

Depois de uma olhada no relógio, ela se apressou. Não se preocupou muito sobre o que usar, já que estaria nua pela maior parte da noite, mas dedicou muitos cuidados ao cabelo. Não que tivesse feito muito, porque sabia que Damon gostava dele longo e caindo pelos ombros, mas ela o escovou até brilhar.

Quanto à maquiagem? Deu risadinhas ao aplicar um pouco de base, delineador, rímel e batom. Se as coisas acontecessem de acordo com a sua fantasia, maquiagem para os olhos e batom a fariam parecer meio boba. Damon provavelmente não gostaria de ficar com batom vermelho no pau.

Ela inspirou com força ao imaginá-lo na boca. Ele levaria seu e-mail ao pé da letra? Replicaria todos os aspectos de sua fantasia ou o usaria como um guia geral? Ela não sabia, e com certeza aguçava sua excitação de tirar o fôlego.

Que gosto ele teria? Seria grande ou pequeno? Seria delicado ou vigoroso?

Ela não queria delicadeza. Queria desfrutar do poder que sentia estar contido com força logo abaixo da superfície. Ela o queria rude e forte, exigente e poderoso.

A campainha tocou quando Serena estava pegando as sandálias. Seu estômago veio à boca quando calçava os pés e ajeitava o cabelo com as mãos úmidas de nervosismo.

Ela pegou a mala com itens para passar a noite e foi para a porta. Quando a abriu, Sam estava ali, seu corpo grande preenchendo a entrada. Ele inclinou a cabeça.

— Srta. James, está pronta?

— Estou — ela conseguiu dizer numa voz estranha.

Ele estendeu a mão para pegar a mala que ela lhe entregou. Serena trancou a casa rapidamente e o seguiu até o Bentley.

A viagem pareceu durar uma eternidade. A cada quilômetro, a tensão enrodilhava-se e crescia dentro dela. Quando percorreram o caminho de entrada serpenteante de uma grande propriedade, ela se sentiu meio zonza, o pulso pesado em suas têmporas.

Sam estacionou o carro e sua porta se abriu imediatamente. Ela se encontrou diante do rosto de um homem bonito. Sua expressão era enigmática, e ele apenas estendia a mão para ela.

Ela a pegou com dedos trêmulos e permitiu que ele a ajudasse a sair do carro. Serena começou a caminhar, mas o homem puxou-a de volta até que ela estivesse ao seu lado.

— Sou seu guardião — ele disse ao se apresentar. — Você vai seguir minhas instruções o tempo todo.

Ela piscou e concordou com a cabeça.

— Sim, guardião — ele instruiu.

— Sim, guardião — ela respondeu gaguejando.

Ele assentiu em aprovação.

— Vou escoltá-la e prepará-la para o leilão.

Ele pegou seu cotovelo com um surpreendente aperto gentil ao conduzi-la até a porta. O silêncio a recebeu quando entraram no hall escuro. Antes que pudesse olhar em volta e absorver seu entorno, o guardião apressou-a pelo corredor. Ele parou do lado de fora de uma porta, abriu-a e indicou que ela entrasse.

Era um quarto pequeno, porém decorado com elegância. A mobília era cara, simples, mas de extremo bom gosto. Parecia ser uma sala de estar, ou mesmo um quarto de vestir, pois não havia cama. Apenas duas poltronas, um espelho de corpo inteiro e uma penteadeira. Na lateral havia uma porta aberta para um lavabo.

Girando no lugar, ela observou o quarto e então o guardião tocou seu ombro.

— É hora de prepará-la — ele disse.

Os dedos dele foram para sua camiseta e ela quase os tirou dali com um tapa. Ele parou por um instante e lhe lançou um olhar penetrante. Não recuou, mas também não seguiu em frente. Exercia autoridade mesmo quando dava tempo a Serena para se acostumar ao seu toque.

— Desculpe — ela murmurou. — Estou uma pilha de nervos.

Ele não respondeu, embora um sorrisinho perturbasse seus lábios.

— Posso tirar a roupa sozinha — ela disse, pensando em poupá-lo da tarefa constrangedora.

Ele ergueu uma sobrancelha e sacudiu a cabeça.

— Você é minha até que outro homem a compre. É meu dever e meu direito prepará-la como eu achar adequado.

Ela arregalou os olhos e seu estômago se apertou e revirou. Ai, droga, era isso. Ela tentou relaxar quando ele ergueu sua camiseta sobre a cabeça lentamente. Ele indicou que Serena erguesse os braços e ela atendeu quase de forma mecânica.

Foi necessário cada traço de sua vontade para não cruzar os braços de forma protetora sobre o sutiã de renda. Em vez disso, ela deixou as mãos caírem ao lado do corpo e cerrou os punhos.

— Você vai conseguir um preço alto, tenho certeza — o guardião murmurou.

Os dedos dele trilharam os braços dela, fazendo sua pele arrepiar. Quando chegou aos ombros, ele passou os dedos por baixo das alças do sutiã e as puxou devagar.

Ela prendeu a respiração quando as taças baixaram até que seus seios estivessem livres do confinamento. Queria olhar para ele, ter uma visão melhor de sua aparência, mas tinha muito medo de erguer os olhos, por isso, manteve o foco em seu abdome quando as mãos circundaram o corpo dela em direção ao fecho do sutiã.

Com destreza, ele o abriu e puxou até que a peça caísse no chão, aos pés de Serena.

Sensual e suavemente, as palmas das mãos dele roçaram sua cintura quando passaram ao fecho do jeans. Os mamilos de Serena estavam franzidos e rígidos, empinados como se pedissem atenção, como se pedissem para serem tocados.

Os dedos do guardião deslizaram para dentro do cós da calça dela quando ele tentou puxar o zíper e abri-lo. E então o tecido escorregou pelos quadris e desceu pelas pernas até cair num emaranhado em volta dos tornozelos.

Ali estava ela, em frente àquele estranho, seu guardião, só de calcinha, apenas um pedacinho de tecido transparente que não escondia nada de sua feminilidade. Estava louca por causa da onda de excitação que cortava como navalha por suas veias.

O guardião recuou um instante, seu olhar percorrendo o corpo dela de cima a baixo com o que só poderia ser classificado como apreciação masculina pura. Serena não precisava mais se esconder dele, pois sentia-se envolvente e sedutora, como se ela é que tivesse o poder e não ele.

Ele era bonito, atraente, mas *não era Damon.* Ela quase sacudiu a cabeça. Não fosse o fato de que Damon havia se prontificado, esse poderia muito bem ser o homem a quem ela se entregaria em sua fantasia.

O guardião deu um passo à frente e colocou as mãos em seus quadris esbeltos. Houve uma pausa por um instante e então ele puxou a tira da calcinha para baixo. O tecido rendado desceu pelas pernas, roçando de leve a parte interna dos joelhos.

Ele estendeu a mão para ela e Serena a pegou, saindo de dentro das calças e calcinha no chão. Estava completa e absolutamente nua.

Ele foi até a penteadeira e procurou na gaveta até encontrar um pente.

— Venha aqui — pediu com voz tranquila.

Ela obedeceu sem hesitar e, assim que estava diante dele, o guardião fez um gesto para que ela se virasse.

Ele começou a pentear seus cabelos, escovada após escovada, até que as mechas caíssem macias e aveludadas pelas costas. Os dedos dele se alternavam com a escova, trabalhando em conjunto, do couro cabeludo até as pontas.

Por fim, tinha terminado, e um tremor de desapontamento percorreu o corpo dela com a perda do toque. Será que ele havia escovado seu cabelo para confortá-la e acalmá-la? Em seguida, ele agarrou seu braço num toque autoritário e a virou, todos os traços de delicadeza desaparecidos.

O guardião pegou uma de suas mãos e colocou atrás do corpo, depois pegou a outra, também puxando-a até prender os dois punhos na altura da lombar. A corda arranhou sua pele, ferindo-a quando ele amarrou suas mãos uma à outra.

Quando terminou, ele a deixou por um momento e voltou um mero segundo depois. Carregava um tipo de cinto de couro. Parecia mais uma amarra ou um chicote, embora formasse um círculo muito largo para o pescoço dela. A pergunta não pronunciada foi respondida quando ele prendeu o cinto em sua cintura.

Havia um gancho na frente no qual a guia foi presa e foi então que ela percebeu que o guardião a conduziria amarrada. A mão dele segurou seu queixo e a forçou a erguer os olhos para encontrar os dele.

— Você só vai falar para responder a uma pergunta feita diretamente para você. Vai respeitar minha autoridade e a do homem que a comprar. Muitos homens vão observá-la, querendo sentir o toque da pele pela qual vão dar lances. Vou estar ao seu lado para protegê-la e você precisa confiar que não vou deixar ninguém ir longe demais.

— Sim, guardião — ela sussurrou.

— Bom, então estamos de acordo. — Ele deu um pequeno puxão na guia e começou a andar em direção à porta. — Chegou a hora — disse, e ela o seguiu com joelhos trêmulos.

Capítulo 12

O guardião levou-a por um corredor escuro, iluminado apenas por archotes na parede. Havia, com toda a certeza, uma atmosfera medieval na casa, e Serena se perguntava se era sempre assim ou se Damon tinha providenciado o cenário atmosférico para sua fantasia. Com certeza, não. Ele não teria tempo para tal empreitada, nem gastaria tanto dinheiro com isso, gastaria?

Um leve puxão na guia a fez redirecionar a atenção para o guardião, que subia uma escada de madeira. Ao se aproximarem do topo, ela pôde ouvir sons abafados a distância. O murmúrio de vozes masculinas.

Sua respiração ficou mais rasa e seus membros começaram a formigar.

No topo das escadas havia outro corredor com portas dos dois lados. No fim dele havia mais uma; esta, aberta, derramando luz pelo corredor.

O guardião caminhava em direção à porta ao longe, e ela o seguiu, os dedos apertados em punhos cerrados atrás das costas.

As vozes ficaram mais altas quando se aproximaram do salão. O guardião parou logo ao cruzar a soleira e se voltou para ela. Não disse nada. Apenas olhava-a calmamente, como se estivesse lhe dando uma oportunidade de se preparar para a entrada.

Ela baixou os olhos, consciente de sua nudez, o constrangimento espalhando-se devagar por seu corpo.

Levantou a cabeça novamente quando o guardião puxou seu queixo sem nenhuma gentileza. Os olhos dele estavam cravados nos seus, a expressão era austera.

— *Não* pareça envergonhada. Você vai ficar de cabeça erguida.

— Sim, guardião.

Ele assentiu com satisfação e depois virou-se. Com um leve puxão na guia, levou-a para dentro do salão.

Havia pelo menos trinta homens reunidos, alguns em pequenos grupos, outros, sozinhos. Seguravam drinques, bebericavam distraídos, conversando, e garçons circulavam no espaço com travessas de aperitivos.

Tudo parecia ultracivilizado.

O guardião conduziu-a mais para dentro da sala e foi então que os homens a notaram. Não fizeram esforços para disfarçar o interesse óbvio em seus olhares fixos.

Serena e o guardião circularam entre os grupos de homens. Mãos tocaram e acariciaram, deslizando pelos braços dela, quadris e seios. Houve murmúrios de apreciação, assim como elogios mais abertos, unidos a olhares lascivos.

Como prometido, o guardião ficou solidamente ao seu lado e não permitiu nada mais que um toque displicente ou uma carícia suave. Quando um dos homens deslizou a mão entre suas pernas, o guardião foi rápido em repeli-la com um alerta abrupto.

Dedos tocaram seus cabelos, separando as mechas. Tudo parecia uma confusão motivada por álcool demais. Tudo parecia estar em câmera lenta, como em um sonho. Ela ouvia os homens, ouvia cada pensamento luxurioso. Ouvia as promessas de como, se ela lhes pertencesse, eles lhe dariam prazer e cuidariam de todas as suas necessidades.

Enquanto ela e o guardião circulavam pela sala, olhares libidinosos seguiam seu rastro. Tamanho poder a deixava inebriada, quando ela já deveria ter se rendido. Mas não tinha. Ou tinha?

Não esperava que fosse sentir quando Damon entrasse na sala. Era apenas um produto de sua fantasia, de sua imaginação fértil. Mas, de fato, ela sentiu uma mudança no ar, a tensão aumentar de repente.

Olhou para a porta e o viu parado lá, o olhar arrogante vasculhando o lugar. Procurando por ela.

Seu fôlego escapou, e o corpo fraquejou. O guardião colocou a mão solícita em sua lombar e murmurou uma ordem para que ela ficasse ereta.

Damon encontrou-a e seus olhares travaram. Uma consciência incandescente dançou entre eles. Era quase palpável no ar. O salão estava cheio dela.

A excitação faiscava nos olhos escuros e um sorriso lento esculpiu sua boca sensual. Ele caminhou até ela e a multidão se abriu, deixando desimpedido o caminho que levava a ela.

Era como se as palavras escritas pulassem das páginas. Cada nuance, cada detalhe escrito meticulosamente havia ganhado vida nas mãos de Damon. O que só podia significar que ele havia orquestrado com cuidado cada detalhe de acordo com o e-mail. E isso significava...

Ela engoliu em seco e tentou acalmar os nervos trêmulos.

Damon parou ao lado do guardião e murmurou perto de seu ouvido. Como ela havia feito na fantasia, apurou os ouvidos para tentar ouvir o que ele estava dizendo, mas o guardião puxou a guia com força. Uma reprimenda.

Serena endireitou a postura e esperou, como se seu corpo inteiro estivesse tão rígido com a ansiedade que ela temia se quebrar.

Damon veio e parou em sua frente. Depois estendeu a mão e segurou sua nuca. As mechas de seu cabelo estavam enroladas nos dedos dele, que a puxaram para mais perto sem delicadeza, fazendo-a erguer a cabeça para olhá-lo nos olhos.

Seu pescoço estava exposto, ela se sentia vulnerável parada ali, a estatura dele erguendo-se em relação à sua. Um olhar de contentamento surgiu nos olhos dele, como se a julgasse satisfatória.

O pulso de Serena deu um salto e acelerou, pois ela sabia o que ele diria assim que seus lábios se partissem. Estavam próximos dos dela, tão próximos que ela podia sentir o calor de seu hálito, o cheiro de hortelã fresco em sua língua.

— Você vai ser minha, Serena — ele disse numa voz aveludada.

Ela tremia, o corpo todo vivo com necessidade e desejo. Damon afastou-se um passo e se misturou à multidão, e foi preciso muito esforço para que ela não o chamasse de volta, implorasse que ele não fosse embora nem por um momento.

O guardião puxou-a pelas mãos atadas e ela cambaleou quando foi conduzida para longe dali. Ela olhou para trás, por cima do ombro, procurando freneticamente por Damon, mas ele estava perdido na multidão de homens passando perto, ansiosos pelo começo do leilão.

A distância, ouviu um homem anunciar que daria início aos lances. O guardião virou-a e a posicionou de forma que seu corpo estivesse à mostra. As mãos dele acariciaram-na pela lateral do corpo, depois ao redor do abdome e em seguida deslizando lentamente para cima até sustentar um seio na mão. Ele passou o polegar pelo mamilo rígido e a multidão incentivou-o a continuar.

Devagar, ele se posicionou atrás dela, a mão ainda no seio. O guardião aproximou-se mais, encaixando o peito nas curvas das costas dela. Serena começou a tremer de verdade quando os braços dele a envolveram e as mãos seguraram os dois seios, erguendo-os para exibi-los em sua melhor forma, mostrando a cada homem o que seria dele se estivesse disposto a pagar um preço alto o bastante.

Ele puxou os mamilos, girando-os entre o polegar e o indicador até que estivessem rígidos e latejando.

O leilão começou e, imediatamente, mãos foram levantadas. Pelos primeiros vários minutos, houve uma enxurrada de lances, conforme o preço crescia. Depois, ainda subindo, apenas alguns homens continuavam, cada um determinado a vencer o lance do outro.

Onde estava Damon? Ela não conseguia vê-lo, mesmo que procurasse freneticamente entre a multidão. Esquecidos estavam a fantasia e o fato de que ela havia redigido aquela parte e que sabia bem como deveria terminar. Seu único pensamento era que não conseguia encontrar Damon, que, de alguma forma, a havia deixado à mercê de outro.

Finalmente, a disputa reduziu-se a dois homens. Quando um deles ergueu a mão para elevar a aposta, o outro continuou em silêncio. O leiloeiro parou e disse:

— Dou-lhe uma...

Serena prendeu a respiração, o corpo rígido de encontro ao do guardião.

— Cem mil dólares.

Damon deu um passo adiante, a postura calma; porém, a determinação fulgia em seus olhos. Como era fácil esquecer que era uma encenação orquestrada cuidadosamente. Parecia tão real. A sensação era real.

Ouviram-se algumas respirações sobressaltadas e mais que alguns resmungos, mas ninguém deu um passo adiante para superar o lance.

Ela tremia de entusiasmo, de alívio. O guardião beliscou um mamilo e pronunciou uma ordem em seu ouvido para que ficasse parada.

— Vendida para Damon Roche — o leiloeiro anunciou.

Seu corpo desabou de encontro ao do guardião, o alívio deixando-a fraca. Ao mesmo tempo, uma profusão de alegria a inundava. Estava mesmo acontecendo! Foi preciso piscar para ter certeza de que não estava imaginando, de que não estava se deixando levar por uma fantasia no conforto de seus sonhos.

Quando o guardião saiu de trás dela e parou na frente, ela conseguiu ver o sorriso em seu rosto. Damon adiantou-se para cumprimentar o guardião... e para requerer o prêmio.

Enquanto Damon aproximava-se, o guardião empurrou-a pelos ombros, forçando-a a se ajoelhar.

— Mostre respeito adequado ao seu novo senhor — o guardião murmurou.

Serena desabou sobre os joelhos, sentindo um desejo imenso de satisfazer Damon. Ela forçou o olhar para baixo, esperando que ele lhe desse ordens.

A mão quente de Damon, tão firme e forte, segurou seu queixo.

— Olhe para mim — ele instruiu.

Ela ergueu os olhos e o viu acima dela, forte, tão poderoso. Ele acariciou sua face, e ela se entregou ao afago da palma. O toque acendeu fogo em suas entranhas. Sua pele foi percorrida por um formigamento que ela não tinha esperanças de aliviar. Apenas ele poderia satisfazer suas necessidades agora.

Havia mágica em seu toque. Quente, sensual, atiçando o fogo dentro dela, fazendo seu clitóris endurecer e pulsar com uma agonia que apenas ele poderia apaziguar.

Os joelhos doíam sob seu peso no chão duro, mas ela sequer pensou em reclamar ou mudar de posição. Damon deslizou longos dedos pela linha de seu maxilar antes de recolher a mão.

Os dedos dele se atrapalhavam na braguilha, tentando abrir as calças.

— Você só vai olhar para mim — disse com voz rouca, mantendo o olhar conectado ao dela.

— Sim... — Ela não o chamaria de guardião, pois estava chamando o outro homem por esse título, mas não tinha certeza de como ele queria ser chamado. Senhor? Não gostava da palavra. Parecia boba. Juvenil. De forma alguma adequada aos sentimentos e sensações muito adultos que percorriam seu corpo.

Então ela se contentou com um aceno silencioso de cabeça, reconhecendo a ordem, e manteve o olhar nele, que havia colocado a mão dentro das calças para tirar o pênis.

Estava dolorosamente ereto. Rígido. Grosso. O membro preenchia sua mão, que o bombeava para a frente e para trás. Os pelos púbicos eram escuros, mas aparados rente à pele. Ela adorava um homem que cuidasse de si mesmo lá embaixo.

Com as calças dele descendo mais pelos quadris, ela pôde ver a pele envolvendo os testículos esticando, sendo repuxada e relaxando com os movimentos da mão. Ela queria tocá-los, senti-los girando na mão.

Damon guiou a ponta do pênis até seus lábios, passando-o de leve por sua boca.

— Abra para mim, Serena — ele ordenou. — Me coloque dentro da sua boca.

Ela aceitou prontamente e, no mesmo instante, ele mergulhou fundo na boca dela. Como veludo em sua língua. O gosto era salgado, o cheiro suave era de couro e almíscar.

Ele bombeava para a frente e para trás e ela o sugava avidamente, percorrendo-o com a língua da ponta até a base, conforme ele retirava o pênis e o enfiava de novo em sua boca.

Ele parou por um instante e deu um tapinha no rosto dela com os dedos. Ela ergueu a cabeça, o membro quase deslizando para fora de seus lábios. O olhar dele a advertia tanto como a mão em sua mandíbula.

Ela relaxou imediatamente e o deixou assumir o controle. Deixou que usasse sua boca como desejasse e da maneira que quisesse. Ela lhe pertencia.

As mãos dele envolveram seu rosto, e ele a puxou mais para perto da pélvis. Deslizou mais fundo, até que os pelos fizessem cócegas no nariz dela. Um gemido grave subiu do peito dele, e o corpo de Serena ficou tenso de prazer. Ela estava lhe dando prazer.

Mais duro e mais fundo ele estocou. Segurava-a no lugar, penetrando sua boca, deixando-se levar de maneira implacável. Se ela temera que ele fosse gentil demais, delicado demais, havia se enganado. Não havia nada de gentil em sua possessão. Ele a tomava com uma entrega selvagem, sem deixar qualquer dúvida sobre a quem Serena agora pertencia.

Os dedos dele enredaram-se mais fundo em seus cabelos, as mãos agora presas entre as mechas embaraçadas, amparando o movimento de vaivém. Várias vezes ela pensou que ele estivesse à beira do clímax, mas ele diminuía o ritmo, parando dentro da boca dela até recuperar o controle. Em seguida, retomava as investidas profundas no fundo de sua garganta.

A glande tocava a maciez da parte mais funda da boca de Serena. Ela engolia convulsivamente e podia sentir o estremecimento começando no corpo dele.

Um líquido morno e salgado espirrou em sua língua, apenas o precursor do orgasmo. Ela o lambeu sedenta, querendo mais, mas ele parou e deu outro toque de alerta no rosto dela. Mais uma vez Serena relaxou e rendeu o controle a Damon.

— Estou próximo, Serena — ele disse. A voz surgia como seda sobre seus sentidos em frangalhos. — Quero que engula tudo. Beba. Saboreie o meu prazer.

Ela fechou os olhos quando as palavras eróticas derramaram-se por seu corpo faminto. Tão faminto. Ela o queria. Precisava dele como nunca tinha precisado de alguém.

As investidas tornaram-se mais urgentes. Menos comedidas e menos controladas. Ele golpeava a boca sem piedade e, ainda assim, ela queria mais. Ele todo. Nada menos do que isso.

O primeiro jato de alívio atingiu o fundo da garganta dela como um choque. Por um instante, ela o manteve na boca, sem conseguir engolir rápido o suficiente em sua surpresa. Mais espirrou na língua. Cremoso, exótico. De gosto selvagem. Masculino e forte.

Enquanto ela engolia, ele continuava entrando e saindo de sua boca, os movimentos mais suaves agora, o fim do orgasmo estremecendo em sua pélvis. Ele se afundou na garganta dela mais uma vez e ficou ali, preso à sua boca.

— Engula — ele disse em uma voz gutural. — Engula em volta de mim, Serena.

Ela obedeceu, engolindo e ouvindo os gemidos de prazer que arrancava dele ao extrair as últimas gotas do gozo.

Por fim, ele saiu de sua boca e afrouxou os dedos em sua cabeça. Ele a olhou, a aprovação cálida brilhando nos olhos. Com um polegar, limpou uma gota de sêmen do canto dos lábios dela e, em seguida, deslizou-a para dentro da boca.

Obediente, ela lambeu o dedo e ele o retirou. Damon estendeu as mãos para segurar seus ombros e ajudá-la a se levantar. As mãos de Serena estavam dormentes atrás do corpo, mas ela não emitiu nenhuma reclamação, parada diante dele.

Ele tocou um mamilo e um gemido suave escapou dela. Ele puxou o outro, manipulando-o até que ela estivesse tremendo da cabeça aos pés. Ele lançou um olhar penetrante ao guardião, que parou atrás dela e segurou-a pelos ombros com mãos firmes.

Seus músculos se contraíram com a expectativa, as mãos de Damon descendo por seu corpo até os pelos do púbis. Não havia uma palavra para descrever o prazer, a agonia cortante que deixava seu corpo tenso.

Com cuidado, ele invadiu as dobras de sua feminilidade com um dedo. Deslizou facilmente sobre a pele lisa, sobre o clitóris e para a abertura mais abaixo.

Quando as mãos do guardião deslizaram sobre seus ombros e desceram para os seios, envolvendo-os e estimulando os mamilos, seus joelhos ameaçaram dobrar. Ele a segurou firme e Damon mergulhou mais fundo entre suas pernas.

— Não a deixe cair — ele advertiu o guardião.

Deslizou os dedos sobre o clitóris, massageando e manipulando o feixe de nervos.

— Você vai gozar para mim, Serena.

Oh, Deus, sim, gozaria para ele. Ela tentou respirar, mas era como inalar fogo. O ar queimava seus pulmões, queimava seu peito.

Mais e mais rápido, ele a estimulou e depois desceu mais até a entrada, onde a provocava sem piedade.

— Você fantasia sobre ter meu pau enterrado dentro de você? — perguntou Damon com voz sedosa.

— Sim — ela arquejou. — Quero mais que tudo.

Ele sorriu e aumentou a pressão dos dedos.

— Em breve, Serena. Em breve terá tudo de mim. Por enquanto, quero que goze com o seu guardião segurando você para mim, pois é a última vez que outro homem jamais vai te tocar sem o meu consentimento. Agora você é minha.

As palavras, mais do que o toque, fizeram o orgasmo irromper por seu sexo. Seu estilhaçar de prazer foi assustador e esplêndido na mesma medida. As mãos do guardião estavam firmes ao redor de seu corpo, que cedia, que se contorcia. Os joelhos ameaçavam fraquejar, mas a mão livre de Damon subiu rapidamente para mantê-la de pé.

Quando as últimas ondas do orgasmo quebraram ao longo do corpo dela, Damon ordenou que o guardião a libertasse. Havia formalidade em suas ações quando ele cuidava da mudança de propriedade. Ela o ouvia, entorpecida, agradecer ao guardião por seu cuidado e prometer ser um bom senhor.

As mãos de Serena ainda estavam amarradas atrás das costas quando Damon levou-a, suavemente, para longe dali. Dezenas de olhos masculinos a seguiram, olhares invejosos, observando Damon levá-la para fora do salão.

Ele parou assim que passou pela porta e puxou as cordas ao redor das mãos dela. Os braços ficaram livres, e ele pegou as duas mãos dela nas suas e as levou aos lábios. Beijou o círculo avermelhado na pele em volta dos punhos e abrandou a dormência com dedos afetuosos.

Havia um robe jogado sobre uma cadeira situada no corredor, e ele o pegou. Com cuidado, ele a envolveu, ajudando-a a enfiar os braços nas mangas. Depois, amarrou a tira na cintura para que todas as partes de seu corpo ficassem cobertas, e ela estivesse confortável.

Ele tocou seu rosto em um gesto amoroso e, em seguida, colocou-a com firmeza ao lado de seu corpo, dirigindo-se para a escada. Enquanto caminhavam lentamente, ele se virou para ela outra vez.

— Você é minha agora, Serena.

— Sim, sou sua — ela sussurrou.

Capítulo 13

Serena sentiu-se um pouco estranha saindo do prédio em direção ao carro de Damon, vestida apenas em um robe e sem roupas de baixo. Pior, o motorista esperava no Bentley, de pé ao lado da porta traseira. Quando se aproximaram, Sam abriu a porta e Damon a fez entrar.

Ele se sentou ao seu lado e colou o corpo contra o dela. Ela se enrodilhou nele, encaixando-se perfeitamente debaixo de seu braço, a cabeça apoiada no ombro. Ele teve o cuidado de manter o robe bem preso ao redor do corpo de Serena, ação pela qual ela ficou grata. Duvidava que Sam pudesse — ou quisesse — ter visões de sua nudez, mas agradecia a atenção de Damon por sua decência.

E então ela teve que rir. Um riso bobo escapou antes que pudesse impedi-lo, e seus ombros tremeram com o ridículo de suas preocupações.

— Alguma coisa engraçada? — Damon perguntou.

— Sou uma idiota — disse ela. — Estava preocupada por sair apenas com um robe e estava muito agradecida por você ser tão cuidadoso em proteger minha nudez dos olhos do Sam, quando acabei de passar a última meia hora em uma sala cheia de homens. O absurdo do meu pensamento não tem limites.

— Você é naturalmente modesta — ele disse apenas. — Assim que o leilão acabou, você voltou à sua verdadeira natureza. Não vejo nada de absurdo nisso. Para ser bem sincero, me agrada que seja tão cuidadosa sobre quem vê o seu corpo. Durante o próximo mês, apenas eu e aqueles que eu escolher terão esse privilégio.

O coração dela apertou-se apenas um pouco, e Serena escondeu o sorriso contra o peito dele. Gostava que ele fosse tão possessivo. Se era uma encenação ou o que ele realmente sentia, ela ficava encantada do mesmo jeito.

— O que vai acontecer agora, Damon? — ela perguntou em voz baixa.

Eles haviam discutido isso antes, mas tudo o que ela sabia debandava à luz de seu nervosismo.

— Vamos para casa — ele disse simplesmente.

— Preciso pegar minhas coisas no meu apartamento — disse ela. — Suas instruções eram para eu trazer uma mala para passar a noite, mas vou precisar de mais coisas para ficar com você durante uma semana.

Ele colocou um dedo firme sobre seus lábios para aquietá-la.

— Primeiro, você vai ficar comigo o mês inteiro. A semana que discutimos foi o tempo que vai dedicar exclusivamente a mim, longe do seu trabalho. Mesmo quando voltar a trabalhar, você ainda vai voltar para mim todos os dias, dormir na minha cama, estará ligada a mim. Em segundo lugar, você não precisa das suas coisas. Enquanto for minha, vou cuidar de todas as suas necessidades. Vou te vestir, te alimentar, cuidar até do menor dos detalhes. Estamos entendidos?

Ela assentiu e, lembrando-se de toda a confusão sobre como chamá-lo, suas faces se aqueceram, mas ela olhou para ele do mesmo jeito.

— Como vou te chamar? — perguntou em voz baixa. — Não poderia te chamar de guardião, não quando chamei outro homem assim, mas também não suportaria te chamar de senhor, porque pareceria tão... bobo. E boba é a última coisa que quero me sentir quando estiver com você.

A mão dele passou por seus cabelos, roçando a face com o mais suave dos toques.

— Vai me chamar de Damon. Não vejo necessidade de títulos dramáticos. Eu, por outro lado, vou te chamar de linda... amante... *minha.* Vou te chamar de minha.

Ela fechou os olhos e se deixou levar pelo toque, afagando o rosto na palma da mão dele.

— É linda a forma como você faz isso — ele murmurou. — Me faz lembrar de uma gata satisfeita, muito elegante, ronronando.

Ela fez um som baixo de contentamento na garganta, aninhando-se mais perto dele.

— Se pudesse ronronar, eu o faria, porque você é bom demais para mim, Damon.

— Fico feliz que pense assim. Vou te pressionar, Serena. Sou exigente. Espero obediência e aceitação. Mas vou ser muito bom para você. Isso eu prometo.

Ela se remexeu inquieta ao lado dele, sua pele alerta e viva.

Damon sorriu, um sorriso arrogante de satisfação masculina. Sabia bem demais que ela o queria. Queria-o com todas as suas forças. Ainda assim, ela dava voz ao desejo porque se sentia compelida.

— Quero você, Damon. Vou ficar louca se você não fizer amor comigo logo.

Com o polegar e a junta do dedo indicador ele ergueu seu queixo para que a boca ficasse a centímetros da sua. Serena sugou todo o ar disponível. Ele a beijaria? Finalmente a beijaria?

Damon pressionou os lábios no canto de sua boca. Macios e suaves. Apenas um beijo, tão leve, e ainda assim havia queimado a pele macia. O peito de Serena inchou e seu estômago deu uma volta; porém, tão rápido como havia começado, chegou ao fim.

Ele se afastou, os olhos brilhando enquanto passava o polegar sobre o lábio inferior dela.

— Logo, Serena. Logo vou ter você, e você vai me ter. A expectativa é metade do prazer. Por este motivo, não gostaria que nosso encontro acontecesse rápido demais. É para ser saboreado, não apressado.

Ela se aconchegou de novo nos braços dele, guardando a promessa no coração. Sim, ela era impaciente. Ela o queria desesperadamente, mas ia além do sexo. Queria o cuidado. A atenção. Queria ser mimada. Queria pertencer a ele.

A exaustão, causada por emoção demais, apoderou-se de seu corpo. A onda de adrenalina havia desaparecido na esteira do orgasmo explosivo. Ela parecia uma poça gelatinosa.

Quando o carro parou, Serena gemeu em protesto, e Damon riu baixinho em seu ouvido.

— Não se mexa, Serena minha.

Ela ficou relaxada nos braços dele enquanto Sam abria a porta traseira. Damon desvencilhou-se cuidadosamente de Serena e saiu do carro. Em seguida, ele se virou para ela, deslizando os braços por baixo de seu corpo e levantando-a.

Um suspiro de contentamento escapou de seus lábios em um sussurro quando ele a levou pelos degraus até sua casa. Assim que cruzaram a porta, ele a baixou até que os pés tocassem o chão. Virou-a de frente para ele, depois estendeu a mão para as lapelas do robe com o qual ele a adornara.

Ela abriu a boca em protesto, mas ele a silenciou com um olhar severo.

— Enquanto estiver na minha casa, vai ficar sem roupa, a menos que eu decida vestir você.

Ela o olhou com espanto quando o robe foi puxado sobre os ombros e deslizou pelos braços. O ar do respiradouro acima soprava silenciosamente por sua pele e ela se arrepiou. Suas mãos procuraram os braços como forma de proteção, mas ele não permitiu.

— Não deve temer nada de mim — disse ao afastar as mãos dela do corpo. Pegou os dedos dela e os apertou suavemente. — Você é uma mulher bonita, e não tenho intenção nenhuma de permitir que nada desta beleza permaneça oculta enquanto estiver sob os meus cuidados.

— Preciso receber permissão para vestir a roupa? — ela perguntou, incrédula.

Ele a olhou em silêncio, dizendo-lhe em termos inequívocos o que pensava da pergunta.

— Ok, ok — ela resmungou.

— Venha comigo — ele ordenou.

Colocou a mão em suas costas e a fez caminhar. Seus pés descalços e macios percorreram o chão de madeira, e, se antes tinha gravitado em direção a ele, para o calor e a segurança do seu corpo, agora ela mantinha trinta centímetros de distância entre eles. Autopreservação.

Ela não sabia bem por que, de repente, vacilava com a incerteza, mas, agora que estava no território dele, a dúvida a perturbava.

Entraram no que era, obviamente, o quarto principal. Era uma enorme suíte. No centro, estava uma cama *king size*. Era uma estrutura de mogno, com um dossel, que dominava o espaço. Tudo o mais no quarto vinha em segundo lugar em relação àquela peça de destaque.

À esquerda, um grande armário ficava rente à parede. A madeira combinava com a da cama, aliás, com todos os móveis da casa. Madeiras ricas, escuras. Masculinas e quentes.

— Sente-se ali na cama — ele disse.

Ela caminhou até a beira e se empoleirou com cuidado, as mãos cruzadas no colo. Ele se movimentava com graça e elegância que contradiziam a forma rude e animalesca com que penetrara sua boca há apenas uma hora. Ele era de fato uma contradição, uma que a intrigava. Por fora parecia muito civilizado, muito refinado. Era o epítome da cultura, um perfeito cavalheiro. E, ainda assim, havia um homem das cavernas enterrado sob o exterior envernizado. Um homem guiado por suas necessidades e desejos. Um homem que simplesmente não poderia aceitar menos.

Ele abriu o armário, e ela ouviu um leve farfalhar. Um instante depois, ele se virou, um pequeno pacote na mão. Curiosa, ela observou Damon abrir a caixa e tirar um bracelete de ouro.

A cama afundou quando ele se acomodou ao lado dela com não um, mas dois aros nas mãos.

— Vire-se e olhe para mim — ele instruiu.

Ela se mexeu e se virou, dobrando uma perna e balançando a outra pela lateral da cama.

— Optei por não usar coleira em você.

A mão dela voou para o pescoço, os olhos se arregalaram. Conhecia a prática de encoleiramento de escravos, mas parecia muito... bárbaro.

— Porém, gosto muito da ideia de você usar minha marca de propriedade, por isso, comprei estes.

Ele ergueu os aros, abrindo um. Sua mão livre subiu pelo braço dela e parou a meio caminho entre o cotovelo e o ombro. Em seguida, ele apertou o bracelete em torno do braço dela, o metal frio contra a pele.

Era um belo artigo de joalheria. Feminino e fino. Não grosso ou volumoso. Tinha cerca de cinco centímetros de largura, gravados com intrincados desenhos na face. E cabia perfeitamente.

Damon estendeu a mão, pegou o pé dela e o levantou até seu colo. Mais uma vez, os dedos acariciaram a pele, sensuais, suaves. Ele abriu o outro aro e o prendeu em torno da perna, logo acima do tornozelo. A tornozeleira era uma combinação perfeita para o bracelete e conjurava imagens de uma mulher de harém, adornada em ouro, dançando para o sultão.

— Enquanto pertencer a mim, você vai usar a minha marca — disse ele. — Não vai removê-la nem mesmo para tomar banho.

Ela olhou para o braço e, em seguida, para o tornozelo. Sentia-se exótica, de forma alguma como era na vida real, mas não era esse o propósito? Sair de si mesma e viver uma fantasia?

Outro riso bobo ameaçava escapar, mas ela o engoliu de volta. Não era absurdo? Estava sentada nua na cama, ao lado de um homem que acabara de algemá-la para todos os efeitos práticos. Havia algemado e ordenado que ela ficasse nua enquanto estivesse na presença dele.

Sem dúvida estava louca.

— Primeiro, uma ducha — Damon disse, analisando-a atentamente. — Vou pedir que tragam uma bandeja, e vamos comer na cama depois.

— Pedir que tragam uma bandeja? — ela perguntou com a voz rouca. Teria ele empregados que seriam testemunhas de sua nudez? Do fato de estar agindo como sua escrava? Meu Deus, será que ele queria transar com ela à vista de qualquer um que passasse por ali?

— Você está começando a entrar em pânico — ele a repreendeu. — Relaxe e me deixe cuidar de você, Serena.

Ela inspirou fundo pelo nariz e em seguida soltou o ar em um longo suspiro.

— Desculpe. Não vou te questionar de novo.

Ele sorriu.

— Sim, você vai. Disso eu tenho certeza.

Ela arqueou uma sobrancelha, intrigada com o brilho satisfeito nos olhos dele.

— E o que você vai fazer?

— Tenho meus métodos de punição — disse em uma voz sedosa, mais sexy do que tudo.

— Você não está exatamente me encorajando a ser boa — ela murmurou.

Ele sacudiu a cabeça.

— Nada de jogos, Serena. Não é esse o objetivo. Se você quer jogos de gato e rato, escravo desobediente e senhor que pune, estará melhor com outra pessoa. Por mais que isso seja uma fantasia e não a sua realidade, enquanto você estiver comigo, vai ser real. De todas as formas.

Quero sua obediência. Espero... não, eu exijo. Não aprecio nem vou gostar da ideia de te castigar. Por isso, se tentar me provocar para desfrutar da emoção da disciplina, com certeza vai se decepcionar.

Ela assentiu com a cabeça.

— Entendo. — Olhou de volta para o aro circundando seu braço. Incapaz de resistir, ela levantou a outra mão para tocar os belos desenhos. — Por que escolheu isso, em vez de uma coleira?

— Porque quero que você use o sinal de minha propriedade tanto em público, como em particular, e uma coleira... Não é minha intenção te deixar constrangida, nem desejo tornar nossa relação pública. É um assunto particular entre nós dois e não está aberto à especulação. Tudo o que me importa é você saber que pertence a mim. O que os outros pensam ou deixam de pensar é irrelevante. Não sou tão inseguro que precise gritar abertamente que você é minha escrava.

Ela sentiu um aperto no peito e, sem pensar, se inclinou e envolveu os braços ao redor dos ombros dele. Escondeu o rosto em seu pescoço e o abraçou apertado.

— Obrigada — disse, pigarreando para se livrar da voz sumida.

A mão dele subiu por seu braço e pousou sobre o bracelete.

— De nada. Gosto de ver a evidência da minha posse no seu corpo. Me agrada e vai me agradar cada vez que eu olhar para você e vir o meu presente no seu braço e na sua perna. Não preciso de satisfação além dessa.

Lentamente, ele a puxou e se levantou, atraindo a mão dela consigo. Puxou até que ela se levantasse e ficasse de pé ao seu lado.

— Agora, venha para que eu possa cuidar do seu banho.

Ela o encarou com surpresa, mas Damon apenas sorriu de volta.

— No seu devido tempo você vai aprender que falo muito sério quando digo que pretendo me preocupar com todos os aspectos dos seus cuidados e proteção.

Capítulo 14

Serena estava no chuveiro sob o jato d'água enquanto Damon se despia do lado de fora do box de vidro. Seu olhar foi atraído para o corpo musculoso. Definido, rígido, perfeitamente bronzeado e sem uma única porção de pele mais clara.

O pênis era impressionante, mesmo em estado semiereto, em meio aos pelos púbicos escuros. Este era um homem que claramente cuidava de si mesmo, nada que desmerecesse sua masculinidade em nenhum aspecto.

Ele era, numa palavra, lindo. Robusto. Todo masculino. Não era um tipo bruto que andava apoiado no nó dos dedos, estilo homem das cavernas, com mais músculos do que cérebro. Ele era vários centímetros mais alto do que ela, mas não tão alto que Serena precisasse se esforçar para olhar para ele.

Ele entrou no chuveiro, e antes que fosse tocado, o corpo dela entrou em alerta. Seus mamilos enrijeceram e se empinaram, como se implorando pelo toque dele. A vagina pulsava e apertava. Ela o queria. Sua necessidade era poderosa e avassaladora.

Não havia nada de sexual nos cuidados de Damon ao lavá-la cuidadosamente. Seus dedos longos deslizavam sobre a pele dela, deixando um rastro de bolhas de sabão. Quando já havia percorrido cada centímetro de seu corpo, incluindo as partes mais íntimas, ele voltou a atenção para os cabelos.

Metodicamente, ele os ensaboou, massageando o couro cabeludo com os dedos firmes. Depois de enxaguar, usou o condicionador e a recolocou com gentileza embaixo da água.

Depois ele entregou o sabonete.

— Agora você vai me lavar. Use apenas as mãos. Quero sentir o seu toque em todas as partes do meu corpo.

Ela sentiu o pulso acelerar e dar saltos como um bêbado tentando brincar de amarelinha. Com os dedos trêmulos, pegou o sabonete e o esfregou nas mãos até criar uma boa camada de espuma. Colocou o sabão de lado e, timidamente, pousou as mãos no peito de Damon.

Ele fechou os olhos no momento do toque. Encorajada pela reação e por seu próprio prazer em tocá-lo, ela começou a passar as mãos sobre os ombros dele e depois desceu pelo abdome rígido.

Pulou o púbis e a ereção, agora túrgida, para ensaboar as pernas. Quando se ajoelhou no chão do chuveiro para ensaboar os pés, a mão dele tocou sua cabeça.

Serena olhou para cima, preocupada de ter feito algo de errado, mas viu a aprovação brilhando nos olhos dele.

— Você está ajoelhada aos meus pés, tão doce, lavando-os... é muito bonito, Serena. Você é linda.

Ela abaixou a cabeça, de repente tímida e constrangida. Terminou de lavar os pés e, em seguida, foi subindo até a pélvis. O pênis oscilava para cima e para baixo diante dela, e, quando pensou em se levantar, lembrou o quanto ele parecera satisfeito quando ela ficara de joelhos. E assim, apenas endireitou a postura, ainda ajoelhada, de modo que o pênis ficasse na altura de seus olhos. Fechou as mãos em torno dele.

Sentiu-o quente na sua pele, mais quente do que a água caindo em cascata sobre os dois. Pulsava ligeiramente em sua mão conforme ela o esfregava para a frente e para trás. Chegando à base, deslizou os dedos para os testículos. Eles giraram contra sua palma, e Serena se deliciou com a maciez da pele, com a flexibilidade e como o saco estava inchado, o pênis projetando-se acima dele.

Queria enfiá-lo na boca novamente e fazer Damon sentir prazer. Um leve toque em seu rosto a fez piscar e olhar para cima. Era tão transparente?

— Use apenas as mãos desta vez — disse ele em uma voz rouca.

Damon estendeu a mão para desviar a saída de água do chuveiro de cima deles e guiou a mão dela outra vez para sua ereção.

Ela moveu a mão para trás e para a frente, puxando o prepúcio até cobrir a ponta do membro ao máximo antes de puxar a pele de volta, revelando a glande lisa novamente.

— Mais forte — ele pediu.

Ela prontamente concordou, apertando os dedos e movendo-os mais depressa.

Então, de repente, ele recuou bruscamente. Com uma das mãos, empurrou os braços dela para baixo e puxou o pênis depressa com a outra. Ela prendeu a respiração quando o primeiro jato quente explodiu em seu peito.

Ele continuou a puxar, chegando mais perto para dirigir o gozo aos seios dela. Um pouco caiu na parte côncava de sua garganta e escorreu, serpenteando entre os seios, até o umbigo.

Uma porção grossa escorreu até a ponta de um seio, envolvendo o mamilo rígido e formando uma gota que se precipitou precariamente até pingar no chão do box.

Damon levantou o pênis e se inclinou mais para a frente, empurrando-o em sua boca.

— Abra — disse ele com voz rouca.

Ela obedeceu, e ele introduziu o membro com facilidade. O gozo cobria a glande, e, com ele bombeando profundamente em sua boca, ela engoliu as últimas gotas.

— Isso — ele sussurrou. — Limpe tudo, Serena minha.

Por vários longos segundos ele se balançou na ponta dos pés, penetrando sua boca ritmicamente, conforme o pênis continuava a desinchar. Por fim, ele se afastou e pegou a mão dela para ajudá-la a se levantar.

Com um olhar arrogante de satisfação, ele percorreu a trilha de seu gozo que cobria o peito dela.

— Banhe-se com isso — ele murmurou. — Me esfregue por todo o seu corpo e saiba que você é minha.

Hesitante, ela levantou as mãos e olhou para o creme pegajoso nos seios, descendo pela barriga. Colocou uma das mãos sobre a pele, primeiro, e cuidadosamente esfregou em um círculo apertado.

A respiração de Damon prendeu no peito e o pênis foi para cima num espasmo, já se recuperando do orgasmo.

Com crescente confiança, ela colocou a outra mão sobre o seio molhado e começou a massagear os fluidos sobre a pele, balançando o corpo sensualmente, esfregando e acariciando.

Sua pele estava hipersensível a cada toque. Ele a havia levado muito perto do clímax simplesmente ao atingir o seu. Damon não a havia tocado para aproximá-la do orgasmo de forma alguma, mas ela ainda estava à beira do abismo. Precipitando-se. Desejando ardentemente. Tão perto. Muito, muito perto. Se pudesse ao menos descer mais as mãos...

Mãos fortes agarraram seus punhos, e ele os afastou de sua pele. Sem uma palavra, direcionou a água para que se derramasse pelo corpo dela e começou a enxaguar o condicionador de seu cabelo.

Mais uma vez, sem nenhuma intenção de excitar, ele a lavou até deixar seu cabelo limpo e remover os restos de seu orgasmo do corpo dela.

— Fique aqui — disse ao desligar a água e sair do chuveiro.

Ela o observou secar rapidamente o corpo nu. Enxugou o restante da umidade da pele e secou o cabelo esfregando um pouco; em seguida, jogou a toalha de lado e pegou outra.

Damon estendeu o braço para pegar Serena pela mão e puxá-la para fora do chuveiro. Começou por seu cabelo, espremendo o excesso de água dos fios. Em seguida, continuou descendo pelo corpo, acariciando sua pele com a toalha macia.

Quando terminou, deixou cair a toalha e a puxou para o calor de seu corpo. Ele se encaixava nela perfeitamente. Combinavam tão bem, a suavidade do corpo dela, conformando-se com seus músculos mais rígidos.

Ele simplesmente ficou ali, o coração batendo suavemente contra a garganta dela. Suas mãos desceram deliciosamente acariciando as costas de Serena até as nádegas, antes de subir até os braços. Sua mão direita pousou na joia que ela usava no braço esquerdo, e ele o alisou por um momento, como se satisfeito com o enfeite que ela usava. Para ele.

— Venha, é hora de te alimentar e de te colocar na cama.

Ela se irritou um pouquinho, pois ele a fazia se sentir um animal de estimação ou até mesmo uma criança. Mas, com as mãos dele se movendo de maneira sensual sobre seus ombros quando ele a virou na direção do quarto, os pensamentos e a irritação de Serena fugiram.

Para seu alívio, a bandeja de comida já havia sido entregue e estava sobre uma mesa ao lado da cama, o que significava que ela não teria que se deparar com nenhum empregado estando nua. Os lençóis e as colchas haviam sido puxados para trás e os travesseiros, reposicionados na cabeceira da cama.

Damon, ao que parecia, de fato apreciava seus confortos.

Ele fez um gesto indicando que ela subisse na cama; porém, foi só depois de ter engatinhado sobre o leito felpudo que Serena viu a corda e as algemas de cetim presas à estrutura do dossel do seu lado da cama.

Insegura, ela olhou para trás, na direção de Damon, mas a expressão dele não mudou. Ele esperava obediência, e sua postura não oferecia qualquer alternativa.

Ele esperou que ela se virasse e se aconchegasse nos travesseiros antes de pegar sua mão esquerda. Ela observou em chocada fascinação quando ele puxou a corda com a algema da cabeceira e a prendeu ao redor de seu punho. Sem dizer nada, ele pegou a outra mão e a colocou atrás do corpo de Serena, prendendo-a com a primeira, em sua lombar.

Ela nem sequer ia fazer a pergunta óbvia de como diabos ia comer daquele jeito, pois, depois do discurso de Damon e das inúmeras lembranças de como ele cuidaria de cada necessidade sua, Serena tinha uma suspeita de como se alimentaria.

— Você está confortável? — ele perguntou, parado ao lado da cama.

Ela assentiu com a cabeça. E estava. A cama era de uma suavidade maravilhosa. Mas não mole demais. Moldava-se ao seu corpo, contornando-o com perfeição em seu aconchego. Seria o paraíso dormir ali.

Satisfeito com a resposta, ele foi até o outro lado, onde estava a bandeja do jantar, e se sentou na cama ao lado de Serena. Depois de passar alguns instantes montando um prato com os alimentos que estavam sobre o carrinho, ele se acomodou mais para trás nos travesseiros e se sentou de pernas cruzadas, com a bandeja no colo.

O aroma era maravilhoso.

Havia frango assado com batatas gratinadas e uma sobremesa de chocolate de aparência luxuriosa esperando do lado.

Damon cortou o frango, arrumando pequenas porções no prato. Quando terminou, espetou uma com o garfo e a segurou na frente dos lábios dela.

Por um momento, Serena simplesmente olhou para ele, perguntando-se por que não se sentia constrangida com o que ele estava se propondo a fazer. Damon esperou, paciente, encostando de leve o frango em seu lábio inferior. Finalmente ela abriu a boca, e ele colocou o garfo dentro com cuidado.

Estranho como ele conseguia tornar o ato de alimentá-la, mesmo que deixando-a indefesa, tão íntimo e amoroso. Havia tanta ternura em seus atos, tamanha consideração por ela, que Serena não conseguia sentir nenhum desconforto no fato de ser ele a alimentá-la enquanto estava sentada ali, amarrada e nua em sua cama.

Ainda mais curiosa era a maneira como ele a fazia implorar por sua atenção. Assim que lhe dava uma garfada do jantar, ela ansiava por outra, mas não por causa da comida, e sim por causa do cuidado.

Ele alternava entre alimentar Serena e participar ele mesmo da refeição. Ela observava as porções deslizando na boca dele, via seus lábios envolverem os dentes do garfo que a boca dela havia acabado de tocar. O calor ainda permanecia no metal quando ele servia uma nova porção na boca dela.

Quando o talher deixou os lábios dele, limpo, Damon o passou suavemente pelo queixo de Serena, descendo pelo pescoço até o peito. Os dentes eram levemente abrasivos, arranhando ao longo da pele, provocando um arrepio em seu rastro.

Ele pousou o garfo na curva de seu seio e levemente traçou a ponta sobre o mamilo. Os ombros dela tremeram e os seios pularam, o que fez o mamilo roçar rapidamente o garfo.

Quando ele o desencostou, a respiração dela saía em rajadas rasas. Quanta provocação adicional aguentaria antes que a necessidade de um orgasmo a levasse à insanidade? Ela ardia. A vagina ardia. Os seios estavam tensos, tão tensos e sensíveis que cada toque do talher causava agonia.

Ele retornou ao prato, servindo-se cuidadosamente com o restante da comida. Deu a ela mais três bocados antes de empurrar o carrinho para longe da cama.

Quando ele girou o corpo de volta para encará-la, esticou os braços por trás dela e libertou suas mãos. Mas, antes que pudesse trazê-las à frente do corpo, ele apenas reposicionou os braços sobre a cabeça e prendeu as algemas novamente em seus punhos.

— Encontre uma posição confortável — ele instruiu.

Da melhor forma que conseguia, ela deslizou para a frente até estar deitada de costas, com a cabeça aninhada entre os travesseiros. Ele testou as amarras e a instruiu a rolar para a direita e depois para a esquerda. Ciente de que Serena pudesse se mover livremente, ele se afastou e passou a mão pelo corpo dela a seu bel-prazer.

Damon acomodou-se de lado na cama, com a cabeça apoiada na palma da mão, observando Serena com olhos satisfeitos.

— Antes de dormir, achei que deveria te familiarizar com mais algumas das minhas expectativas, para que você não seja pega de surpresa — disse ele.

Ela levantou uma sobrancelha em resposta. Damon tinha sido claro demais quanto ao que esperava. O que mais poderia ser? Mas ela não expressou o pensamento, esperou que ele continuasse.

Ele sorriu.

— Você queria se opor. Admiro a contenção da sua vontade, porém mais do que isso, estou satisfeito por seu desejo de me agradar.

Sem saber o que responder ou mesmo se ele precisava de resposta, ela permaneceu em silêncio.

— Sexo — disse ele. — Seu corpo é meu para fazer o que eu quiser. Isso significa que vou tomá-la quando eu quiser e do jeito que eu quiser, às vezes com o seu prazer em mente, às vezes com o meu. É minha prerrogativa escolher quando você vai alcançar a satisfação.

Ele esperou como se achasse que ela se manifestaria, mas Serena estava entendendo as coisas muito depressa. Ele queria aceitação, e era o que ela lhe daria, com o máximo de sua capacidade.

Mais uma vez, ele pareceu satisfeito quando ela simplesmente esperou que continuasse.

— É um prazer particular meu ter relações sexuais quando acordo, quando a minha mente ainda está enevoada com o sono, mas meu corpo implora a doçura de uma mulher. Vou te possuir enquanto você estiver amarrada à minha cama, incapaz de fazer qualquer coisa, além de me dar o que exijo.

Ela fechou os olhos e apertou as coxas para tentar aliviar o calor que a queimava. Ele a faria gozar com nada mais do que a voz.

Um dedo trilhou a curva de seu seio e depois circulou o mamilo franzido.

— Você me perguntou por que eu te queria nua o tempo todo. Parte da razão é que considero o corpo feminino a forma mais verdadeira de arte. Gosto de apreciá-lo. Gosto de observá-lo, especialmente quando sei que me pertence. O principal motivo, porém, é que tenho a intenção de gozar de acesso livre ao seu corpo. Gosto da ideia de poder te comer quando eu quiser, do jeito que eu quiser. Posso desfrutar da sua boca, da sua boceta e da sua bunda com pouco mais do que o esforço necessário para dobrar você sobre o sofá, minha cadeira ou meu colo. Quando você passar, posso te pegar e te agarrar. Posso encostar você na parede e te penetrar por trás. Você não vai me recusar. Não vou permitir. A menos que esteja ferida ou doente. Ou se disser que não. Quando disser que não, tudo acaba. Então, veja, Serena, apesar de todo o poder que você me cedeu, muito ainda está em suas mãos. Você tem controle total sobre a fantasia, porque, com uma palavra, tudo acaba.

Ela se precipitou perigosamente na beirada do mais agudo dos orgasmos. Ia gozar, apesar de Damon não tê-la tocado de forma mais íntima do que em seus seios. Imagens repentinas dele penetrando-a de todas as maneiras descritas invadiram sua cabeça. Seu corpo inflava e estremecia. Oh, Deus, estava chegando perto, e não tinha absolutamente nada que pudesse fazer a respeito.

Enquanto Serena lutava contra o inevitável, de repente, Damon estava sobre ela, abrindo suas pernas com mãos urgentes. Ele a penetrou, e a exclamação de surpresa de Serena rapidamente se tornou um grito estridente de alívio. Assim que o pênis atingiu suas profundezas, seu orgasmo explodiu com ferocidade.

Sua visão ficou turva enquanto ele a penetrava, os quadris chocando-se com os dela com velocidade e força. Seu corpo não lhe pertencia mais. Havia estilhaçado em pedaços minúsculos, cortantes e pontiagudos. O prazer fervia em seu sexo, subindo e transbordando, e ainda assim ele continuava. Mais fundo. Mais forte. Impiedoso.

A vagina, dolorida e hipersensível depois do orgasmo, protestava enquanto o membro de Damon bombeava para a frente e para trás através dos tecidos inchados.

Ela gemeu baixo na garganta, sem saber se era a dor ou o prazer que a apunhalava.

— Por favor — disse ela com a voz rouca, mas não tinha certeza se estava implorando para ele parar ou não.

— Seu corpo é meu — disse ele. — Eu tomo o que é meu.

— Sim, seu — ela murmurou.

Mais rápido ele investiu contra seus quadris, forçando seu corpo para cima até que as mãos atadas batessem na cabeceira com cada impulso.

Ele estendeu a mão por baixo dela e segurou suas nádegas, erguendo-a, mergulhando novamente. Ela arfou quando ele foi bem fundo.

Um calor líquido encheu o ventre de Serena. Os quadris dele sacudiram espasmodicamente, estremecendo com o clímax. Durante muito tempo ele ficou preso dentro dela como se ela sugasse a última gota do gozo no seu interior.

O corpo de Damon caiu sobre Serena como um cobertor. Ele enterrou o rosto em seu pescoço, esforçando-se para respirar. Ali ela ficou, com as mãos acima da cabeça, as pernas muito abertas, com o homem que era seu dono entre as coxas, o corpo cheio de seu sêmen.

Ele ainda estava duro dentro dela, e não fez nenhum movimento para sair.

— Durma, Serena — ele murmurou em seu pescoço, os dentes mordiscando carinhosamente a pele. — Esta noite vou dormir enterrado dentro de você para lembrá-la de que sou seu dono. — De manhã, depois de te possuir de novo, vou te dar banho e lavar meus fluidos do seu corpo.

Capítulo 15

No transcurso da noite, Damon saiu de dentro dela e rolou de lado. Ela percebeu o movimento com letargia nebulosa antes de cair no sono.

Quando acordou de novo, mãos urgentes tateavam seu corpo, deslizando sobre seus seios, até chegar aos quadris. Seus olhos se abriram com dificuldade, e Damon estava se movendo sobre ela, abrindo suas pernas, golpeando impaciente com o pênis em sua abertura.

No afã, ele acertou o clitóris antes de se reposicionar, mas logo encontrou a entrada e deslizou profundamente, arrancando um suspiro de Serena, que despertou completamente. Os restos do interlúdio da noite anterior estavam secos no interior de suas coxas, mas o que se manteve dentro de seu sexo, quente e úmido, facilitou a passagem.

Seus braços se retesaram nas amarras, mas ele segurou firme, e Serena se viu incapaz de fazer qualquer coisa debaixo dele enquanto seu corpo era tomado.

Não havia delicadeza nos movimentos, também nenhuma tentativa de agradá-la; porém, de forma estranha, ela se excitava muito com os movimentos rudes e crus. Mesmo quando ele a penetrou mais fundo e mais forte, com os olhos cerrados e a mandíbula apertada, Serena sentiu a vagina pegar fogo.

Ela observava a tensão dos músculos dele com cada movimento. Damon estava apertando desesperadamente sua cintura e depois seus quadris, subindo de novo as mãos até a cintura, enterrando-se sem parar em seu corpo.

A vulnerabilidade de sua posição e a forma como se sentia impotente nas mãos dele incendiavam a excitação feroz. Ele a estava usando. Não havia outra palavra para descrever as ações, e ainda assim ela se sentia estranhamente satisfeita. Até mesmo poderosa.

Ele a apertou mais na cama, as nádegas bronzeadas subindo e descendo. Carne contra carne, os únicos sons ecoando pelo quarto eram o bater seco do corpo dele de encontro ao seu, e os grunhidos suaves que, de alguma forma, escapavam de sua boca fechada com força.

Ele abriu bem suas pernas com o corpo, arqueando-se sobre ela uma última vez. Serena não conseguiu mais controlar os gritos ao ser penetrada incrivelmente fundo.

Em vez de recuar, ele se manteve firme sobre ela, esvaziando-se em seu ventre. Serena podia senti-lo em cada centímetro de seu sexo. Estava muito esticada em torno do pênis dele, e seu corpo já estava sensível e dolorido da noite anterior.

O clitóris estremecia e pulsava, e ela ansiava por libertação, mas ficou em silêncio, seu corpo sendo um receptáculo para o dele.

Com um som de pesar, ele saiu de dentro dela com um jato de fluido. Ajoelhado entre as pernas de Serena, ele puxou seus joelhos, abrindo-a mais para ele.

Damon a olhou fixo, a suprema satisfação brilhando em seus olhos escuros.

— Você é tão linda — disse. — Sua boceta está tão inchada e vermelha, brilhando com o meu gozo.

Ele deslizou um dedo dentro da abertura e depois tirou, erguendo-o para que ela pudesse ver. Em seguida, inclinou-se e traçou uma linha ao redor de sua boca, deixando um rastro úmido nos lábios.

— Lamba — ele sussurrou. — Lamba meu gozo dos seus lábios, Serena minha.

Lentamente, ela obedeceu e passou a língua primeiro sobre o lábio inferior, depois pelo canto e então sobre o lábio superior.

— Você me satisfez — disse ele.

Ela sorriu tímida, muito trêmula, muito tensa com a necessidade de falar.

— Quer gozar, Serena? — ele perguntou em voz baixa, sedosa.

— Por favor — ela sussurrou.

Damon ergueu os braços sobre a cabeça dela para liberar suas mãos. Pegou-as nas suas com cuidado e as baixou até sua barriga.

— Tudo bem? — perguntou.

Ela confirmou com a cabeça, mesmo que flexionasse as mãos para devolver a sensibilidade aos dedos.

Ele pegou sua mão esquerda e baixou até a vagina.

— Toque-se — disse com voz rouca. — Goze enquanto eu assisto.

Ele deslizou pelos lençóis até descer e ficar parado ao pé da cama, sem nunca desviar o olhar dela. Um pouco nervosa, Serena desceu a mão entre as pernas e separou os lábios.

A pele estava escorregadia com os fluidos, e seus dedos se moveram com facilidade entre as dobras.

Não que fosse estranha à masturbação, mas certamente nunca tinha feito isso com uma plateia. Ainda assim, queria — precisava — tanto gozar, que não se importava com quem estivesse olhando.

Ela esfregou o dedo médio em movimentos circulares sobre o clitóris, gemendo quando todo o seu corpo ficou tenso. Encontrou o ponto doce e girou num círculo apertado, a vagina pulsando e se tensionando em resposta.

Damon foi até a lateral da cama, com o olhar fixo em seu sexo. Quando chegou ao seu lado, abaixou a cabeça de cabelos escuros e pegou um mamilo entre os dentes.

Serena arqueou as costas na cama, e seu dedo estimulou mais rápido o clitóris. Damon mordiscou com intensidade, sugando e mordendo o mamilo com uma força que causava uma dor deliciosa.

Sua respiração acelerou bastante, o corpo ficando tenso como um elástico. Mais e mais tenso. Esfregou mais rápido e Damon chupou mais forte até que ela estivesse se contorcendo incontrolavelmente. Para cima e para baixo seus quadris se moveram, como se estivessem realmente sendo penetrados.

Em seguida, Damon cravou os dentes bruscamente no mamilo, e ela simplesmente se despedaçou. Numa explosão repentina, foi arremessada pela beira do abismo e seu orgasmo explodiu como uma bomba.

Por um momento, sua mão se moveu num frenesi e a sensação tornou-se mais do que ela podia suportar. Ela diminuiu os movimentos e acariciou mais devagar, conforme ia chegando ao fim do orgasmo. Damon ergueu a boca de seu seio e depois simplesmente deitou a cabeça sobre seu peito.

Com a mão livre, Serena timidamente o tocou na testa, passando os dedos sobre a pele e indo até os cabelos. Quando traçou uma linha de sua têmpora, descendo pela mandíbula até a boca, assim que roçou seus lábios, ele a beijou na ponta dos dedos.

— Ah, você me satisfaz, Serena minha — ele murmurou em seu peito.

Ela sorriu levemente, lânguida demais para fazer mais do que isso.

— Você me satisfaz muito, Damon.

Ele levantou a cabeça com óbvia relutância.

— Venha, vou te dar banho. Depois vamos descer para o café da manhã.

Capítulo 16

Depois de um banho longo e tranquilo no qual, mais uma vez, Damon assumiu o controle e lavou cada centímetro do corpo de Serena, ele a enxugou e a colocou entre suas pernas na cama para escovar seu cabelo.

Os fios já brilhavam e reluziam quando ele abandonou a escova e começou a passar os dedos pelas mechas.

— Seu cabelo é lindo. Acho que nunca vi um cabelo tão preto e brilhoso.

Ela sorriu com prazer enquanto ele continuava passando os dedos leves pelos fios.

Damon levantou da cama e estendeu a mão para Serena. Colocando-a de pé, ele começou a examiná-la. A nudez não a incomodava tanto quanto na noite anterior; isto é, até que se dirigissem à cozinha e ela se lembrasse de que ele tinha um contingente inteiro de empregados domésticos.

Quando Sam passou pela sala de estar, Serena escondeu-se rapidamente atrás de Damon e se encolheu em suas costas. Sam apenas fez um aceno de cabeça, disse "bom dia" e continuou o caminho até a porta da frente.

Assim que ele se foi, Damon se virou e gentilmente tirou a mão dela de suas costas.

— Entendo que isso seja novo para você e é por isso que vou ser paciente, mas nunca deve esconder o corpo.

— Mas você disse que seria o único a desfrutar dele, a ver...

Ele ergueu um dedo até seus lábios.

— Só eu vou te tocar, Serena. Só eu vou te abraçar. Só eu vou ser o seu dono. Meus empregados são discretos e não vão ficar olhando. Com o tempo, você não vai se incomodar de ficar nua na frente deles.

Ela abriu a boca para protestar outra vez, mas ele a fez se calar afetuosamente.

— Esses são meus desejos. Você vai atendê-los.

A palavra *não* pairou nos lábios dela de forma perigosa, mas Serena se lembrava bem de que, no momento em que dissesse não, seria o fim. Ele tinha sido sincero. Dissera que a pressionaria, que era exigente e arrogante. Mas ela poderia dizer não. E, se dissesse, ele recuaria imediatamente. O lado negativo é que ela perderia tudo. A fantasia. A chance de satisfazer os próprios desejos e anseios mais profundos.

— Sim — ela sussurrou.

Ele sorriu e pegou sua mão ao se aproximar para tocar de leve os lábios nos dela. Damon apertou a mão e a beijou, mostrando com mais do que palavras que ela o havia deixado satisfeito com a resposta.

Uma euforia boba percorreu o peito de Serena. Ela queria satisfazê-lo. Queria demais.

Damon deu um último aperto em sua mão e a puxou em direção à cozinha. No caminho, passaram por uma sala de jantar formal e chegaram a uma grande cozinha gourmet. Era absolutamente linda e quase fez Serena desejar que cozinhasse. Quase. Era uma habilidade que ela nunca tinha dominado de verdade e também não estava muito preocupada em dominar.

Havia uma mesa menor em um nicho aconchegante em frente a uma janela saliente que, ainda bem, tinha persianas — que estavam fechadas. O café da manhã já estava posto: uma seleção de *bagels*, torradas, mingau de canjica, ovos e biscoitos. E sucos. Laranja e uva.

Então Serena viu que havia apenas uma cadeira. Enrugando a testa, olhou para o chão. Com certeza ele não esperava que ela se sentasse no chão.

Damon suspirou e a encorajou a prosseguir. Puxou a cadeira e se sentou, colocando-a no colo. Ele a virou de lado para que a cabeça dela encostasse em seu peito.

— Você sempre vai me dar comida? — ela perguntou. Parecia não haver problema de vez em quando, mas todas as vezes? Isso daria nos nervos depois de um tempo.

— Vou te dar comida quando eu estiver com vontade — ele disse apenas. — E esta manhã estou com vontade.

Só restava sorrir. Ele poderia enfurecê-la se deixasse. Damon era um cretino calmo. Calmo e convencido. Serena adorava um homem confiante. Quase arrogante era ainda melhor, mas nada nele era "quase". Ele era absolutamente arrogante, todo masculino, sexy até dizer chega e transava como num sonho.

Serena fez um ruído de contentamento e aconchegou mais a cabeça no peito dele.

— Prefere suco de uva ou de laranja? — ele perguntou.

— Adoraria o de uva.

Damon serviu o suco em um pequeno copo e o levou aos lábios dela, inclinando-o apenas o suficiente para que pudesse beber o líquido sem derramar. Depois de vários longos goles, ele o afastou.

— Suficiente?

Serena concordou e lambeu o suco dos lábios.

Ele alternava entre um bocado de ovos e outro de mingau. Depois partia um biscoito e o segurava na frente dos lábios dela. Com frequência, limpava os dedos em sua língua e até mesmo isso era uma demonstração de sensualidade. Quem imaginaria que o ato de receber comida na boca pudesse ser tão íntimo?

Serena notou que ele ainda não tinha comido muito. Ela, por outro lado, estava quase satisfeita, o que lhe deu uma ideia. Afinal, ela é que deveria ser a escrava, mas até o momento Damon a havia tratado como se *ele* fosse o escravo e ela fosse da realeza ou algo assim.

Quando ele ofereceu outra mordida do biscoito, ela estendeu a mão para fazê-lo parar. A surpresa percorreu o rosto dele e Serena tomou o biscoito de seus dedos e lentamente o colocou em seus lábios.

Ele abriu a boca, e ela introduziu os dedos, deixando o alimento amassar na língua e sentindo seu calor. Quando puxou a mão, ele fechou a boca em torno de seu dedo e o chupou de leve.

Droga, mas agora sabia por que ele gostava tanto de alimentá-la. Incentivada pela resposta e pelo fato de que ele não demonstrara que os limites haviam sido cruzados, ela pegou o garfo e espetou um pedaço de ovo.

Em seguida, guiou o garfo à boca dele e gentilmente ofereceu a porção.

— Seus dedos — disse ele, quando ela recolheu o garfo. — Use os dedos.

Com um sorriso, Serena baixou a mão e passou o dedo no mingau, rapidamente levando-o à boca dele. Só que, por não ter sido rápida o suficiente, um pouquinho pingou no queixo dele. Assim que ele chupou o dedo, ela se inclinou e lambeu o mingau de seu rosto.

Damon respirou fundo e ficou tenso sob seu toque. Ah, sim, ela gostava dessa coisa de dar comida na boca.

Quando Serena pegou o suco para levá-lo à boca de Damon, ele tocou seu punho.

— O que está fazendo? — perguntou. Não havia reprimenda na voz, apenas uma leve curiosidade.

— Sou sua escrava — respondeu ela. — Não sou eu quem deveria cuidar de você? Das suas necessidades?

Algo brilhou nos olhos dele. Primitivo e sombrio. As pupilas incendiaram-se e dilataram por um breve momento antes de voltarem ao tamanho normal.

Serena aproximou mais o copo, e ele entreabriu os lábios para beber. Seu olhar nunca a deixou durante o gole de suco. Assim que afastou o copo, ela estendeu a mão para limpar de leve uma pequena gota que havia escorrido no canto da boca.

Ele pegou sua mão e a beijou na palma.

— Você gosta de ser alimentado — ela disse.

Um canto da boca dele curvou-se em um sorriso.

— Ninguém nunca se ofereceu para cuidar de mim antes. Descobri que gostei bastante.

Ela tocou seu rosto e acariciou levemente a linha forte do maxilar.

— Então espero que a gente possa fazer disso uma via de mão dupla. Quero muito agradar você, não apenas cedendo aos seus desejos, mas cuidando de você e das suas necessidades, assim como você cuida das minhas.

Ele pareceu espantado pela declaração. A confusão rodopiou por um momento antes que ele piscasse para dissipá-la. Parecia ter ficado sem palavras, mas também parecia demonstrar extraordinária satisfação pelo pedido.

— Gostaria muito disso — disse ele em voz baixa.

Serena não pôde esconder o sorriso. Ele estendeu a mão e passou os dedos em seus lábios.

— Você tem um sorriso tão lindo, tão amplo — ele disse. — Ilumina todo o seu rosto e faz seus olhos assumirem o mais espetacular tom de azul.

Por um longo tempo, eles apenas se observaram, olhares travados como se cada um estivesse procurando algo no fundo da alma do outro.

Por fim, ele tocou a face dela e baixou a cabeça, fazendo o primeiro movimento, e, quando ela se mexeu, ele se ajustou para que seus lábios ficassem no mesmo nível. Quando ele a teve do jeito que queria, colocou as duas mãos em seu rosto e a segurou no lugar, baixando a boca de encontro à dela.

Era muito mais do que ela havia esperado. O primeiro toque do beijo foi como uma corrente elétrica atingindo suas profundezas. Foi o mais leve dos toques. Suave de um jeito tão maravilhoso que ela suspirou na boca dele.

Damon a tratava como uma peça do melhor vidro soprado. Sua língua, hesitante de início, lambeu-lhe os lábios, fazendo-a se abrir para recebê-lo. Ela cedeu no mesmo instante, partindo os lábios para deixá-lo entrar.

Um doce toque de suco de uva preencheu sua boca quando as línguas se digladiaram. Não foi um beijo apaixonado, urgente, ou um duelo entre as bocas. Em vez disso, foi quente e lento, preguiçoso como um dia cálido de verão.

Conforto. Se havia uma palavra que descrevia o sentimento invadindo o coração de Serena era conforto. Companheirismo. Confiança. Estranho que fossem essas as emoções a perpassarem sua mente quando estava se entregando à abundância de sensações que a boca dele proporcionava.

Os dois tentavam recuperar o fôlego, mas nenhum recuou. Os braços dela envolveram o pescoço dele, e Damon emoldurou seu rosto com as mãos para puxá-la ainda mais para perto. Pequenos ruídos do beijo ecoaram, o estalo suave de lábios em lábios, de língua em língua.

Aquilo era mais do que uma fantasia vigorosa de senhor e escrava, de sexo quente. Havia uma conexão palpável sendo forjada naquele instante, uma que ela não queria quebrar. Havia tanto sentimento por trás daquele beijo que ela não queria que acabasse jamais.

Sedenta por ar, Serena quebrou o contato apenas para respirar fundo antes que ele tomasse sua boca novamente. Os lábios deslizaram até o cantinho. Ele a encheu de beijos até o maxilar e a pele suave sob a orelha, descendo até o pescoço.

Ela fechou os olhos e deitou a cabeça para trás, oferecendo melhor acesso para que ele percorresse a frente de sua garganta. Devagar, ele deslizou a língua e os lábios para cima mais uma vez, até mordiscar seu queixo e, finalmente, retornar à boca, onde começou a beijar com mais intensidade, com mais selvageria.

Era um beijo como nenhum outro que ela já havia recebido. Não um selinho rápido. Não uma bagunça úmida de línguas. Não um encontro desajeitado de lábios. Aquele homem sabia beijar de verdade.

— Poderia fazer isso a manhã inteira — ele murmurou ao se afastar um pouco. A respiração estava pesada e ela podia ver que ele tinha sido tão afetado quanto ela.

— Hummm, eu também — respondeu Serena, aconchegando-se de novo nos braços dele.

— Você comeu o suficiente?

Ela concordou com a cabeça.

— Você?

Ele afagou seu braço.

— Comi, graças a você. Acho que posso me acostumar que cuidem de mim.

Ela sorriu.

— Você é controlador demais para jamais deixar que cuidem de você.

— Você duvida das suas habilidades, Serena minha. Um homem teria que ser louco para recusar uma mulher como você cuidando dele. Estou me percebendo extremamente ansioso pelo mês que temos pela frente.

Banhando-se nas palavras dele, Serena sentiu as faces quentes. Já tivera sua cota de relacionamentos, casos e tudo mais, mas nunca tinha se sentido tão apreciada como no curto período de tempo passado com Damon. Não fazia sentido algum como tinham estabelecido aquele tipo de conexão tão rápido, mas não havia dúvida de que era legítima.

Ele a motivava a querer ir um pouco mais além para fazê-lo feliz. Serena queria a aprovação, queria ver os olhos dele brilharem satisfeitos.

— Preciso que você se vista — ele anunciou.

Ela se afastou um pouco e ergueu uma sobrancelha.

— O que aconteceu com me deixar nua o tempo todo?

Ele riu.

— Por maior apelo que cause essa possibilidade, não posso sair com você em público usando apenas as joias que eu te dei. — A mão dele deslizou brincalhona até seu traseiro e deu um aperto leve. — Vou te levar para comprar roupas adequadas para o próximo mês.

— Hummm, um homem que gosta de fazer compras. Aonde é que este mundo vai parar?

— Não só gosto de fazer compras, como gosto de gastar dinheiro com a minha mulher — ele disse com uma piscadinha.

— E por isso vou me vestir com todo prazer — ela disse com um sorriso amplo.

Quando ele começou a afastá-la para sair de seu colo, ela se lembrou de que deveria ligar para Julie. E conhecendo a amiga, ela com certeza faria a polícia bater à porta de Damon se Serena não desse sinal de vida.

— Droga — murmurou. — Damon, preciso usar o telefone. Minha amiga Julie. Você a conheceu no Cattleman's. Ela estava meio preocupada que você fosse me matar ontem à noite, por isso, a menos que eu ligue, ela vai chamar a polícia e fazer os tiras baterem na sua porta.

Damon jogou a cabeça para trás e riu.

— Claro, ligue para a sua amiga. Ela parece ser uma fera.

Serena sorriu.

— Ela é bem-intencionada e tem um coração enorme, mesmo que a boca seja ainda maior.

— Vou te deixar com o seu telefonema, então. Vou subir e pegar alguma coisa da sua mala para você vestir. — Ele a tirou do colo e ficou de pé. — Vou te levar ao meu escritório para você ter privacidade.

Desta vez ela prontamente entrelaçou os dedos nos dele quando foi levada pela cozinha e cruzou a sala de estar. Ele mostrou um cômodo menor, anexo, e indicou sua mesa.

— Leve o tempo que precisar. Vou estar na sala; venha quando estiver pronta.

Ele a beijou na testa, virou-se e saiu do cômodo, fechando a porta atrás de si.

Capítulo 17

Satisfeita que a amiga ainda estivesse viva e bem, Julie desligou o telefone. Serena não quis dar nenhum detalhe, mas parecia muito feliz para alguém que tinha acabado de passar a primeira noite de escravidão. Não pela primeira vez, Julie se perguntou se daria uma chance a essa história de submissão.

Nem pensar.

Sacudiu a cabeça e observou o telefone com apreensão. Serena perguntara se ela já havia ligado para Nathan, e é claro que Julie tinha mentido e dito que sim. Não poderia deixar Serena pensar que ela era uma maria-mole; nem mesmo se ficasse branca e tivesse coco por cima.

Quando tinha se tornado tão covarde?

Pegou o celular e discou o número deixado por Nathan como contato quando ele havia preenchido a ficha no salão. Ela não fazia ideia de para onde estava ligando. Só esperava que fosse um número particular.

Amaldiçoando o nervosismo, colocou o telefone no ouvido e escutou o toque. Depois do terceiro, alguém atendeu e ela respirou fundo.

— Nathan Tucker.

— Nathan. Er, oi, é a Julie Stanford do, hum, salão… o lugar de massagem.

Deus, tinha como parecer mais imbecil? Para piorar as coisas, houve uma longa pausa na linha, como se ele estivesse tentando lembrar quem ela era.

— Julie, oi. Então, desculpe não ter ligado para remarcar. É que fiquei muito ocupado.

— Não — ela disse depressa. — Quero dizer, não é por isso que estou ligando. Eu, hum… queria te agradecer por ter me levado para casa outro dia.

— Sem problemas. Foi um prazer — ele disse com charme fácil.

— Tem mais uma coisa — ela acrescentou, tentando chegar aonde queria.

— Estou ouvindo.

Julie fechou os olhos e sacudiu a cabeça.

— Aconteceu alguma coisa aquela noite? Quero dizer, eu agi de maneira inapropriada?

Jesus, Maria, José, ela parecia um político liso, pedindo desculpas por ter sido pego com uma prostituta.

— Não entendi — respondeu Nathan. Dava para perceber uma confusão genuína na voz dele.

— Eu te ataquei? Te estuprei? A gente transou? — ela perguntou impaciente.

— Deus do céu, *não.*

Bem, ele não precisava parecer tão perplexo.

— Então, como… como eu acabei pelada na minha cama? — ela murmurou.

— Porra! — Nathan rugiu.

Julie deu um salto e afastou o celular do ouvido.

Mais xingamentos murmurados ecoaram, abafados. Sem dúvida ele parecia estar segurando o telefone na camisa. Depois de mais ruído, ele voltou à linha.

— Desculpe, não foi para você. — Então sua voz se afastou e ele gritou de novo. — Micah, seu filho da mãe, desta vez vou acabar com a sua raça.

— Olha, é evidente que acabei te pegando num momento ruim — disse Julie erguendo a voz, esperando que ele ouvisse.

— Não, desculpe. O Micah e as pegadinhas idiotas dele. Sobre a outra noite... Nada aconteceu, Julie. Se eu tivesse alguma ideia de que você ficaria preocupada, eu teria ligado. Você estava meio inconsciente, então eu te coloquei na cama. Alguém derramou cerveja na sua blusa, por isso eu tirei a sua roupa. Nem olhei para você, eu juro.

— Bom, e por que diabos não olhou? — ela perguntou exasperada. — Sou tão feia assim?

— *O quê?* Não. Merda, que merda é essa? — Nathan gaguejou.

Era óbvio que ele não fazia ideia se casava ou comprava uma bicicleta.

— Vou desligar — ela murmurou.

— Espere, Julie, não vá ainda.

Ela afastou o celular do ouvido e apertou o botão para desligar a ligação. Depois, com o absoluto constrangimento a corroendo, ela desligou o telefone só para o caso de Nathan ter qualquer ideia de ligar de volta.

Colocando o telefone de lado, ela fechou os olhos e sacudiu a cabeça. Onde estava um buraco gigante na terra quando a gente precisava de um?

Serena estava sentada no banco de trás do carro de Damon, aconchegada ao seu lado enquanto iam para o Galleria. Ela estava — e se sentia — linda.

Entre os dois trajes que ela havia trazido de casa, Damon escolhera um vestido simples na altura dos joelhos e um par de sandálias.

O vestido já havia sido usado antes, mas nunca a tinha feito se sentir tão absolutamente feminina.

O bracelete e a tornozeleira eram deslumbrantes. Sentia-se exótica e vibrante com as joias douradas decorando a pele. Que fossem o símbolo da posse de um homem só contribuía com a euforia secreta.

Não foi preciso muito tempo para descobrir que tipo de roupa Damon preferia. E precisava admitir, ele tinha um olho excelente para o que valorizava sua silhueta e seu tom de pele.

Ele escolheu saias casuais, de seda, quase como saídas de praia. Blusas simples de alcinha. Vários vestidos mais sofisticados e um longo preto formal.

Depois de escolher sapatos adequados, ele a levou a um salão de estética, onde orientou a atendente a fazer o pacote completo para o corpo. Até as unhas dos pés foram pintadas de um rosa feminino.

Quando os procedimentos chegaram ao fim, não havia um só músculo tenso no corpo inteiro de Serena. Estava leve e relaxada e o que mais queria era se aconchegar nos braços de Damon e tirar uma soneca.

Ele carregou as sacolas de compras na mão esquerda e passou a direita por sua cintura quando saíram do salão. Ela se inclinou no corpo dele e se deliciou em como os dois pareciam e se sentiam à vontade juntos.

— Sabe que a Julie vai te matar por você ter me levado a outro salão para ser mimada — Serena disse com um sorriso na direção de Damon.

Os lábios dele se curvaram.

— Foi por você mesma que eu não te levei até lá. Imaginei que ela fosse te interrogar sem piedade e até mesmo te sequestrar para o seu próprio bem.

Serena deu uma gargalhada.

— Ai, meu Deus, você provavelmente está certo. Ela tem uma determinação extrema, mas sem dúvida é bem-intencionada.

— Eu diria que sim — ele concordou. — Ela está pensando no seu bem, por isso não posso culpá-la.

— E agora? — Serena perguntou ao ser conduzida até o carro.

Ele se acomodou ao seu lado e deu uma ordem a Sam para levá-los para casa. Depois se virou para olhá-la.

— Agora vou te levar para casa e tirar essas roupas do seu corpo. Tenho um pouco de trabalho a fazer, mas gostaria de ter a sua companhia enquanto tomo conta de alguns assuntos.

— Tem certeza de que consegue se concentrar no trabalho se eu estiver pelada? — ela perguntou inocente.

A diversão reluziu nos olhos dele.

— Já que preciso trabalhar, eu preferiria que você estivesse sentada aos meus pés, nua, em vez de vestida.

Serena revirou os olhos.

— Você é um verdadeiro homem das cavernas debaixo de todo esse verniz e sofisticação.

— E você é minha mulher das cavernas? Destinada a se submeter a todos os meus desejos?

— Sim, acho que sou — ela murmurou.

— Bom saber — ele disse. — Abra a minha calça.

Ela piscou, surpresa, e baixou os olhos para o volume entre as pernas dele.

— Fique de joelhos na minha frente e use a boca para me dar prazer — ele ordenou.

Bolhas de ansiedade incharam e explodiram na pélvis dela. O clitóris estava fazendo uma dancinha espasmódica entre suas pernas, pulsando com a necessidade de ser saciado.

— Preciso ser direto? — ele murmurou. — Me chupe, Serena minha. Me faça sentir prazer e, quando terminar, lamba cada gota de gozo do meu pau.

Lentamente, ela passou por cima dos joelhos dele e se posicionou entre os assentos. Depois, ajoelhou no carpete do carro quando ele abriu as pernas para facilitar o acesso. Nervosa, Serena olhou por cima do ombro, na direção de Sam, mas o olhar do motorista estava focado no para-brisa.

— Ele me ouviu, sabe — Damon disse com um leve sorriso. — Ele sabe precisamente o que você vai fazer.

Ela franziu as sobrancelhas.

— Por que me provocar? Você sabe que não me sinto à vontade com outra pessoa nos vendo e ouvindo.

Ele segurou seu queixo.

— Não estou te provocando, Serena. Estou fazendo você se acostumar. Estou te ensinando que a única pessoa com quem você tem que se preocupar sou eu. Não importa o que o Sam veja ou ouça. É das minhas necessidades que você deve cuidar e é em mim que tem que se concentrar. Você tem que aprender a bloquear todo o resto. Agora, abra as minhas calças e me satisfaça.

Ela piscou diante do poder na voz dele e do fio de autoridade entrelaçado em cada uma de suas palavras. Com as mãos trêmulas, tocou a braguilha e a abriu.

O pênis empurrava impaciente o tecido da cueca boxer, e ela puxou o elástico. A ereção pulou para fora, oscilando e se erguendo na direção da barriga malhada. Os dedos dela percorreram o membro até os pelos grossos na base e o envolveram.

Os cabelos de Serena caíram para a frente quando ela se debruçou para tomá-lo na boca. Damon entrelaçou os dedos em seu couro cabeludo, afastando as mechas grossas de seu rosto. Sabendo que ele queria assistir, ela mudou o ângulo da cabeça para que ele pudesse ver o pênis desaparecendo dentro de sua boca.

Adorava aquele gosto. Não era inexperiente em chupar um homem, mas admitia que nunca tinha sido seu agrado sexual preferido. Para ser sincera, havia feito como obrigação, algo recíproco, quando algum de seus parceiros lhe fazia sexo oral.

Mas com Damon ela gostava, saboreava e até ficava ansiosa para fazer. Engolir? Hum, nunca. Não com nenhum dos amantes anteriores. De alguma forma, com ele, parecia uma rejeição que não estava preparada para fazer. Mesmo que ele não tivesse pedido, ela teria aceitado de bom grado tudo o que ele tinha a oferecer.

Umedeceu os lábios mais uma vez ao deslizar a boca por todo o comprimento. Respirando pelo nariz, ela aplacou a ânsia e segurou o membro no fundo da garganta antes de finalmente o soltar e erguer a cabeça até que a ponta do pênis tocasse sua língua.

Os testículos estavam pesados e inchados entre as pernas dele. A pele, pontuada com pelos curtos e escuros, era um contraste à pele lisa da ereção. Ela os acariciou, adorando a leve aspereza, e depois firmou a mão na pele aveludada que cobria o pênis.

Para cima e para baixo ela trabalhou com a mão se movendo em conjunto com a boca. Seguiu o movimento dos dedos com os lábios, descendo e depois subindo outra vez.

As duas mãos de Damon agora seguravam sua cabeça. Ele agarrou porções de seu cabelo entre os punhos cerrados, segurando-a firme enquanto ela sugava e banhava o pênis de atenções.

Ele curvou a cabeça para a frente, as coxas se enterrando na cintura dela. A pele do saco relaxava e esticava, e o pênis enrijeceu até parecer uma haste de aço na mão de Serena.

Quando ela afastou a boca, uma gota de fluido que antecedia o esperma reluziu no topo da glande. Foi ficando maior e então gotejou e caiu em sua mão.

Ela se adiantou e lambeu. Damon grunhiu e abaixou a cabeça dela novamente, erguendo os lábios para encontrá-la no percurso.

— Me faça gozar, Serena minha — disse com a voz rouca.

Ela o tomou com força, de forma tão implacável como ele a havia penetrado naquela manhã. Apertou mais o pênis, subindo e descendo com a boca, envolvendo-o e engolindo-o. Serena fechou os olhos e se rendeu ao prazer que proporcionava e que também obtinha.

Os dedos dele se entrelaçaram em seu couro cabeludo e de repente ele a empurrou para baixo, dando uma estocada dura e profunda dentro da boca dela. O gozo quente explodiu, cobrindo a língua de Serena. Ela engoliu e ainda mais espirrou em sua garganta.

Enquanto ele estremecia e se contorcia debaixo dela, Serena aliviou os movimentos e os deixou mais gentis. Com paixão, ela sugou e o acalmou com a língua, lambendo cada gota.

Ainda segurando o pênis pulsante na mão, ela tirou a boca e baixou a cabeça para passar a língua pela pele rugosa envolvendo o escroto. Os testículos giraram sob sua boca quando ela capturou uma gota fujona de sêmen que havia espirrado na pele.

Damon grunhiu e passou as mãos pelo cabelo dela, pelo couro cabeludo e depois pelo rosto. Tocou e afagou extasiado. A aprovação estava presente em cada carícia, e, quando ela finalmente olhou para cima, os olhos dele brilhavam de satisfação.

— Mais quanto tempo, Sam? — Damon falou em voz alta.

Serena se encolheu, mas controlou o constrangimento. Mais uma vez sabia por que Damon estava chamando a atenção do motorista. Como tinha dito, queria que ela se acostumasse a ser usada sempre e quando ele tivesse vontade. A ideia de Sam poder ouvir, mas não ver o que acontecia no banco traseiro, provocou-lhe uma onda de curiosidade, quase cócegas, dando uma cambalhota em sua barriga.

— Quinze minutos, senhor.

— Tempo suficiente — Damon murmurou.

Ela arqueou uma sobrancelha questionadora ao se reconectar com o olhar dele.

— Tempo suficiente para quê?

— Tire a calcinha, Serena — ele disse, ignorando a pergunta. — Anda, rápido.

Corando, ela baixou as mãos, atrapalhando-se com o vestido para alcançar a lingerie. Segurando-se à perna dele com uma das mãos, ela puxou a calcinha com a outra. Era difícil, presa entre os bancos do jeito que estava, mas finalmente libertou as pernas do tecido e o jogou no banco.

Damon sorriu.

— Agora me chupe até ficar duro de novo. Você tem cinco minutos. Quando eu estiver pronto, quero que suba no meu colo, puxe o vestido e monte no meu pau.

Capítulo 18

O pênis de Damon inclinado para trás, a ponta repousando sobre o abdome. Cuidadosamente, ela fechou os dedos em torno dele, erguendo-o, e colocando-o na boca.

Estava quente e mais macio do que apenas um momento antes, mas, ao primeiro toque da língua, ele se contraiu com um espasmo. Carinhosamente, ela acariciou e chupou, sentindo-o enrijecer aos poucos. Levou mais tempo desta vez, mas ela provocou e lambeu até que ele estivesse duro e ereto.

Ainda assim, ela esperou o comando.

— Está pronta para mim, Serena?

Ela assentiu, sem tirar a boca do pênis.

— Está molhada?

Mais uma vez ela concordou.

— Me mostre. Use a mão. Deslize-a entre as pernas. Toque-se e depois me mostre os dedos.

Ela soltou o pênis e desceu a mão, desvencilhando-se do vestido. Sem dúvida estava molhada. Muito molhada, e a vagina desejava alívio dolorosamente. Quando os dedos deslizaram sobre o clitóris, seus ombros estremeceram. Mais abaixo, onde o centro úmido pulsava, ela introduziu o dedo até que fosse devidamente revestido. Tirou a mão e a estendeu para Damon.

Ele agarrou seu punho com a mão e gentilmente puxou os dedos aos lábios. Colocou um na boca e chupou.

— Venha — disse ele, numa voz profunda e adocicada. Ele a hipnotizava.

Agarrando-se à perna dele com a mão livre, ela se levantou de onde estava ajoelhada no assoalho. Ele estendeu a mão para a barra do vestido, levantando-o enquanto ela se movia para montá-lo. Ele soltou seu punho e a segurou na parte de cima das coxas, abrindo-a, posicionando-a sobre o colo.

— Coloque as mãos na parte de cima do assento — ele mandou. — Levante um pouco para eu te penetrar.

Ela fez o que ele disse e se ergueu um pouco. Damon colocou a mão por baixo dela para posicionar o pênis.

— Agora sente em mim, Serena.

Ela baixou o corpo de novo, e a ponta do membro atingiu seu centro de prazer antes de enfim ultrapassar a entrada e deslizar para dentro. A mão dele agarrou sua cintura e a puxou para baixo, ao encontro de sua investida.

O primeiro choque quase disparou o orgasmo de Serena, mas ele segurou seu queixo e o puxou até que ela encontrasse seu olhar.

— Você só vai gozar quando eu disser que pode. Por enquanto, quero que me dê prazer.

Ela respirou fundo e concordou com a cabeça, perguntando-se se conseguiria conter algo inevitável como o alívio de seu prazer.

— Cavalgue — ele disse.

Agarrando o topo do assento atrás dos ombros dele, ela ergueu o corpo e desceu, enterrando-se fundo cada vez que abaixava. Ele era grosso e ela estava muito esticada ao redor. Seu sexo se dilatava para acomodá-lo, e ela podia senti-lo em cada terminação nervosa.

Ele soltou sua cintura e deslizou as duas mãos, subindo pela barriga e pelos seios. Através do tecido do vestido, ele puxou e torceu os mamilos até que eles despontassem, duros, eretos.

— Mais forte — ele insistiu. — Você está ficando sem tempo. Logo vamos chegar em casa e vamos ficar transando no carro enquanto o Sam espera a gente terminar.

Em vez de minar o ardor, a imagem evocada disparou uma onda de devassidão pelo corpo de Serena. Uma onda morna que inundou suas veias e, por um momento, ela ficou tentada a retardar o orgasmo dele até que estivessem, de fato, transando na entrada da casa.

— Isso te excita — ele murmurou e, quando ela abriu os olhos, viu que ele parecia contente.

Damon parou de brincar com os mamilos e a segurou pelos ombros, enterrando-a em seu membro. Depois de alguns instantes, ele desceu a palma das mãos pelas costas dela até encontrar a bainha enrolada do vestido, apoiada em suas pernas.

Puxou até que o tecido se afastasse e passou as mãos por baixo até apalpar suas nádegas. As mãos não foram delicadas quando apertaram a pele. Os polegares se cravaram nas laterais quando ele a ergueu e a puxou para baixo novamente. Damon a invadia repetidas vezes, alargando Serena cada vez mais com suas investidas.

O carro diminuiu a velocidade e ela prendeu a respiração ao olhar ansiosa pela janela e ver que estavam entrando na propriedade de Damon.

— Não pare — Damon advertiu. — Você vai terminar com isso antes que a gente saia.

O carro parou e Sam saiu. O veículo sacudiu de leve quando a porta da frente foi fechada, mas o motorista não abriu a do passageiro. Serena viu que ele estava de costas para sua janela, apenas esperando que terminassem.

— Dá pra mim, Serena. Dá pra mim com força.

Ela cavalgou, mais rápido e mais forte, olhando pela janela de trás do carro.

— Use a mão — ele disse. — Se toque enquanto dá pra mim. Quero sentir você gozar no meu pau antes que eu esvazie todo o meu líquido dentro de você.

Feliz de atender ao desejo dele, ela desceu a mão e puxou o vestido com impaciência para tirá-lo do caminho. Seus dedos encontraram o clitóris e imediatamente começaram a estimular o botão túrgido.

Damon apertou mais as mãos em volta do traseiro dela e golpeou com o quadril para cima, penetrando-a com intensidade selvagem. Apesar de toda a calma e controle, quando se tratava de sexo, ele era um animal.

— Goze — ele arquejou. — Me dê o seu orgasmo. Quero sentir você me inundar.

Ela gemeu. Com a boca seca, ela engoliu rapidamente, a mão se mexendo mais depressa, Damon bombeando mais forte.

— Assim — ela gemeu. — Por favor, não pare, Damon.

Ficou louca nos braços dele, estremecendo, contorcendo-se, seu fogo queimando mais forte. Um prazer irracional começou a crescer dentro dela, chegando ao ponto de entrar em erupção.

E então ela explodiu. Espalhou-se no ar como folhas ao vento, percorrendo centenas de direções diferentes.

Vagamente ela tomou consciência de Damon segurando-a, acalmando-a com as mãos gentis, sussurrando em seu ouvido. Cada parte de seu corpo tremia e sacudia, quase de forma violenta e fora de controle.

Quando afundou no peito dele, Damon golpeou para cima uma última vez, sacudindo seu corpo com a força. E então ele parou. Com os braços em torno do corpo dela, ele a segurou firme, os dois exaustos e trêmulos.

Pelo mais longo dos instantes, ele apenas a abraçou, os corpos ainda conectados. Serena não conseguia se mexer. Mal podia processar o que tinha acabado de acontecer.

Damon ergueu-a um pouco e saiu de dentro dela. Rolou-a de lado para que se sentasse no banco, com as pernas sobre o colo dele. Damon arrumou o vestido para cobrir sua pele e moveu as pernas dela para conseguir se arrumar.

Estendeu a mão e bateu na janela. Sam virou-se no mesmo instante e abriu a porta. Damon saiu primeiro e estendeu a mão para ajudar Serena em seguida.

Com os pés descalços, ela tocou a calçada e se ergueu sobre as pernas trêmulas. Porém, Damon não lhe deu tempo de recuperar o equilíbrio e, simplesmente, a pegou no colo e caminhou para dentro da casa.

Mal podia imaginar a aparência que tinha, e agradeceu a Deus por Damon protegê-la tão bem. Escondeu o rosto no pescoço dele. Damon a segurava alto e virada para ele, de forma que pudesse deixá-la da maneira mais decente possível dadas as circunstâncias.

Serena não viu quem abriu a porta, apenas que estava escancarada quando Damon chegou lá. Ele entrou e a carregou até o quarto. Quando a colocou sobre a cama, ela nem se mexeu, parecia uma maria-mole, cansada e saciada.

Lábios cálidos tocaram sua têmpora de forma muito suave quando mãos afastaram os cabelos de seu rosto. Ele a despiu do vestido, deixou-a nua na cama e depois desapareceu. Sem ter recebido instruções, ela simplesmente ficou onde estava. Não que conseguisse se mexer.

Num instante, Damon voltou com um pano úmido. Com ternura, ele o passou por suas pernas e limpou o sêmen entre elas.

— Gire e fique de barriga para baixo — ele disse baixinho.

Com ajuda, ela conseguiu girar até estar com o rosto enterrado nos lençóis, os braços bem abertos sobre a cama. Ele riu.

— Te deixei exausta, Serena minha?

— Hummm — foi tudo o que ela conseguiu balbuciar.

— Você vai descansar logo — ele murmurou.

Logo? Isso significava que ele tinha algo em mente. Ela só esperava que não exigisse movimento.

Damon começou a acariciar suas costas, as mãos fazendo círculos, massageando. Ela gemeu com prazer, o som deslizando dos lábios cansados.

Subindo e descendo por seu corpo, do pescoço e ombros até as curvas das nádegas, ele tocou, apertou e massageou. Depois afastou as mãos e ela ouviu alguma coisa abrindo. Plástico. Um líquido morno pingou por sua coluna, e as mãos dele voltaram, esfregando o óleo em sua pele.

A cama afundou quando ele subiu ao seu lado. Não houve um centímetro de sua pele que ele não marcasse de alguma forma. Seu toque ficava impresso na carne, quente e sensual.

Arrepios frios subiram e desceram pelos braços de Serena, o prazer delicioso banhando seu corpo. As massagens de Julie não eram nada diante da magia que Damon realizava.

As palmas envolveram as nádegas, apalpando, massageando, os dedos trabalhando cada vez mais perto da fenda entre elas. Serena respirou fundo com força quando os dedos tangenciaram sua entrada anal, buscando, suaves como penas.

Mais uma vez ela ouviu a tampa ser aberta. Dois dedos separaram as nádegas, expondo a abertura. O óleo caiu na fenda, escorrendo sobre a pele. Os dedos limparam o lubrificante, espalhando-o, e depois pressionaram o ânus.

Serena agarrou firme os lençóis e fechou os olhos com força. Ele queria penetrá-la por trás naquele instante, quando ela não tinha forças para sequer formular qualquer tipo de protesto? Sabia que ele não a machucaria, mas aquilo era algo estranho para ela. Nunca tinha feito sexo anal antes. Nunca sequer tinha pensado a respeito.

— Relaxe — ele disse gentilmente, passando o dedo com delicadeza.

O dedo entrou e ela prendeu o fôlego de modo audível. Para a frente e para trás ele continuou penetrando com o dedo devagar. Não doía. Era... Não tinha certeza do que estava sentindo. Era novo. Proibido e excitante.

Conforme o dedo continuava a tocá-la por dentro, ele derramou mais lubrificante na abertura até que estivesse besuntada. Depois introduziu mais um dedo.

Serena gemeu entre dentes, Damon dilatando-a e a manipulando Era para ser gostoso? O calor floresceu em seu ânus e radiou até a vagina. Em alguns instantes, apesar da fadiga, suas entranhas ficaram tensas, o clitóris ficou túrgido e a dor de um novo orgasmo espreitou no horizonte.

Quando ele tirou a mão, ela quase gritou em protesto. Antes que pudesse virar a cabeça para ver se ele a estava deixando sozinha, algo diferente substituiu os dedos. Faltava o calor e era muito mais duro. Parecia... plástico.

Serena arregalou os olhos quando o objeto invadiu sua entrada, besuntado com lubrificante, mas duro e implacável. Para a frente e para trás, deslizando fácil pela abertura, Damon trabalhava paciente com o objeto.

Sua abertura se alargou, esticada em volta do plástico, quando ele introduziu mais fundo. Era menor na ponta, mas ficava mais largo quanto mais fundo entrava.

Não conseguindo mais conter a curiosidade, ela levantou a cabeça e perguntou:

— O que é isso?

A mão livre de Damon pousou sobre sua lombar.

— Está tudo bem, Serena, confie em mim. Não vou te machucar. Estou colocando um plug. Não quero que seja doloroso quando você me receber, por isso, vai usar isso aqui por enquanto.

Com isso ele empurrou um pouco mais, e a abertura dilatou ainda mais.

— Oh — ela ofegou.

— Só relaxe e não se oponha — murmurou. — Confie em mim, não vou te machucar. Aproveite.

Por mais alguns vários segundos, ele continuou o movimento de entrar e sair, cada vez empurrando um pouco mais. E depois, com um aperto firme, ele o alojou inteiro dentro do ânus.

Serena ergueu a cabeça da cama, e gritou com a surpresa. Seu traseiro latejava e queimava em volta do que parecia um plug gigantesco. Suas pernas tinham espasmos e pareciam agir por vontade própria enquanto ela tentava lutar contra o invasor.

Os lábios de Damon pressionaram sua lombar num beijo e murmuraram palavras calmantes:

— Vai ficar tudo bem. Respire, Serena. Vai ficar melhor.

— É? — ela murmurou, inspirando grandes quantidades de ar. — Alguma vez já enfiaram um desses na sua bunda?

Ele riu.

— Não.

— Então não venha me dizer a sensação que dá.

Ele a virou para que ficasse de lado, encarando-o. Havia um sorriso divertido no rosto quando olhou para ela.

— Está bem, então você me diz qual é a sensação.

Ela engoliu em seco, e um pouco da queimação aliviou, sendo substituída por algo morno... Fogo brando em suas veias, lento, intermitente, como café logo antes de ferver. Por mais exausta que estivesse, poderia se entregar totalmente a outro orgasmo agora mesmo.

— É... estranho. Intenso, mas não desagradável. Me sinto preenchida. Tem uma pressão que faz minha pele se arrepiar, formigar, como se eu quisesse alguma coisa, mas não sei bem o quê. Faz sentido?

A mão dele pousou sobre seu quadril.

— Faz total sentido. Está gostando? Consegue imaginar meu pau na sua bunda?

O corpo todo de Serena estremeceu só de pensar na imagem de Damon possuindo-a, penetrando fundo em suas entranhas.

— Parece tão grande — ela disse.

Ele sorriu.

— Sou maior.

Ela fechou os olhos e gemeu.

— Como diabos você acha que vai enfiar o pinto aí dentro se é maior do que esse maldito plug?

— Ah, eu consigo — ele disse, a voz profunda, rouca. — E você vai adorar cada minuto, eu prometo.

— Não estava esperando o prazer — ela disse, enrugando a testa em confusão.

— Então é prazeroso? — ele perguntou.

— Sinceramente não sei se o ato em si é prazeroso ou se é quem está praticando, mas, sim, é... gostoso. É excitante e eu me sinto inquieta, ardendo de desejo, como se tivesse uma necessidade não saciada.

Ele se aproximou dela, empurrando-a até que estivesse estirada de costas na cama. A pressão atrás se intensificou quando um pouco do seu peso recaiu sobre o plug. Ele a posicionou do jeito que quis até que estivesse com a cabeça logo acima de seu púbis.

Ele afastou bem suas pernas, dobrando-as até que os joelhos tocassem o colchão. Seu sexo estava todo aberto para ele e de repente Serena se sentiu pequena e vulnerável.

Ele percorreu suas dobras com o dedo, provocando de leve até chegar à sua entrada. Introduziu um dedo, pressionando para baixo até que ela pudesse senti-lo tocando o plug através da barreira fina separando a vagina do ânus.

— Por mais que eu queira enterrar meu pau na sua boceta doce, não vou fazer isso agora. Você está cansada e provavelmente dolorida e, se eu te possuir agora, vai ser apertado por causa do plug. Não quero te causar nenhum desconforto. Mas depois... depois eu vou te mostrar como é ser penetrada pelos dois lados ao mesmo tempo.

Ela estremeceu e sacudiu sob os dedos que vasculhavam. Como podia estar tão perto do orgasmo de novo?

Quando ele tirou o dedo, baixou a boca, enfiando-se entre as pregas de pele até que a língua deslizasse sobre o clitóris. Os quadris de Serena se ergueram de repente como se um raio atingisse sua pélvis.

Damon afastou mais as dobras até que ela ficasse indefesa e aberta para sua boca. Pequenas correntes de ar sopraram por sua pele mais íntima, unidas aos sopros mornos de respiração. A língua deslizou de maneira erótica de sua entrada para a cobertura protegendo o botão sensível. Ele lambeu o clitóris de leve, fazendo-o enrijecer. Depois o sugou na boca, e Serena sentiu onda após onda de sensações elétricas explodirem em sua pélvis.

Ela se arqueou para ele, cada movimento apertando o plug mais fundo. Cada sensação era como uma onda do mar, propagando-se para dentro, quebrando e recuando, inundando seus músculos como líquido.

Com desejo, ele lambeu e sugou a vagina como se estivesse faminto por sua doçura. Circundou a entrada uma vez e depois mais uma, antes de deslizar a língua para dentro.

Ela estremeceu e convulsionou, mas ele agarrou seus quadris e a segurou firme no lugar, dando-lhe prazer.

Para dentro, para fora, ele a penetrava com a língua. Lenta e sensualmente, como se estivesse bebendo o melhor dos vinhos e saboreando cada gole.

O clímax começou como um anel lento, um redemoinho aquecido girando em seu âmago, cada vez maior e mais rápido, uma tempestade ganhando poder.

Inchando como uma sinfonia no ápice de seu crescendo, o orgasmo foi ganhando volume até que ela não pudesse aguentar mais.

— Por favor — implorou. O que pedia, ela não tinha certeza. Piedade? Satisfação? Alívio da tensão insuportável tomando conta de seu corpo?

E depois ele sussurrou, suave e gentil, contra sua pele molhada:

— Goze, Serena minha. Goze para mim.

Uma doce agonia lampejou e percorreu seu sexo. Seus movimentos não lhe pertenciam mais. Ela gritou quando seu corpo bateu na cama debaixo das costas, as pernas de repente envolvendo os ombros de Damon.

Lágrimas escorreram por suas faces, deixando-a confusa sobre como tinham surgido. Sua consciência era apenas parcial. Serena lutou pelo mais breve dos segundos para se manter alerta, para não abrir mão dos fragmentos perfurantes de seu orgasmo.

Mas, conforme o prazer frenético desvanecia lentamente, substituído por mais doçura preguiçosa, ela se entregou, não mais capaz de manter os olhos abertos.

Um polegar roçou sua bochecha, enxugando a umidade de suas lágrimas, e então ela ouviu a ordem delicada:

— Durma, Serena minha. Vou cuidar de você.

Confortada pelo voto dito em voz baixa, ela se permitiu deslizar para longe, para o torpor que o sono oferecia.

Capítulo 19

Damon a observava. Os olhos dela foram se fechando e, quase no mesmo instante, sua respiração se tornou suave e constante. Ela estava exausta.

Ele sorriu e, com cuidado, deslizou os braços por debaixo dela. Ao ser levada da cama, Serena gemeu em protesto.

— Shhh — ele a acalmou. — Quero você comigo, Serena minha. Vai descansar assim que eu te acomodar.

E ele de fato a queria consigo. A ferocidade do desejo de tê-la perto o assustava. Mas, assim como Serena, ele estava se entregando a uma fantasia. Não era real, não importava que pudesse desejar diferente.

Ele a carregou do quarto em direção à sala de estar espaçosa, onde o fogo queimava na lareira. A cama improvisada já havia sido organizada ao pé de sua poltrona e estava a uma pequena distância do fogo.

Ajoelhando-se, ele colocou o corpo nu de Serena sobre um almofadão. Ela murmurou sonolenta, mas se enrodilhou e voltou a dormir profundo. Ele passou a mão por seus cabelos, tirando-os do rosto. Em seguida, deixou os dedos deslizarem sobre o corpo esguio até o quadril, finalmente alcançando as nádegas pálidas.

O plug cor de pele afastava as duas porções do traseiro, e Damon sentiu um leve enrijecimento só de pensar em enfiar-se no lugar do objeto.

Colocando-se de pé, ele pegou o laptop da mesa de centro e se acomodou na poltrona. Damon tirou os sapatos e os fez deslizar pelo chão para longe de Serena.

Esticou as pernas até que os pés tocassem as costas estreitas. Distraído, ele a acariciou com os dedos do pé, percorrendo a coluna até chegar aos cabelos sedosos. Gostava de tocá-la, de ter qualquer contato que fosse possível.

Ele abriu o laptop e deixou o pé de leve sobre a lateral do corpo dela. Enquanto verificava os e-mails, erguia os olhos ocasionalmente, procurando Serena. De vez em quando ela respirava fundo, o corpo enchendo-se de ar, e expirava com mais força. Um som de contentamento sonolento passava por seus lábios em um sussurro, e então ela se acomodava outra vez.

Quando Damon estava no último e-mail, o celular tocou. Franzindo o cenho, ele o pegou sem olhar no visor e logo apertou o botão de atender para que o toque não perturbasse Serena.

— Damon — ele disse apenas.

— Damon, oi, é a Faith.

Sua expressão suavizou e ele relaxou na cadeira.

— Faith, é um prazer falar com você. Como você está? Como está o Gray?

— Estamos os dois bem.

Ele podia ouvir o sorriso na voz dela, podia visualizar suas doces feições.

— Como está a Serena? — Faith perguntou.

Houve uma leve hesitação por trás da pergunta, como se ela não tivesse certeza de como dar voz à sua preocupação. Ele sorriu e baixou os olhos para Serena, esfregando o pé de leve por seu quadril.

— Está dormindo aos meus pés — respondeu.

— Seus pés? Deus do céu, Damon, você realmente leva esse negócio de escrava meio longe demais. Pensei que você fosse usar coleira, amarrá-la na sua cama.

Ele riu.

— Só de noite.

Ele a ouviu murmurar alguma coisa para si mesma.

— A Serena está ótima, Faith. Com certeza você não pensou que eu fosse maltratá-la, não é?

— Não, claro que não! — ela rapidamente se defendeu. — Não posso imaginar você jamais machucando uma mulher. Não intencionalmente, pelo menos.

Damon franziu a testa.

— Não vou nem perguntar.

Faith parou de falar por um longo instante. E, quando finalmente falou, havia um toque de aço em seu tom. Uma contradição direta aos seus normalmente doces modos.

— Olha, Damon, você é meu amigo. Te incluo entre meus amigos mais queridos.

Ele sorriu. Também a considerava uma amiga querida.

— Mas a Serena também é — ela continuou. — E estou um pouco preocupada. Com vocês dois.

— Não tem necessidade de você se preocupar, Faith. A Serena e eu somos adultos e entramos em um acordo. Nós dois temos plena consciência do que está em jogo e do que não está.

Faith fez um som de impaciência.

— Você detesta jogos, Damon. Você, entre todas as pessoas, gosta de coisas organizadas e de acordo com os seus gostos. Me atrevo a dizer que é um tanto mimado e acostumado a ter o que quer, quando quer. Essa história toda de fantasia... Só espero que você não acabe esperando algo disso que a Serena não possa ou não vá te dar.

— Acredito que você esteja tentando proteger o meu coração — Damon disse, divertido. — Sou um garoto crescido. Posso tomar conta de mim mesmo.

— Só não quero que nenhum dos dois sofra — ela disse baixinho. — Especialmente você, Damon.

Ele sentiu uma inundação de calor adentrar o peito e banhar seu interior. Faith... ela era como um raio de sol num dia frio e melancólico. Não havia forma melhor de descrevê-la. Tinha um coração de ouro e uma lealdade tenaz às pessoas que amava. Até mesmo em detrimento dela própria, como Gray Montgomery poderia, sem dúvida, testemunhar.

— Agradeço sua preocupação, Faith. De verdade. Mas isso é entre mim e a Serena — respondeu ele com gentileza. — Nós dois deixamos nossos termos muito claros. Ninguém está entrando nisso cego.

Faith deu uma risadinha.

— Isso foi um jeito delicado de me dizer para cuidar da minha própria vida.

— Sim, foi — ele disse com um sorriso.

— Está bem, entendi a dica. Me preocupo com você, Damon. Era tudo o que eu queria dizer.

— Não há por que se preocupar.

Ao desligarem, ele sorriu quando ela disse outra vez como ele era um amigo querido. Damon ainda sorria quando colocou o celular entre a perna e a lateral da poltrona.

Em silêncio, ele fechou o laptop e o colocou de lado, sobre a mesa de canto na lateral da poltrona. Por um longo instante, seu olhar se perdeu nas chamas tremeluzentes da lareira e absorveu a sensação de estar contente em sua casa, com uma linda mulher a seus pés. Ele estava... feliz.

Alguns momentos depois, Carol, a empregada, entrou na sala e pigarreou para chamar a atenção. Damon ergueu os olhos para vê-la parada na soleira da porta, o olhar voltado discretamente para longe de Serena.

— Precisa de alguma coisa, Damon? — perguntou.

— Gostaria de uma taça de vinho, por enquanto — ele disse depois de um instante de ponderação. — Daqui a uma hora eu gostaria do jantar servido aqui na sala de estar.

Serena teria fome e ele a visualizava facilmente, sentada de modo confortável entre seus joelhos, a cabeça tocando seu colo, enquanto a alimentava com os dedos. Ele passaria os dedos por seus cabelos e conversariam enquanto relaxassem e aproveitassem a noite. Mais tarde... Não pensaria em mais tarde por enquanto. Ficar sentado com uma ereção e nada para aliviá-la não era exatamente divertido.

Depois que Carol se foi e depois de outro olhar para Serena, Damon estendeu o braço para pegar o romance, que estava na metade, e lê-lo.

Estava satisfeito com a confiança que ela havia depositado nele até o momento. Serena tinha reservas, mas havia lidado com elas brava e graciosamente. Não era uma covarde e também não era alguém que desistia.

E ela o satisfazia. Damon havia lhe afirmado isso por vezes suficientes, pois queria que ela estivesse certa de sua aprovação; no entanto, não havia explicação para a onda de prazer que sua presença proporcionava. Não tinha certeza se queria que ela soubesse a extensão de seus sentimentos um tanto confusos. Droga, ele nem sequer ia tentar organizá-los.

Damon franziu o cenho ao se lembrar das preocupações de Faith. Só que não haviam sido direcionadas a Serena. Haviam sido direcionadas a ele. Será que era tão transparente? Será que não tinha forças para desfrutar de um breve *affair* sem envolvimento emocional?

O franzido na testa suavizou e Damon ficou mais pensativo do que irritado. Seus sentimentos já estavam envolvidos. Nunca tinha enxergado o sexo como um processo estéril e mecânico desempenhado por dois corpos unidos, sem que nada mais importasse. Mesmo quando sabia que não haveria futuro para ele a mulher que levasse para sua cama, ainda assim a tratava com respeito. Mantinha uma pequena parte de seu coração reservada para cada uma delas. Sabia todos os seus nomes, que aparência tinham, de que gostavam, quais eram seus sonhos e aspirações. Mesmo quando esses sonhos as colocassem além do seu alcance.

A cada vez, ele se forçava a entrar na relação sabendo que o que desfrutava com as parceiras não poderia durar, e que, quando o caso chegasse ao fim, ele veria a separação com apenas uma pequena porção de arrependimento e de tristeza.

Olhou para Serena por sobre o livro do qual, hoje, não lera nem uma palavra. A ideia de vê-la seguindo em frente com sua vida lhe provocava reações estranhas. Inspirava um tipo de pânico no fundo de sua alma. Um revirar, um protesto, o grito de um homem por sua parceira.

Sacudiu a cabeça para se livrar de tais absurdos. Isso era sexo. Sexo com sentimento, mas ainda assim apenas sexo e fantasia. Não era real. Nada disso era real.

Separar-se de Serena seria difícil, mas ele o faria. Manter uma mulher presa a ele, quando ela não tinha desejo de estar nessa situação, não era algo que ele desejasse nem um pouco mais do que contemplar a ideia de que nunca encontraria uma mulher que o amasse e aceitasse, mesmo sabendo o que seria exigido dela.

Carol voltou com a taça de vinho e ele ficou sentado enquanto bebericava e fitava o fogo. O livro, agora esquecido, estava largado de forma displicente sobre seu colo, marcando um lugar aonde ele não tinha intenção de voltar.

Sentindo necessidade de tocar Serena, ele deslizou a planta dos pés por sua pele acetinada, traçando a linha de sua coluna e depois a curva de seu quadril e cintura estreita. Os cabelos estavam espalhados atrás dela, um jorro de meia-noite, escuro e suave, como seda líquida.

Definitivamente cuidaria dos cabelos dela todos os dias. Era uma alegria que não tinha intenção de negar a si mesmo. Seria o homem a lavá-los quando ela se banhasse, e o que secaria e escovaria cada uma das mechas.

O fogo minguou e se transformou em um leito de carvões incandescentes, mas Damon não conseguia se fazer levantar para colocar mais lenha. Estava contente onde estava, sua mulher a seus pés, onde ele podia sentir cada inspiração que ela desse, cada pequeno suspiro e movimento.

Sombras cruzavam a sala conforme caía o crepúsculo, varrendo de leve a evanescente luz do dia. Um único abajur iluminava a sala, projetando um brilho sobre a figura adormecida de Serena. Como que desperta pelos dedos cálidos da luz, ela se esticou sob os pés dele.

Damon a observou se livrar da teia do sono e levantar a cabeça devagar. Serena se virou imediatamente, como se a procurá-lo. Seus olhares se conectaram. A satisfação enrodilhou-se fundo no peito de Damon, pois tinha sido ele o primeiro pensamento de Serena ao acordar.

— Venha para mim — sussurrou, estendendo a mão para ela.

Ela piscou algumas vezes, afastando os últimos vestígios de fadiga, e seus olhos se iluminaram, brilharam sob a luz suave. Serena ficou de joelhos e deslizou a mão na dele.

Por um instante ele apenas se deleitou com aquele primeiro toque, um formigamento que subiu por seu braço, banhando sua pele em arrepios de consciência. Depois ele a levantou e a colocou no colo.

Serena se acomodou no peito dele, aconchegando-se como um gatinho à procura de calor. Damon envolveu-a com os dois braços, abraçando-a próximo de si. Para sua surpresa, lábios tocaram seu pescoço, pressionando pequenos beijos em sua pele.

— Está com fome? — ele murmurou.

— Morrendo.

— A Carol vai trazer o nosso jantar a qualquer momento.

Ele deslizou uma das mãos pela curva de seu quadril e para a suavidade das nádegas. Os dedos tocaram o plug, e Serena enrijeceu em seu colo.

— Está machucando? — perguntou ele, traçando a extremidade do plástico com a mão.

Ela sacudiu a cabeça em seu peito.

— Vou tirar quando a gente for para a cama — ele disse.

Incapaz de resistir, ele passou os lábios por sua testa. Em resposta, ela ergueu o rosto, um convite claro para que saboreasse seus lábios.

Doces, como lamber uma gota de xarope da colher. O sabor era familiar e, ainda assim, cada vez parecia a primeira. Excitante, elétrica.

Os dedos dela percorreram a linha de seu queixo, acariciando-o e tocando-o, conforme o beijo ia ficando mais intenso. Quando ela começou a se afastar, ele colocou a mão sobre a dela, trazendo-a novamente de encontro ao seu rosto. Gostava daquele toque. Precisava dele.

Uma parte sua, há muito enterrada sob o gelo, derretia cada vez que o calor de Serena o envolvia. A parte dolorida de sua alma se aliviava. Era seu conforto, quando há muito Damon havia decidido que não teria nenhum.

Um som atrás deles o fez se afastar. Damon olhou para trás e viu Carol, parada na soleira da porta com o carrinho do jantar.

Damon gesticulou para que ela entrasse e arrumou Serena em uma posição que a deixava menos exposta, apesar da afirmação anterior de que chegaria um momento em que ela passaria a ignorar a presença dos outros.

Carol serviu vinho nas taças, descobriu os pratos e rapidamente saiu da sala de estar.

O aroma envolvente da comida adentrou suas narinas. Ao seu lado, Serena se mexeu e suspirou demonstrando contentamento ao também captar o cheiro da comida.

Ele estendeu o braço para puxar o carrinho mais para perto da poltrona. Como pedido, Carol havia preparado uma travessa de aperitivos que podiam ser comidos com a mão. Camarão. Porções indecentes de vieiras e lagosta mergulhadas em manteiga. Bolinhos de siri e salmão grelhado.

— Hummm, adoro frutos do mar — Serena disse.

Ele pegou um pedaço da lagosta e o segurou diante da boca dela. Forçou os lábios a se abrirem e deixou a porção em sua língua. Antes que pudesse pegar outro bocado de comida, ela endireitou a coluna e estendeu o braço para o prato, a fim de escolher alguma coisa para oferecer.

Escolheu camarão e o segurou diante da boca de Damon. Ele a abriu e permitiu que Serena o servisse, os dedos roçando sua língua como fogo.

Deram comida na boca um do outro em silêncio, cada um à sua vez, usando os dedos. Por um longo tempo, os olhares reluzindo com chamas brandas nunca se desviavam um do outro, apenas para pegar a próxima porção e retornar.

Quando os últimos bocados de comida acabaram, Serena encostou a cabeça no ombro dele com um suspiro de contentamento.

— Satisfeita? — Damon perguntou ao pentear seu cabelo com os dedos.

— Aham.

— Você parece… contente.

Ela levantou a cabeça só o suficiente para vê-lo. A mão dele continuou emaranhada em seu cabelo, ainda percorrendo-o.

— Estou.

A voz doce e macia despertou um desejo dentro dele que não tinha nada a ver com sexo ou com a urgência de se enterrar fundo dentro dela. Era mais que isso. Era algo que estava na ponta da língua, mas que não conseguia explicar.

— Fico feliz.

Ele a puxou para mais perto, deixando a suavidade da pele se moldar a seu corpo. Em seu pescoço, ela bocejou e se aconchegou, sonolenta, em seus braços.

— O que você acha de te levar para o quarto e eu tirar o plug? Você vai poder tomar um longo banho de banheira, vou lavar os seus cabelos e podemos ir para a cama mais cedo.

Ela ficou imóvel de encontro ao corpo dele e, mais uma vez, se afastou para observá-lo com olhos confusos.

— Está perguntando?

Ele sorriu.

— Nem tudo é uma ordem, Serena minha. Sou um homem razoável quando me convém.

Ela respondeu ao sorriso com outro.

— Então, sim, adoraria um longo banho quente.

Capítulo 20

Damon lançou um olhar para Serena adormecida ao lado dele na cama. Apenas o abajur lateral iluminava o quarto e, mesmo assim, ele havia virado a cúpula para que a luz não brilhasse diretamente e perturbasse seu sono.

Ele havia tirado o plug e a colocado na banheira quente. Serena ficara ali por uma hora e meia antes que ele a ajudasse a sair, a enxugasse e cuidasse de seus cabelos. Damon pôde ver a surpresa nos olhos dela quando simplesmente a colocou na cama sem propostas sexuais.

Ele lançou um olhar para os punhos amarrados e sentiu o membro enrijecer. Esperar a manhã para tomá-la para si faria a noite ser longa, mas era evidente que Serena estava exausta e ele não tinha intensão de exigir muito dela assim tão rápido.

Virou-se de volta para o computador, que estava aberto sobre o colo. Não era trabalho que ocupava seus pensamentos aquela noite. Eram as fantasias dela.

Ao passar os olhos de novo pelo e-mail que ela enviara, detalhando não apenas a fantasia do leilão, mas também várias outras, ele franziu as sobrancelhas. Era como se ela tivesse feito uma lista com todas as coisas que imaginava que um senhor faria com uma escrava. Como se pegasse qualquer manual de senhores/escravos e criasse uma lista.

Ele sacudiu a cabeça. Ela até mesmo tinha uma fantasia de ser amarrada e chicoteada por outro homem enquanto Damon assistia. Como se ele fosse permitir que outro homem exercesse esse tipo de domínio sobre ela. Qualquer punição, qualquer dor, qualquer prazer viria de suas mãos ou de sua supervisão. Não seria um espectador passivo no que dizia respeito a ela.

Não havia menção de sexo a três ou com mais pessoas; entretanto, para sua infelicidade, ele não podia afirmar que estivesse fora dos pensamentos dela. Damon não dividia. Nunca. Se outro homem a tocasse, seria porque ele houvesse permitido, mas nunca iria além de preliminares. Apenas Damon desfrutaria de todas as possibilidades de seu corpo e de sua doçura.

Ainda assim, havia muitos tópicos listados que eram clichês de manual do discurso macho dominador encontra fêmea submissa. Por mais que quisesse tornar realidade as fantasias dela, mesmo que por um curto período de tempo, ele não conseguiria tornar tudo uma encenação.

Então, o que fazer com as situações sexuais da fantasia de Serena?

Havia algumas circunstâncias que, sem dúvida, apelavam para ele, e Damon estava ansioso por elas. Não eram nada que ele mesmo não pudesse ter pensado sozinho, mas ficava satisfeito que ela estivesse aberta e disposta a aceitar seus desejos, mesmo que não soubesse que eram comuns.

Ele colocou o laptop de lado e apagou a luz. Quando se aconchegou na cama e se aproximou de Serena, ela se mexeu e se aninhou contra seu corpo, procurando-o até mesmo durante o sono.

Ele sorriu na escuridão. O propósito do dia que acabara de terminar tinha sido inserir Serena na fantasia. Sem ir muito longe. Mas no dia seguinte ele subiria um degrau e exigiria mais. Tinha uma sensação de que ela não apenas aceitaria, como imploraria por mais. E isso o excitava absurdamente.

Serena acordou com lábios ávidos movendo-se por seu pescoço. Mãos impacientes envolveram seus quadris, abrindo-a, e Damon se acomodou entre suas coxas.

— Bom dia — ele murmurou ao penetrá-la fundo.

Ela gemeu com a sensação de ser preenchida. Um pulsar lento começou em sua pélvis, quente, doloroso. Ele não esperou que ela se acostumasse. Tirou e penetrou de novo, gemendo com satisfação no ouvido dela.

Seus movimentos eram rápidos e urgentes. Ele passou os braços por baixo das pernas dela e puxou-as um pouco mais até que os tornozelos estivessem sobre seus ombros.

A posição a deixava exposta e vulnerável, seu sexo estava escancarado para as investidas. Cada movimento para a frente pressionava sua pele quente de encontro à dela. Conforme ele se enfiava fundo e forte, seus quadris golpeavam a parte posterior das coxas de Serena e as nádegas.

Ainda aprisionada na névoa do sono, ela fechou os olhos e se entregou aos cuidados dele. O prazer a acolhia, cálido, fluido, carregando-a por um córrego preguiçoso. Serena estava letárgica demais para participar, por isso deixou Damon possuí-la, fazer como quisesse.

E então ele saiu do invólucro de seu canal, e o pênis inchado caiu sobre sua barriga. O fluido morno se derramou sobre ela enquanto Damon continuava com os movimentos para a frente e para trás.

Com dedos afoitos, ele guiou o pênis de volta para dentro dela e deslizou de novo, quente e pulsante. Penetrou mais devagar e os últimos vestígios do clímax foram expelidos de seu corpo.

Serena abriu os olhos lentamente, fitando-o enquanto ele se mantinha dentro dela. O cabelo castanho estava bagunçado, espetado no topo da cabeça, e uma sombra de barba pontuava seu maxilar. Seus olhos escuros reluziam com profunda satisfação, e era isso que ela queria. Satisfazê-lo.

Serena sorriu, mas não disse nada. Ele retribuiu e se inclinou para beijá-la ao sair de seu corpo.

Ele verificou as amarras, levantou-se e caminhou nu até o banheiro. Tinha uma bunda bonita. Firme e musculosa. Como o resto de seu corpo.

Não musculoso demais. Não estilo homem das cavernas, usando uma regata justa, flexionando um músculo com cada movimento. Ele era mais do tipo esbelto, magro, mas definido.

Ela relaxou no colchão aveludado e fitou o teto, esperando que Damon a libertasse. Estava sentindo uma estranha paciência que não se adequava à sua personalidade. Costumava ser extremamente impaciente. Não gostava de esperar por nada. Ainda assim, porém, esperava por ele com um contentamento que nunca pensara que fosse sentir.

Vários minutos depois, Damon saiu do banheiro, o cabelo molhado depois do banho. Serena virou a cabeça para o lado e o observou ir até o armário e se vestir. Num instante, ele voltou ao lado da cama e mexeu com as algemas que prendiam os punhos dela.

Gentilmente, Damon puxou o braço dela até a barriga e massageou seus punhos, com dedos leves, acariciando. Então pegou um, depois o outro, e os levou a um beijo terno.

Com cuidado e um tecido úmido, ele limpou o sêmen da pele dela, usando movimentos lentos e gentis.

— Vire-se de barriga — ele disse ao fazer uma pequena pressão.

Ela aquiesceu e se afundou um pouco mais nos lençóis. Seus olhos se fecharam involuntariamente, e ele riu sobre ela.

— Sonolenta esta manhã — ele disse ao percorrer sua coluna com as palmas, descendo pela curva das nádegas.

Em seguida, ele a deixou por um instante e Serena ouviu um barulho pelo quarto. Uma gaveta se abrindo e fechando e os passos dele se aproximando novamente. A cama afundou sob seu corpo quando Damon acomodou-se perto de seus joelhos.

Sua mão apalpou a nádega com carinho, apertando e massageando as curvas. Seu dedo tocou levemente a fenda no meio e se afundou até que tocasse o anel muscular.

Ela enrijeceu e palavras persuasivas se derramaram sobre ela.

— Relaxe, Serena — Damon disse com a voz melodiosa. — Vou colocar o plug de novo.

Ela se forçou a relaxar o corpo, ninada pelo prazer daquele toque. Ele era paciente, massageando e acariciando. Cada roçar dos dedos por sua entrada acrescentava mais lubrificante até que seu corpo estivesse banhado de desejo incandescente.

Um único dedo invadiu-a e Serena se moveu um pouco. Não houve dor, apenas uma necessidade estranha que a fazia tremer sob a mão dele.

— Fique de joelhos — ele instruiu. — Cabeça na cama, pernas afastadas.

Devagar, ela fez o que ele pediu, posicionando-se de forma que o traseiro estivesse suspenso e o rosto estivesse pressionado ao colchão.

Mais lubrificante entrou por sua abertura. Dentro, fora, fazendo carícias, suavemente. Depois veio a pressão firme do plug, penetrando com força implacável. Seu corpo se distendeu e protestou, resistindo.

Ela fechou os olhos e pressionou os lábios para engolir o gemido de protesto enquanto seu anel muscular se dilatava para acomodar a grossura do plug.

Para a frente e para trás Damon movimentou, cada vez ganhando mais profundidade até que, finalmente, com um movimento firme, acomodasse o plug lá no fundo.

Serena ergueu a cabeça de cima da cama, o corpo sofrendo um espasmo e ficando tenso. Ela sugou o ar pelo nariz, tentando equilibrar a reação. Suas mãos se curvaram em punhos cerrados, o lençol embolado nas palmas.

Damon deu um beijo suave em sua nádega e levantou de onde estava sentado na cama.

— Tome seu banho e depois desça. Traga uma escova para que eu possa cuidar dos seus cabelos. Vou estar na sala de jantar, comendo.

Ela concordou, os olhos ainda fechados.

Com cuidado, ela desceu da cama. A sensação estranha do plug distendendo seu traseiro a deixava cautelosa. Serena deu um pequeno suspiro ao caminhar na direção do banheiro. Poderia realmente fazer uso de outro banho quente e longo, mas não queria deixar Damon esperando.

Tomou um banho rápido e saiu para se secar. O aro dourado em seu braço brilhava no espelho e ela parou para examinar o desenho detalhado. Usar o bracelete que marcava a posse a fazia se sentir como as escravas dos tempos do Egito.

Um arrepio delicado percorreu sua pele quando ela olhou para a tornozeleira combinando. Damon a havia decretado sua posse publicamente. Havia marcado Serena como sua. Havia correspondido a todas as suas fantasias e mais.

No que dizia respeito ao tema, aquele certamente havia sido um dos trabalhos mais bem-sucedidos de Serena. Tudo havia saído como planejado e sido posto em prática sem problema algum. Se ao menos seus clientes pudessem ficar tão satisfeitos assim…

A lembrança de que a situação era apenas um negócio minou o entusiasmo devasso que a banhara havia apenas alguns instantes. Damon tinha uma forma de fazê-la acreditar, mesmo que tudo tivesse sido orquestrado, até o detalhe mais ínfimo. Ele a fazia acreditar que era real.

Serena secou os cabelos com a toalha tanto quanto conseguiu e os arrumou para que não ficassem no rosto. A toalha que acabava de usar era uma tentação. Queria envolver-se e descer com ela, mas sentia que o fato de Damon a ter deixado tomar banho e descer sozinha era um teste. Ele havia explicitado que ela não deveria se vestir a menos que ele assim instruísse, e, por mais estranha que se sentisse ao descer nua, com o plug anal, era isso que faria.

Com um rubor manchando o rosto, ela saiu do quarto, temendo o pensamento de encontrar Sam ou a empregada de Damon a caminho da sala de jantar.

Serena apressou o passo quando não viu ninguém logo de cara e correu pelo corredor em direção ao cômodo onde Damon esperava. Na porta, ela parou abruptamente e teria saído dali, mas ele ergueu os olhos e a viu.

Havia dois homens sentados à mesa com ele. Estavam em meio a uma conversa e pareciam falar com tom de negócios. Teria estragado tudo ao descer pelada? Ou Damon não sabia das visitas antes de pedir que descesse com o plug na bunda?

Damon observou-a em silêncio e estendeu a mão. Deus, queria que ela fosse até ele. Os outros homens, vendo o gesto de Damon, viraram-se e a viram na soleira. Não houve surpresa na expressão deles, apenas o brilho intenso do desejo.

Quando ela não se moveu imediatamente, Damon ergueu uma sobrancelha e continuou a estender a mão. Inferno. Queria que ela se juntasse a eles.

Ela começou a andar, sentindo o olhar dos homens nas suas costas nuas. Ao se aproximar, um pouco de seu constrangimento desvaneceu sob a aprovação intensa dos olhos de Damon. Ele capturou sua mão e a puxou para junto de si.

— Serena, gostaria que você conhecesse o sr. Phillips e o sr. Granger, dois colegas meus de trabalho. Senhores, esta é Serena. Ela me pertence.

As palavras ecoaram em sua mente, penetrantes, lembrando-a do e-mail que tinha escrito quando suas fantasias estavam vivas e fluidas em sua mente. Ela inspirou fundo quando percebeu que aquilo, assim como o leilão, era a representação de uma daquelas fantasias.

Seus joelhos tremeram, e o nervosismo arrastou-se por sua coluna como um pedaço de madeira lascado passando sobre seda.

Damon puxou sua mão e a guiou ao chão entre suas pernas. Havia espaço suficiente entre a cadeira e a mesa, e ela se acomodou com cautela nos calcanhares dele, tomando cuidado com o plug distendendo seu ânus quando ela se mexia.

Ele afagou sua cabeça no colo, dando continuidade à conversa com os dois homens. Ela nem sequer tentava encontrar sentido naquilo tudo. Seus nervos estavam saltando como sapos drogados.

O tempo todo ele conversou com os outros homens, suas mãos acariciando e afagando o rosto dela, posicionando-a perto de sua virilha. Quando a face de Serena tocou a parte interna de sua coxa, ele casualmente abriu as calças e tirou o pênis para fora.

Sem perder uma palavra sequer da conversa, ele segurou a cabeça de Serena com uma das mãos e pegou o pênis com a outra, guinando -o para a boca dela.

Ele estava duro e túrgido, preenchendo sua boca e estocando em sua garganta. Ela mal teve tempo de recuperar o fôlego antes que as mãos dele se enterrassem em seus cabelos e a segurassem firme de encontro a seu corpo.

Damon não chegou a dizer nada, nem a dar instruções, porém sua exigência era evidente. Queria que ela lhe proporcionasse prazer. Ali, enquanto ele conversava com os colegas, ela deveria atuar como a escrava que desejava ser.

Investidas longas, duras. Sem fôlego. O gosto dele enchia sua boca. E, quando Serena sentiu o gosto do fluido que antecedia o clímax, ele puxou seu cabelo com força e segurou sua cabeça longe do membro. Serena estava com a cabeça inclinada para trás, de forma que o pescoço estivesse exposto e ela pudesse observá-lo, indefesa sob seu jugo.

E então ela ouviu. A fala da fantasia, um dos outros homens perguntando calmamente se Damon emprestaria os serviços de sua escrava para que ele também pudesse sentir prazer.

O coração dela palpitava loucamente. Lembrava disso, tinha quase ficado com vergonha de expressar no papel. Na fantasia, Damon a havia mandado ajoelhar entre as pernas de um dos homens, um depois do outro, e lhes dar prazer com a boca enquanto ele assistia.

— Não compartilho o que é meu, cavalheiros — Damon disse de modo sucinto.

Serena piscou de surpresa. Embora as palavras tivessem sido dirigidas aos dois homens, Damon olhou-a durante todo o tempo, como se sua declaração fosse voltada apenas para ela.

— Apesar disso, vocês estão livres para observar enquanto minha escrava dá prazer a *mim* — ele concluiu suavemente.

Capítulo 21

Serena inspirou fundo, mas isso apenas deixou seu peito mais tenso. O membro de Damon estava duro e distendido, erguido na direção de sua cintura, para fora das calças abertas.

— Levante-se — ele ordenou em voz baixa, segurando mais firme o cabelo dela.

Serena colocou as mãos nos joelhos dele e se levantou. A mão de Damon deixou seus cabelos quando ela ficou de pé na frente dele, e de costas para os dois homens sentados à mesa.

Ele agarrou o pênis e o estimulou, mantendo a ereção enquanto o olhar percorria o corpo dela.

— Vire-se.

Com os olhos voltados para baixo, ela se virou até ficar de frente para a mesa. Atrás dela, Damon ficou de pé, as mãos afagando suas costas. Em seguida, apalpou os ombros e a empurrou até que o tronco estivesse deitado sobre a mesa e o traseiro à mostra, as pernas dependuradas da posição vulnerável em que ele a havia posto.

Os seios pressionavam a madeira polida. A superfície era fria contra sua pele. Com o rosto tocando a mesa, o olhar dela agora estava focado nos dois homens que tinham se levantado das cadeiras.

Eram homens atraentes, um mais ou menos da idade de Damon e o outro mais velho. Os volumes entre suas pernas diziam a Serena que eles a desejavam, que queriam o prazer de sua boca e de seu corpo; porém, Damon havia sido irredutível quanto à negação.

Para sua surpresa, um dos homens pegou seu braço e o puxou para cima até que a palma da mão descansasse sobre a mesa, e, com os dedos, ele formou uma restrição apertada em torno de seu punho. Ela perdeu a visão do outro homem, mas seu outro punho foi capturado na mesa. Sua respiração ficou presa na garganta, e uma apreensão nervosa correu por suas veias. Estava cativa e impotente, presa na mesa em sua condição mais vulnerável.

Os dedos de Damon agarraram o plug e, antes que ela pudesse tomar fôlego, o objeto, ainda lubrificado, saiu deslizando facilmente de seu corpo. Seu ânus estremeceu em resposta, ainda distendido por causa do objeto.

Antes que seu corpo pudesse relaxar e recuperar a forma normal, a cabeça arredondada do membro de Damon pressionou firmemente contra seu anel muscular. Os dois homens seguraram-na com mais força, como se esperando que ela fosse resistir. Serena podia ouvir a rápida inspiração dos dois. Podia sentir a centelha tangível de sua excitação enquanto observavam Damon dominá-la.

Numa só investida, Damon prendeu-a de encontro à mesa, o membro entrando fundo em seu traseiro. A sensação de tê-lo em atrito com os tecidos delicados de seu ânus era quase mais do que podia suportar. Ela gritou, levantando a cabeça da mesa, mas um dos homens empurrou-a para baixo de novo, com a mão pousada firmemente em sua bochecha. A força e a dominância fizeram disparar uma miríade de prazer que fez todo o seu corpo tremer.

Damon a esticava de uma forma que parecia impossível, as bolas pressionando sua vagina enquanto ele se projetava para a frente. Estava preenchida, muito preenchida. A pontada de dor fazia sua cabeça nadar, ao mesmo tempo que os limites do êxtase chamavam por ela, convidando-a a um passeio extasiante.

A mão de Damon serpenteou pela coluna dela para se enredar em seus cabelos, os quais ele ainda não tinha escovado como havia prometido. O outro homem tirou a palma da face dela, e os dedos de Damon, emaranhados nas mechas ainda úmidas, puxaram, fazendo-a erguer a cabeça.

Ela sabia o que ele queria, sabia que ele a queria olhando para os homens que a seguravam, entendendo que, mesmo que pudessem olhá-la e tocá-la, nunca poderiam tê-la.

Com o corpo sobre o dela, Damon a montava de forma possessiva, uma demonstração de sua propriedade. Por um longo momento, ele permaneceu apoiado sobre Serena, prendendo-a sobre a mesa enquanto os dois homens observavam com olhos brilhantes, os dedos enterrados em seus punhos.

Então ele começou a se mover. Com cuidado, em um primeiro momento, ele recuou, deslizando pelo orifício distendido, abrindo-o mais. Em seguida, quando a cabeça do pênis passou pela abertura, ele investiu para a frente de novo, fazendo o quadril se chocar nas nádegas de Serena.

Ela tentou processar a avalanche de sensações. Tentou encontrar um nome para a deliciosa sensação de ter um homem enterrado em sua bunda. Nunca antes havia sentido nada que rivalizasse a pontada de dor e o beijo de prazer que se fundiam de forma tão linda, tão perfeita, que não ficava claro onde um começava e o outro terminava.

O alívio quando ele recuou, quando a plenitude avassaladora diminuiu, foi de intenso prazer. Mas, quando ele introduziu de novo, reabrindo-a a seus avanços, o redemoinho sombrio de dor a tomou e aprisionou até que arfasse em busca de ar. De misericórdia.

As mãos de Damon deixaram seus cabelos, e os dedos agarraram os globos das nádegas, abrindo-as para que o grosso pênis entrasse e saísse de sua abertura diminuta.

Ela ficou ali, impotente diante da paixão de Damon, sua visão vidrada, e os dois homens de cada lado, tão fora de foco como o restante do ambiente. Havia apenas Damon e o prazer que ele proporcionava. O prazer que ele a forçava a sentir.

Ele recuou, puxando-se inteiro para fora dela, deixando a cabeça do membro apoiada entre as duas nádegas.

— Diga que você quer — ele disse em uma voz gutural, áspera e rouca com a necessidade. — Diga que você quer meu pau na sua bunda.

— Por favor — ela sussurrou.

— Não consigo te ouvir — ele disse com aspereza.

— Por favor!

— Me diga o que você quer, Serena.

— Seu pau. Na minha bunda. Por favor — ela implorou.

Ele colocou a ponta em sua entrada enrugada e deu uma estocada, reabrindo-a sem piedade. E então ele tirou. Completamente. O traseiro doendo pulsava e latejava.

As mãos em seus punhos a soltaram. Damon agarrou seus quadris e a virou agora com as costas pressionadas sobre a mesa. Pela primeira vez, ela olhou em seus olhos, e o que viu a deixou sem fôlego. Havia uma luz feroz. Uma intensidade implacável, como se o homem calmo e culto tivesse sido substituído por uma besta rosnando, debruçada sobre a presa dominada.

Ele abriu suas pernas. Os dois homens tomaram seus braços e os colocaram acima de sua cabeça. A posição forçou seus seios para cima, e Damon caiu sobre eles, os lábios famintos devorando os picos rígidos. A boca era dura, voraz, e seus dentes arranharam os mamilos quando ele mordeu forte. Ela se mexeu inquieta, querendo tocá-lo, mas os captores a seguravam firmemente na mesa.

Quando Damon se afastou, brutalmente ergueu as duas pernas de Serena e cada um dos homens pegou um tornozelo e o puxou para cima e para fora, de forma que o ânus e a vagina estivessem expostos para Damon, indefesos. Ele segurou suas nádegas, apertando os músculos com força ao separá-los.

Os homens a abriam de forma absurda e Damon enfiou a cabeça grossa do pênis pelo reto agora fechado. Oh, Deus. Ele não foi delicado. Ele a reabriu com precisão implacável, e a nova posição criou um ângulo para o qual ela não estava preparada. Ela gritou e fez um movimento reflexivo para cima, mas, ao mesmo tempo que a pontada de dor a fazia vacilar, dava lugar a um prazer perverso, estranho, envolto no abraço de dor.

O olhar de Damon era penetrante enquanto ele flexionava os quadris para a frente e entrava mais fundo nas regiões sensíveis. Ele bombeou até que ela estivesse completa e totalmente aberta para ele.

Ela fechou os olhos e abriu a boca em um grito silencioso de agonia. De prazer. Do mais doce e sombrio êxtase que já conhecera. Era avassalador. Fervia e transbordava, fazendo propagar uma espiral para baixo, até que ela não pudesse pensar. Só pudesse sentir.

Ele era seu dono naquele momento. Não só estava tomando posse de seu corpo da mais primitiva das formas, como também possuía sua alma. Era dele. Tomada. Pertencia-lhe.

Os outros homens foram esquecidos. Não eram mais sua fantasia. Não significavam nada, não tinham controle sobre seus desejos. Havia apenas Damon e como ele a fazia se sentir. Valorizada. Protegida. Ela era dele.

Ele se inclinou sobre seu corpo e passou a língua sobre os mamilos que tinha devorado apenas momentos antes. Lábios quentes a acariciaram, lambendo e beijando enquanto ele murmurava palavras doces contra sua pele.

Seus músculos a empurraram e a apertaram, um tremor percorrendo seu corpo. As mãos deslizaram até a cintura dela ao mesmo tempo que o jugo dos homens ficou mais firme e eles puxaram mais forte seus braços e pernas.

Segurando-a firmemente no lugar, Damon bombeou contra a sua bunda, distendendo-a freneticamente, como se estivesse tentando se inserir em cada vão de sua alma.

Ela se abriu para ele. Entregou-se e o recebeu, permitindo-lhe entrar, permitindo que ele a visse da forma mais vulnerável, suas esperanças e medos, seus desejos mais secretos.

— Vou gozar, Serena — ele sussurrou quando levantou a cabeça de seu peito. — Vou gozar tão fundo dentro de você que você vai saber que lá é o meu lugar. Que sou uma parte de você.

Ela fechou os olhos e inspirou, permitindo que as palavras doces fluíssem como mel sobre seu corpo. Ele estava se movendo mais rápido e mais forte, os quadris poderosos em seu traseiro, o som de carne contra carne rasgando o ar.

E então ele parou. Enorme e inchado dentro dela, ele pulsou, o pênis dilatando a abertura ao derramar seu líquido quente lá dentro.

Os dois homens ao seu lado soltaram-na abruptamente enquanto Damon continuava ali, o membro grosso e duro dentro dela. Ela ouviu um murmúrio e xingamentos baixos e impacientes entrando em seus ouvidos.

— Olhe para mim, Serena — Damon disse com firmeza ainda entre as pernas moles, encravado tão forte dentro dela. — Nunca tire os olhos de mim.

Ela balançou a cabeça devagar, sua letargia tornando-a lenta e confusa.

Ela ouviu gemidos suaves e viu os dois homens pelo canto dos olhos. Sentiu-se tentada a olhar, mas Damon pressionou-a, disparando uma onda contra a pele esfolada de sua entrada anal, tão distendida em volta dele.

— Para mim, Serena. Apenas para mim.

O líquido quente espirrou no peito dela, arrancando-lhe um suspiro de surpresa quando percebeu que eram os dois homens gozando sobre sua pele. Os fluidos espirraram em seus seios, cobrindo os mamilos e deslizando no vale entre os montes macios. Um jato atingiu sua bochecha e outro, os lábios. Os esguichos quentes cobriram seu tronco ao mesmo tempo em que suas entranhas espremiam as últimas gotas do sêmen de Damon.

A diferença não passou despercebida. Damon gozara dentro dela. Os homens só tinham sido autorizados a gozar sobre sua pele, sem permissão para penetrar o corpo.

Finalmente, os gemidos suaves desapareceram e o líquido quente que revestia seu rosto e seios parou de jorrar.

Quando os últimos resquícios do gozo de Damon cessaram, ele caiu pesadamente sobre ela, a respiração saindo em sopros entrecortados. Ainda dentro dela, o pênis se contorcia e começava a murchar para um estado semiereto.

Ele levantou de cima dela, o que fez o membro entrar mais fundo. Ela gemeu baixinho quando sua entrada esticada e muito bem usada protestou com o movimento.

Com cuidado, ele tirou o membro com um rastro quente de sêmen. Depois a ajudou a descer da mesa e a ficar de pé diante dele, pernas bambas. O fluido escorria pela parte de trás de suas pernas, mas ainda assim ela ficou parada, esperando as ordens.

Ele olhou para o seu corpo com satisfação, e Serena se perguntou que aparência devia ter para ele, coberta com os fluidos de outros homens, e com o de Damon escorrendo pelas pernas.

— Vá se limpar — disse ele em voz baixa. — E depois volte para mim.

Quando Serena voltou, meia hora depois, os homens tinham desaparecido e Damon estava sentado na sala de estar em sua poltrona, o ninho onde ela havia dormido no dia anterior, posicionada a seus pés.

Ela caminhou sem uma palavra e se ajoelhou na almofada macia. As mãos de Damon encontraram sua cabeça e a guiaram para seu colo. Serena fechou os olhos e esfregou o rosto em sua perna enquanto ele gentilmente passava a mão em seus cabelos.

— Vire-se para que eu possa escovar seus cabelos — disse ele depois de vários minutos de silêncio.

Ela obedeceu e se ajeitou entre suas pernas enquanto ele passava a escova ao longo das mechas compridas. Um suspiro de satisfação escapou de sua boca. Serena deixou o prazer da atenção de Damon assentar sobre ela como uma névoa morna.

Por um longo tempo, deixou o silêncio pairar, relutante em quebrá-lo com suas perguntas. Quando ele puxou os cabelos uma última vez e colocou a escova de lado, ela se virou para olhá-lo.

Inclinou a cabeça de lado, sem saber como expressar sua curiosidade.

Ele tocou seu rosto, desenhando uma linha da têmpora até o queixo com o dedo.

— Faça sua pergunta, Serena minha. Estou vendo que ela está a ponto de explodir dos seus lábios impacientes.

Ela sorriu e se aconchegou ao contato.

— Por que você mudou a fantasia?

Ele fez uma pausa, o dedo parando no canto de sua boca.

— Incomodou você o fato de que eu não quis sua boca no pau deles, nem que te penetrassem?

— Não — ela admitiu. — Acho que não teria gostado da fantasia do jeito que imaginei. Quero dizer, na teoria parecia sexy, até mesmo ousado. Na realidade, a ideia de… — Não conseguiu reunir coragem de dizer que chupar os homens não era tão atraente na realidade como tinha sido na privacidade de suas fantasias.

— Que bom — disse ele apenas. — Tentei me manter o mais fiel à fantasia quanto eu pude, mas você deveria saber que não compartilho o que considero meu.

Serena afagou a mão dele com o rosto.

— Que bom — disse com sinceridade. — Achei que... achei que gostaria, que seria excitante. — Ela suspirou quando ele envolveu seu rosto na palma da mão ao ouvi-la falar atentamente. — Achei que... não sei, que podia ser excitante quando a Faith falou sobre isso. Ter mais de um homem concentrado em mim ou ser forçada a servir às necessidades de mais de um homem.

Ela pegou a mão de Damon na sua e a trouxe aos lábios; sua única necessidade era tê-lo perto.

— Quando chegou a hora... hoje de manhã, quando eu pensei que você fosse me mandar satisfazer aqueles homens porque era algo que eu havia dito que queria... fiquei apavorada. Eu não queria. Só queria você.

Damon afastou as mãos e a colocou no colo. Abraçou-a e inclinou seu queixo para cima com um dedo.

— Se algo alguma vez te assustar, você tem que dizer imediatamente. Não vou compactuar com qualquer coisa que te assuste. Quanto a outros homens, fico feliz que você não tenha desejos porque é algo que eu não vou tolerar.

Ela sorriu.

— Você parece tão possessivo. Gosto disso.

Ele retribuiu o sorriso, mas a expressão era séria e fez disparar um arrepio de deleite ao longo da pele dela, fazendo seu coração dar uma pontada. Nenhum homem jamais a havia desejado tão ferozmente.

A verdade atingiu-a com uma violenta força súbita.

Aquilo não era real.

Era uma farsa elaborada. Eram atores em uma peça. Um roteiro escrito por ela. Ele desempenhava o papel que ela havia pedido. O desejo podia ser real, mas era apenas sexo.

— Por que a luz acabou de se apagar dos seus olhos? — ele murmurou ao esfregar o polegar sobre os lábios dela. — E por que o seu sorriso desapareceu?

— Porque acabei de me lembrar de que nada disso é real — ela disse em voz baixa.

Nenhum movimento traiu a reação de Damon à sua declaração. Ele continuou a observá-la fixamente, seus olhos sondando e avaliando.

— Quer que isso seja real, Serena?

Ele deixou a pergunta pairando no ar, muito parecida com uma cenoura na frente de um burro. Queria que fosse real? Ela engoliu seco, sem saber o quê responder. E como poderia, quando não sabia a resposta?

Sim, havia certo pesar pelo fato de que aquilo fosse apenas encenação, pois gostava da ideia de ser apreciada por um homem como Damon. Mas não queria ser escrava de alguém para sempre. Os benefícios, embora sedutores e excitantes, se tornariam tediosos depois de um tempo, certo?

— Não sei — ela finalmente disse, quando ficou claro que ele ainda esperava sua resposta. — Ainda não posso responder.

— E ainda assim você lamenta que isso não seja real — disse ele.

Ela assentiu com a cabeça.

— É tão real quanto nós o fazemos ser, Serena minha. Ninguém tem que julgar além de nós mesmos.

— Gosto disso. — Ela se inclinou para mais perto dele, seu olhar procurando-o. — Damon?

Ele beijou-lhe os lábios, um beijo suave.

— Sim?

— Podemos esquecer minhas fantasias? Podemos fazer de improviso? Não quero que tudo seja tão... encenado. Quero saber como é realmente pertencer a você pelo resto do tempo que temos.

Ele a beijou de novo, seus lábios explorando os dela com uma delicadeza que a fazia arder de desejo. Ele conseguia ser ao mesmo tempo muito exigente e delicadamente terno. Ela adorava as duas faces.

— Acho que é uma ideia excelente, Serena minha. Não tenho desejo algum de te dividir com outro homem. Algumas partes das suas fantasias me excitam, existem alguns limites que eu gostaria de explorar. Você me satisfaz de formas que nem consigo descrever. Se confiar em mim para tornar a sua experiência o melhor que ela pode ser, vou seguir em frente; você como minha escrava e eu como seu guardião.

Inconscientemente, a mão de Serena tocou o bracelete, sentindo o peso que a encorajava. A mão dele também o procurou, traçando o contorno da joia.

— Gosta da marca da minha posse?

Ela observou os dedos acariciarem seu braço e se deleitou com o contraste da pele clara com o ouro reluzente do bracelete.

— Gosto. É mais delicado do que uma coleira. É feminino e ainda assim existe poder por trás do símbolo. Gosto de olhar para ele e saber que veio de você. Uma coleira pareceria muito... degradante.

— E a última coisa que eu quero é que você sinta vergonha — disse ele.

— Estou com fome — ela afirmou com um sorriso.

Ele piscou diante da mudança de assunto e depois riu baixinho.

— Deve estar mesmo. Minhas exigências foram grandes esta manhã e ainda nem te alimentei. Não estou provando ser um guardião muito bom, estou?

Serena emoldurou o rosto dele com as mãos e abaixou a cabeça junto à dele. Seus lábios se encontraram e se fundiram. Foi ela quem controlou o beijo, e ele a deixou fazer como queria. Quando Serena se afastou, os dois respiravam ofegantes, e os olhos dele reluziam com um brilho faminto.

— Você é o melhor — disse ela simplesmente. — Sei que nunca vou precisar de mais nada enquanto estiver com você.

Ele a apertou contra si e beijou a ponta de seu nariz.

— Não, Serena minha. Nunca vai faltar nada que eu possa te dar.

Capítulo 22

Damon não havia dito para onde iam, apenas que sairiam depois de um jantar tranquilo em casa. Ele havia escolhido a roupa de Serena: uma saia translúcida e uma regata de seda. Damon a instruíra também a não usar sutiã ou calcinha. Depois ele a levou à BMW prata e saíram de casa.

Meia hora mais tarde, quando atravessaram os portões da The House, a adrenalina golpeou as veias de Serena. Ela lançou um olhar a Damon, mas a expressão dele era ilegível.

Como se sentisse a ansiedade e o nervosismo, ele pegou a mão dela, apertou-a e parou o carro ao lado dos outros estacionados.

— Você vai ficar ao meu lado em todos os momentos. Os homens vão procurar a sua atenção. Vão falar com você e vão flertar. Você só deve falar comigo; somente vai falar com os outros com a minha permissão.

Serena olhou para Damon estreitando os olhos. A ordem a irritou, fazendo-a se sentir de repente como uma criança sendo disciplinada, em vez de uma mulher adulta.

Ele esperou, como se na expectativa de que ela dissesse não, mas Serena apertou os lábios e desviou o olhar. Isso era o que ela havia pedido. Ele só estava lhe dando o que ela queria.

Damon saiu do carro e deu a volta para abrir a porta dela. Serena colocou a mão na dele e desceu do assento com elegância.

— Já te disse como você está bonita hoje? — murmurou ele quando se dirigiram à entrada.

Ela sorriu, a irritação anterior agora esquecida.

— Não, mas é algo bom de se ouvir.

— Todos os homens aqui vão ficar com inveja de mim. Seus cabelos estão brilhando como um véu de seda negra.

— Você é um bom conhecedor das palavras bonitas — brincou ela.

— As palavras só são bonitas quando usadas para uma mulher bonita. Sem um ponto de referência, são apenas palavras.

— Me vejo incapaz de discutir com a sua lógica — ela respondeu com largo sorriso.

Ele a conduziu para dentro, onde foram recebidos pelo mordomo. Damon a levou a um pequeno quarto de vestir ao lado da entrada principal.

— Tire a roupa. As únicas coisas que eu quero enfeitando seu corpo são as marcas da minha posse.

Ela inalou o ar com surpresa, mas levou os dedos trêmulos ao cós da saia. Sim, tinha ficado nua na noite do leilão, mas isso, de alguma forma, era diferente. Tinha plena ideia do que aconteceria naquela noite; afinal, ela é que tinha criado a fantasia. Esta noite, porém, estava trabalhando com um roteiro em branco, aprendendo de improviso. Era desconcertante.

— Gostaria que eu tirasse a sua roupa? — perguntou Damon. — Você está tremendo.

Ela negou com a cabeça, em silêncio.

O olhar dele ficou mais intenso.

— Serena, está com medo? Podemos ir para casa. Basta dizer a palavra.

Não.

Pairava como uma nuvem negra. Serena tinha começado a temer a palavra e o que ela significava. Pronunciá-la seria mais do que uma simples negação, pois colocaria fim a uma fantasia que ela estava desesperada para viver. Não qualquer fantasia. *Esta* fantasia. Com Damon.

Serena empurrou a saia, que desceu pelos quadris e caiu no chão, amontoada sobre seus pés. Com movimentos bruscos, rápidos, ela puxou a blusa sobre a cabeça e a jogou de lado. Uma corrente fresca vinda da abertura superior do ar-condicionado soprou levemente sobre sua pele nua. Ela teve um calafrio.

Damon tocou uma mecha de seus cabelos, puxando-a por cima do ombro para deixá-la cair sobre seu peito. O mamilo, duro e enrugado, despontava de forma erótica por entre os fios.

Ele o tocou de leve com apenas a ponta do dedo. Tinha sido uma carícia aveludada sobre o bico, mas Serena deu um salto como se tivesse levado um choque.

— Lembre-se das instruções — ele murmurou e depois se virou para sair da sala.

Ela saiu e o seguiu pelo corredor. Passaram por várias pequenas salas onde as pessoas socializavam, tomavam coquetéis e conversavam. Ela caminhava depressa para que não tivessem chance de olhar para cima e avistá-la.

Damon continuou em direção à escada, e ela se lembrou de uma caminhada semelhante feita apenas algumas noites antes, quando seguira o guardião ao grande salão comunal logo acima.

Hoje, o salão não parecia em nada com o que tinha sido na noite do leilão. Assim que entraram, ela olhou com surpresa para a comoção de atividades em andamento. Ao contrário das salas no andar de baixo, onde as pessoas estavam vestidas com certo decoro, os participantes ali estavam em vários estágios de vestimenta, exibindo desde fantasias eróticas elaboradas até a plena nudez, além de todos os estágios entre as duas.

Cada seção da sala mostrava um... *fetiche* diferente. Era a única palavra que ela conseguia pensar para descrever e tinha certeza de que ainda não era a certa.

Nunca antes tinha visto tanta pele nua e tamanhas demonstrações absolutamente carnais fora de um filme pornô. Era provável que as pessoas ali não gostassem da comparação, mas era o limite da experiência de Serena em tais assuntos.

— Quer dar uma volta? — Damon perguntou em voz baixa. — Ninguém aqui se importa de ser observado.

Pelo menos não era esperado que ela tomasse parte daquilo. Damon tinha deixado muito clara a sua opinião sobre outras pessoas tocando-a. Munida desse conhecimento, Serena assentiu com a cabeça. Olhar nunca tinha feito mal a ninguém.

O bombardeio de imagens eróticas a atingiu de todos os ângulos. Havia um grande número de situações sexuais, desde um casal transando como dois coelhos até uma orgia explícita com não menos do que oito pessoas unidas como se fossem peças de Lego. Tudo parecia um pouco... bizarro.

O fator estranheza era alto e certamente não havia falta do teor chocante na sala, mas aquilo não acendeu os sentidos de Serena. Tudo o que ela conseguia fazer era olhar com muda confusão para os corpos contorcidos e ouvir os gemidos e gritos.

E então Damon a tocou. Bastou um leve roçar dos dedos por sua pele para a excitação incendiar lá embaixo em sua pélvis. Os seios formigavam, pesados e doloridos, empinando-se, como se em busca de atenção.

— Fico extremamente satisfeito que só o meu toque te excite — ele disse, acariciando um de seus seios. Em seguida, passou a mão sobre o outro, apertando a carne macia na mão. O monte delicado se moldava aos dedos. Ele passou o polegar para a frente e para trás sobre o mamilo sensível. — Agora venha. O meu prazer e o seu nos aguardam.

Seguindo-o ao centro da sala, ela viu outras pessoas pararem e se virarem para observá-los. Os sons de prazer pararam, e um estranho silêncio caiu sobre o local onde, apenas momentos antes, o barulho de corpos se chocando, gemidos quentes e gritos de paixão haviam se elevado e reverberado pelas paredes.

Uma armação de metal estava no centro da sala, e uma multidão já se reunia em volta. Era simples e, por essa razão, Serena não podia discernir a finalidade.

Era um pedaço de metal retangular, despretensioso, que estava levantado, mas ela podia ver que se movia, subindo e descendo para que o retângulo pudesse ficar na horizontal em vez da posição vertical e todos os ângulos entre as duas.

Um homem de calça jeans e uma camiseta apertada estava indiferente. Sua mão estava na armação, movendo-a para cima e para baixo, enquanto observava Damon se aproximar. Ele percorreu o corpo nu de Serena com um olhar avaliador, mas um olhar severo de Damon o fez parar.

O homem ofereceu um sorriso e acenou com a cabeça na direção de Damon.

— Sua escrava vai brincar hoje?

— Minha escrava faz o que eu digo — ele respondeu sem emoção.

— Homem de sorte. Precisa de ajuda para amarrá-la e prepará-la?

Serena olhou atentamente para o homem de pé ao lado da estrutura. Amarrar? Preparar?

Damon olhou de Serena ao homem sem nome e assentiu.

— Serena, este é o Cole. Faça o que ele mandar.

Serena engoliu em seco e deu um passo adiante, atendendo ao gesto de Damon.

— Volto num instante. Preciso escolher meu equipamento.

Equipamento. Amarração. Ela começou a tremer, embora soubesse que não era de medo. A ansiedade corria por suas veias junto com uma dose inebriante de incerteza.

Quando Cole pegou-a pelo braço, ela instintivamente se encolheu de seu toque.

— Não vou te machucar — ele disse suavemente.

Ela olhou ao redor, mas Damon tinha desaparecido.

Cole tocou seu braço, testando, tentando tranquilizá-la. Serena realmente não estava com medo, mas também não estava entusiasmada. Ainda. Apreensiva era uma melhor descrição da corrente elétrica que atingia seu corpo como um relâmpago.

Obrigando-se a relaxar, acompanhou Cole de boa vontade quando ele se dirigiu ao artefato. Quando ele o virou, ela pôde ver as tiras de couro: uma na parte de cima, no centro, e duas na parte de baixo, de cada lado.

— Suba — disse ele, pegando seu cotovelo para ajudá-la.

Ela subiu na base da estrutura e ficou dentro do retângulo, à espera do que viria a seguir.

Cole posicionou-a na borda inferior da estrutura onde estavam as duas tiras de couro. O couro macio circundou seu tornozelo direito e depois ficou mais firme quando Cole apertou a tira.

Ela deu um pequeno suspiro brusco assim que percebeu para que serviam as tiras. Amarrar. Ele sorriu ao notar que ela compreendia.

— Abra as pernas para alcançar a segunda tira.

Serena quase tropeçou e teve de agarrar o braço dele para se equilibrar.

— Não vou deixar você cair — disse ele.

O couro circundou seu tornozelo e o apertou.

— Braços acima da cabeça — instruiu, ao se dirigir à parte de trás.

Ela olhou para cima, viu a tira única e se deu conta da situação de vulnerabilidade em que a proposta a colocava. Olhou para ele, mas viu uma expressão que não admitia discussão.

Lentamente, ela levantou os braços e juntou os punhos no alto, acima de sua cabeça.

— Muito bom — disse ele, mas sua aprovação não significava nada para Serena.

Era Damon que ela buscava agradar.

Ele prendeu seus punhos, apertando até que ela estivesse esticada na ponta dos pés. Vulnerabilidade nem sequer começava a descrever o sentimento.

E então os pés de Serena deixaram o chão quando ele girou a estrutura metálica para que ela ficasse suspensa pelas tiras em um pequeno ângulo. Ela olhou para o chão, e sua boca ficou seca. Lambendo os lábios, Serena tentou adicionar alguma umidade.

A sala girou, e ela se viu olhando para o teto. Cole virou a estrutura até que Serena estivesse esticada de costas. Ele passou um largo cinto de segurança por trás de suas costas, prendeu-o em torno de sua barriga e amarrou os lados na estrutura com ganchos. Isso aliviou um pouco do esforço que os braços e pernas estavam fazendo e proporcionou um alívio bem-vindo. Não chegaria ao ponto de dizer que estava confortável, mas era muito melhor do que antes.

Ela levou um susto quando Cole apalpou um seio seu. Ele esfregou o polegar sobre o bico rígido, sua expressão nunca se alterando. Em seguida, inclinou a cabeça e, para a surpresa dela, sugou o mamilo entre os dentes e mordeu fortemente.

Quando soltou, ele olhou para cima e mostrou um sorriso satisfeito.

— Muito melhor.

Ela o encarou em confusão, mas, antes que pudesse dar voz à pergunta, sentiu um beliscão agudo seguido de uma onda de dor e então uma dormência queimando o mamilo. Serena se contorceu e sugou o ar bruscamente antes de baixar o olhar na direção da dor latejante.

Ele havia prendido um clipe no bico de seu seio. O objeto se cravava na pele enrugada e puxava o mamilo para a frente. Ela se contorceu e tentou se desvencilhar das amarras, mas estavam bem firmes.

— Por favor — ela sussurrou. — Tire.

Cole ignorou o pedido e foi até o outro lado.

Ela gemeu baixinho, porque agora sabia o que estava por vir. Cole deu o mesmo tratamento ao outro seio, apalpando-o de leve antes de se inclinar para sugar o bico entre os lábios.

Ela gemeu com a sensibilidade aguçada. Embora o outro mamilo é que estivesse preso no clipe, sentia cada milímetro dos dentes de Cole como se fossem pequenas farpas de metal.

Depois de uma última mordida afiada, ele passou a língua suavemente sobre a carne endurecida e se afastou. Desta vez esperou. O maldito. Cada músculo do corpo dela ficou tenso assim que a boca se afastou. E ainda ele esperava, um sorriso paciente no rosto.

Cole deixou-a ver quando ele se aproximou conduzindo a mão com o clipe aberto, indo em direção ao bico túrgido. Não houve persuasão gentil, não houve um movimento gradual. Ele o prendeu firme no mamilo e pronto.

Serena cerrou os dentes para evitar o grito de surpresa e dor. O objeto faminto mordia sua carne com ânsia voraz. No início, foi mais do que pôde suportar e ela arqueou as costas, esticando as amarras.

Em seguida, a dor diminuiu até se tornar uma queimadura e, finalmente, a abençoada dormência.

Ela ficou ali ofegante, quase incapacitada pela avalanche de sensações; primeiro a boca de Cole em seus seios, seguida pelos dentes afiados dos grampos. Seus mamilos formigavam com o menor dos movimentos, afastando a falta de sensibilidade.

E de repente Serena se moveu novamente com um último puxão firme de Cole. Seus pés giraram debaixo dela quando a estrutura assumiu uma posição vertical. O homem empurrou um pouco mais até que ela estivesse projetada para a frente num ângulo de 45 graus.

Seus seios balançaram, e os grampos dependurados nos mamilos exerceram uma pressão, puxando, o que disparou dardos afiados direto para sua vagina.

Ela estava molhada. Podia sentir a umidade cremosa se acumular entre as pernas, sentir como o clitóris pulsava e doía em resposta à tensão aplicada aos seios.

Mãos apalparam sua bunda, massageando levemente antes de afastar as nádegas. O choque percorreu sua espinha, enrijecendo seus músculos ao mesmo tempo que um protesto moldava seus lábios. Antes que ela pudesse falar, Cole aplicou lubrificante delicadamente em sua abertura. Os dedos acariciaram a fenda, espalhando uma quantidade generosa do líquido.

Os ombros de Serena sacudiram, seu corpo estremeceu. Arrepios pequenos, minúsculos, alternando quente e frio. Estava dançando na linha tênue entre o medo e o desejo. Confusão. Necessidade quente, nervosa. Ela *não queria* ser estimulada pelas mãos de um homem estranho.

Um dedo grosso deslizou para dentro de seu ânus. O ar adentrou depressa os seus lábios quando ela inalou bruscamente. Para a frente e para trás o dedo atritava por seus tecidos delicados, alargando-a, e Cole ia espalhando mais gel.

Outro dedo se juntou ao primeiro, distendendo-a até que estivesse aberta para ele. Os dedos eram grandes, e, de início, sua passagem estava apertada em torno deles, mas o estímulo continuou, Cole colocando mais lubrificante para facilitar o acesso.

A visão de Serena ficou turva e ela fechou os olhos para se equilibrar, lutando contra as ondas de... Não diria de necessidade. Ou desejo. Não queria esse homem. Estava gostando dos dedos hábeis, gostando de como ele tomava seus sentidos de assalto, da melodia sinistra e pecaminosa que ele tocava em seu corpo. Em parte era doloroso, e, se fosse sincera, ela temia a reação que tinha àquela dor, pois não a achava desagradável. Ela queria mais, ansiava por mais.

E então, tão rápido como a havia penetrado com os dedos, o homem tirou-os e foi embora. O silêncio que ela não tinha notado antes zumbiu em seus ouvidos. Não havia nenhum som ali dentro, e, quando Serena levantou a cabeça, viu que, como na noite do leilão, todos os olhos estavam sobre ela.

Um chiado quente começou em sua barriga, acumulou-se em seu sexo e se espalhou depressa por suas veias, cantarolando baixo e doce. Damon. Sentiu-o, embora não pudesse ver o que havia às suas costas.

Suspirou quando mãos apalparam suas nádegas e apertaram, gentis e amorosas. Havia uma diferença marcante entre este toque e o de Cole. Havia mais respeito, respeito e carinho que faltavam à abordagem clínica e metódica do outro homem ao prepará-la.

Algo suave, mas firme, frio como plástico ou talvez borracha, desceu levemente por sua coluna, arrancando um arrepio dos músculos tensos. Percorreu suas nádegas, e em seguida subiu outra vez, pela lateral de seu corpo até os ombros. Damon deu a volta, caminhando lentamente até ficar diante dela. Agora Serena podia ver que ele segurava um longo chicote de montaria na mão. A ponta tocou sua orelha, traçou um círculo ao redor do lóbulo e desceu de leve por sua face, tocando depois os lábios em um beijo delicado.

Ele parou ali, observando-a com olhos escuros, segurando o chicote nos lábios entreabertos.

— Lamba — ele ordenou, baixo e rouco. — Finja que é o meu pau. Me mostre como você me chuparia.

Os olhos de Serena dispararam para cima, para que pudesse observar a reação dele. Ela tocou a língua pela borda do chicote, absorvendo o sabor e a textura do couro. Ficando mais ousada, percorreu a ponta plana com uma longa lambida antes de pegá-la entre os dentes e sugá-la dentro da boca.

Ele introduziu o chicote mais fundo, deslizando-o rapidamente com a mão, e ela saboreou o material flexível perpassando sua língua. Quando ele tirou o chicote, Serena o equilibrou com delicadeza sobre o lábio inferior antes que Damon o deixasse cair.

Ajustando as mãos em torno do cabo, ele bateu a ponta na perna enquanto caminhava até as costas dela. Serena perdeu-o de vista, e sua respiração se prendeu e borbulhou na garganta; estava entrando no reino do desconhecido.

— A dor pode ser muitas coisas — disse Damon, um pouco à sua esquerda. — Ou pode ser apenas dor. O que vai ser para você, Serena minha?

O chicote assobiou quando cortou o ar. Antes que ela pudesse ficar tensa, uma dor viva e explosiva queimou como um raio sobre sua pele. Seu corpo estremeceu em resposta, e ela gritou. Antes que pudesse dizer a primeira palavra que surgiu em seus lábios, um calor irradiou sobre as nádegas, onde antes o fogo havia queimado.

Um zumbido quente, inebriante e prazeroso invadiu suas veias, deixando-a pesada e letárgica. Era difícil processar a dor estranha que havia se transformado tão depressa em prazer. Ela queria mais. Temia, mas desejava em igual medida.

O fogo atingiu a outra nádega, assim que mais uma chicotada encontrou sua carne. Antes que ela pudesse respirar fundo e esperar pela sensação subsequente, Damon golpeou outra vez.

Serena encolheu-se, e ele atacou novamente, não tão forte desta vez, sobre a pele logo abaixo da curva do traseiro. Tiras de lâminas afiadas fizeram círculos sobre sua pele.

De forma surpreendente, quando Serena abriu a boca para pedir que parasse, percebeu-se implorando por mais. *Por favor. Mais.* Ela ouviu as palavras tropeçarem precariamente em seus lábios como se tivessem sido arrastadas por uma língua relutante.

O chicote encontrou pele que não havia sido tocada. O couro cobriu cada centímetro do traseiro até que o calor transbordasse de sua pele como fogo líquido.

Damon parou e ela gemeu baixinho, se de alívio ou pesar, não tinha certeza. Sem sair de trás dela, ele se inclinou para a frente e encontrou seu seio. Deu um leve giro no mamilo torturado, e a reação de Serena foi instantânea. Sensações a inundaram, fazendo-a pegar fogo, deixando-a ofegante, com os olhos lacrimejando. Mas, assim como o golpe nas nádegas desvanecia e se transformava em prazer lento e doce, também o fogo encontrou uma morte rápida em seu mamilo e, no lugar, o prazer floresceu. O bico enrijeceu de desejo e se empinou, como se estivesse à procura do Sol.

Ele se afastou, dando um último puxão no mamilo hipersensível.

— Queria que você pudesse ver como está linda — murmurou. — Estendida na minha frente, aberta, receptiva. Sua pele está radiante com a minha marca. É como um rubor, vermelho em algumas partes, rosa em outras.

Ela fechou os olhos diante da sedução na voz de Damon. Sentia-se linda quando ele dizia isso. Valorizada e estimada.

Um estalo alto ecoou pela sala, assustando-a primeiro com o som, e depois, o chiado de dor escarlate impulsionou seu corpo para a frente, ferindo a pele e esticando as amarras que a seguravam firme.

Lágrimas tomaram seus olhos, enchendo as pálpebras e ameaçando transbordar. Uma e outra vez o chicote choveu nas nádegas, nos quadris, na lombar e nas costas, subindo até os ombros.

Não havia piedade alguma, nem misericórdia, nem alívio para a dor. E então, como um nascer do sol, o brilho quente e nebuloso de prazer indescritível emergiu e se espalhou através de sua pele. Um véu translúcido envolvendo-a em seda. Estava louca por querer algo com tanta intensidade? Sofrer pelo êxtase supremo?

O cômodo perdeu a nitidez; se pelo abraço entorpecente do prazer ou por suas lágrimas, ela não tinha certeza. Serena flutuava, leve e livre. Não estava mais amarrada. Voava. Cercada por um brilho quente e confortável. Ela sorriu com ar sonhador e deixou o queixo cair até o peito.

De forma inacreditável, um orgasmo se agitou, despertou e se espalhou como a manhã que desponta no horizonte. Ganhou força e transbordou sobre o corpo exausto, apertando cada terminação nervosa, fazendo a dor do chicote aumentar até que Serena não pudesse diferenciar entre uma chibatada e o mais doce dos beijos.

E então a dor se foi, e Serena gemeu em protesto. O orgasmo jazia suspenso, à espera, no limite, prestes a lançá-la por sobre um precipício escarpado.

Mãos agarraram sua cintura. Um pênis roçou sua bunda. Sua vagina se apertou, sentindo-se negligenciada. Damon estocou com impaciência e se alojou dentro dela em uma única investida exigente.

O traseiro, tão sensível por causa do chicote, tremia cada vez que ele deslizava as mãos sobre os vergões. Seu aperto ficou mais firme e ele começou a penetrá-la com intensidade brutal.

A força das investidas sacudia o corpo de Serena, fazendo os seios balançarem, e cada movimento fazia os dentes dos grampos se afundarem ao redor dos mamilos.

Ela sabia que estava sendo observada, que os homens e mulheres a olhavam com desejo. Naquele momento não se importava. Havia apenas ela e Damon, possuindo-a, dono de seu corpo, demonstrando que ela não tinha nenhum poder, exceto o que ele lhe dava.

Estava além de seus limites. Não tinha controle sobre as súplicas entrecortadas sendo arrancadas de sua boca. Estava implorando que ele parasse ou implorando por mais? A única palavra que Serena mantinha bem guardada, presa dentro dela com a mesma firmeza com que estava presa à estrutura de metal, era o *não*. Não diria. Não queria que aquilo acabasse.

— Solte-a — disse Damon ao penetrá-la novamente.

Mãos envolveram seus seios e, de repente, as garras dos grampos se abriram, libertando os mamilos. A sensibilidade, afiada e agonizante, foi recuperada na pele dormente, rasgando-a, espiralando em um abismo profundo.

Seus olhos se abriram e se arregalaram, seus lábios formaram um grito.

O pênis de Damon, grosso e pesado, invadia seu ânus, de novo e de novo. Estava aberta e desamparada diante dele, impotente e indefesa contra seus ataques.

Mãos a rodearam. Os dedos encontraram os mamilos e giraram, beliscando-os ligeiramente. Era demais.

Como se sentisse o orgasmo dela irrompendo, Damon continuou penetrando furiosamente o corpo que estremecia e sacudia na estrutura.

— Goze, Serena — ordenou com voz rouca. — Me dê o seu prazer.

Ele beliscou forte os mamilos, disparando uma nova onda de agonia através do peito de Serena. Combinava com a pressão insuportável em seu ânus enquanto Damon se enterrava tão fundo quanto conseguia.

Ela precisava, precisava de apenas mais um... empurrão, puxão, algo para percorrer a pequena distância faltante. Seu corpo não aguentaria muito mais estresse. Cada músculo estava tenso, o corpo estava sendo puxado e distendido em uma dúzia de direções diferentes.

E o fogo quente se propagou por suas costas. O chicote pousou a apenas poucos centímetros acima de onde Damon estava enterrado dentro dela. Suas mãos ainda cobriam os seios, brincando sem piedade com os mamilos doloridos, então ela soube que não podia ser ele. Cole. Tinha que ser Cole.

Como lava caindo do céu, as chicotadas caíam. Damon bombeava furiosamente de encontro às suas nádegas. Ela fechou os olhos, e o salão ficou imóvel ao seu redor. Silêncio, tão doce e feliz, caía como uma chuva suave. Ela apenas se entregou, abriu mão do controle, parou de lutar contra suas necessidades e medos.

O orgasmo rugiu através dela como um trem de carga descontrolado. Começou na virilha, rodopiando, debandando até que todo o seu corpo estivesse tremendo incontrolavelmente. Ela gritou. Uma vez. Duas vezes. Perdeu a conta.

Prazer, muito prazer. Era demais e não era o suficiente. Mesmo saciada, completa e absolutamente exausta, ela queria mais. Como um viciado desesperado por mais uma dose. Ela arqueou o corpo para cima, buscando o chicote que já não estava lá.

Mãos gentis acariciaram suas costas devastadas. Palavras doces flutuaram sobre ela, revestindo-a como caramelo morno. Lábios tocaram o centro de suas costas. Braços fortes a rodearam, segurando-a enquanto outra pessoa soltava seus braços e pernas.

Ela desabou, sem forças, nos braços receptivos de Damon. Ele a abraçou, envolvendo com a camisa seu corpo trêmulo. Ele enxugou levemente seu rosto, e ela percebeu que as faces estavam molhadas de lágrimas.

Enquanto era levada dali, seus braços envolveram o pescoço de Damon, abraçando-o com a mesma força com que ele a abraçava. Mais lágrimas vazaram de suas pálpebras, escorrendo pelo rosto.

Ela mal teve consciência de Damon entrando no carro e instruindo Sam a levá-los para casa. Tudo o que ouviu foram as palavras de aprovação murmuradas por ele em seus cabelos, enquanto a beijava e acariciava:

— Durma, Serena minha. Vou cuidar de você.

Capítulo 23

Serena acordou com a luz fraca da primeira aurora. O quarto se banhava em lavanda pálido, conforme o Sol espalhava-se e surgia no horizonte.

Ficou assim por um momento, processando os arredores, feliz de saborear aqueles primeiros momentos de confortável êxtase.

A primeira coisa que registrou foi que seus braços não estavam presos como de costume. Estavam, na verdade, dobrados sobre o braço de Damon, que envolvia sua cintura. Um olhar para baixo a fez perceber o fato de que a perna dele estava sobre a dela, e que seu corpo estava em segurança no abrigo do dele.

Incapaz de resistir à liberdade de se movimentar como quisesse e de tocar Damon, ela rolou e se ajeitou até que estivesse com o rosto diante do dele. Ele abriu os olhos e a olhou com carinho cálido.

Ela se aconchegou em seu peito e deslizou o braço em volta de sua cintura. Sentia contra a própria têmpora o ritmo constante dos batimentos cardíacos dele. Serena inalou o cheiro dele, saboreando-o e retendo-o antes de finalmente expirar.

Ela lhe beijou o peito e depois subiu pelo corpo, inclinando a cabeça para que estivesse no mesmo nível dos lábios dele. Ela tirou o braço que estava ao redor da cintura dele e estendeu a mão para tocar sua bochecha, áspera com o despontar da barba matutina.

Damon a observava sem fazer qualquer movimento para impedi-la ou dirigi-la de alguma forma. Ela se aproximou até sentir a respiração dele em seus lábios. Devagar, com grande deliberação, encostou a boca na dele.

Serena suspirou em sua boca, incapaz de se recuperar da profunda satisfação provocada por um simples beijo. Adorava tocá-lo, e até o momento não tinha conseguido muitas chances de fazê-lo como ela teria gostado. Naquela manhã ele parecia disposto a deixá-la fazer o que quisesse, e Serena não ia deixar passar a oportunidade.

Suas mãos acariciaram a pele levemente barbada do queixo, e ela o beijou em uma linha seguindo da boca ao pescoço, apreciando a aspereza que sentia nos lábios. O pulso de Damon palpitava sem controle no pescoço, em resposta à boca que se aproximava e que, então, mordiscou-o de leve.

— Você está me seduzindo, Serena minha? — ele disse em um quase gemido. — A escrava se tornou a senhora sedutora?

Ela sorriu e o empurrou, girando seu corpo até que ele se deitasse de costas sob o corpo dela.

— Eu sabia que não devia ter te deixado desamarrada — murmurou, embora não houvesse verdadeiro arrependimento em sua voz.

— Faça amor comigo, Damon — ela sussurrou. A necessidade era forte em sua voz. — Só nós dois. Sem amarras. Sem jogos. Só dois amantes se deliciando em acordar lado a lado.

Ele circulou o corpo dela com os braços, puxando-a para seu peito. Ela cedeu, a boca recaindo perto da dele. Ele tomou seus lábios, devorando-os avidamente. Não era um simples gole, um simples dar e receber. Ele apenas a tomou para si, libertando a paixão em um beijo que a deixava abalada e nua.

A necessidade não foi disfarçada, nem o desejo urgente que tinha por ela. O poder ondulou sobre o corpo de Serena, irradiando no ar, elétrico e escaldante. O fato de que ele pudesse desejá-la com tamanho desespero, apenas ela, não a escrava, não os jogos ou as encenações complexas, a deixava sem fôlego.

Ele rolou, levando-a consigo até que ela estivesse escondida sob seu corpo, as pernas abertas, ele aconchegado em cima. Suas mãos se enredaram nos cabelos dela, agarrando-se ao pescoço esguio ao guiá-la para sua boca ávida.

— Suas costas estão doendo? — perguntou ofegante.

Na verdade ela precisou pensar, tentar lembrar por que suas costas doeriam. Então a memória da noite anterior veio à tona em uma tempestade de paixão e luxúria. Imagens de como ele a tinha feito se sentir. A dor. O desejo atado com a fúria do orgasmo.

— Não, não está doendo. Por favor, não pare, Damon. Você não vai me machucar. Você nunca me machucaria.

— Não, Serena minha. Nunca vou te machucar — ele disse suavemente ao reclamar sua boca outra vez.

Os lábios deslizaram nos dela, descendo pelo maxilar até chegar ao lóbulo sensível da orelha. Ele o mordiscou de leve e então sugou entre os dentes. Quando desceu mais para reivindicar a pele macia do pescoço, arrepios dançaram e correram pelos ombros de Serena e fizeram repuxar a pele de sua nuca.

Ela fez uso pleno das mãos, afundando-as no cabelo castanho de Damon, apreciando os fios grossos roçando entre os dedos. O olhar dele buscou o dela quando deixou seu pescoço e avançou para os seios.

Havia algo de selvagem em seus olhos. Onde antes ele parecera contido, controlado e paciente, agora havia uma urgência, um profundo desejo naqueles orbes castanhos cálidos que derretiam seu coração.

— Venha para mim — ela sussurrou. — Esteja comigo. Serena. A pessoa, não a fantasia.

Ele parou, o corpo agora imóvel contra a pele dela. Seu olhar a penetrava, escuro e proibido. Apoiando-se em um braço, ao lado da cabeça dela, Damon tocou os dedos sobre seus lábios, como se para calá-la.

— Você nunca foi só uma fantasia para mim, Serena minha.

O peito dela inchou-se e expandiu-se com a emoção que a pegou de surpresa. Será que estava também presa no emaranhado de fantasia *versus* realidade? Será que estava com dificuldades de separar as duas coisas em sua mente? Por que era, de repente, tão importante que ele a quisesse como era de verdade, e não como a escrava sexual obediente?

Ele baixou a cabeça e a beijou, longo e doce. Sua língua dançava com a dela, tocando, lambendo, amando sua boca profunda e intimamente.

Havia uma reverência em todos os toques de Damon, quase uma hesitação, como se temesse que ela fosse se quebrar sob as carícias. Com cuidado, ele passou a mão sobre a curva de seu ombro. O dorso dos dedos roçou a pele macia acima dos seios e então deslizou até um mamilo.

— Estão doloridos? — ele perguntou, ao parar e passar o polegar sobre o local.

— Um pouco — ela admitiu. — Estão mais... sensíveis. Ainda estão formigando.

— Gostou dos clipes?

Ela confirmou.

Ele se inclinou e colocou a boca sobre o bico rígido. Quente e úmida, sua língua brincou sobre a ponta, enquanto os lábios se fecharam ao redor da aréola. Serena sentiu a vagina se apertar quando ele sugou o mamilo em movimentos rítmicos e suaves.

Com a mão livre, ele desceu entre os corpos, deslizando a mão entre as coxas separadas de Serena. Encontrou a umidade, e os dedos brincaram sobre a abertura. Seu pênis estava rígido no interior da coxa dela. Ele a abriu e se posicionou de modo que seu comprimento estivesse aconchegado entre as camadas de pele.

Esfregando para cima e para baixo, Damon sorriu quando ela arregalou os olhos, a veia grossa na parte de baixo do pênis pressionando o clitóris. Os testículos se apoiavam na entrada da vagina, e ela se lembrou da sensação de tê-los apertados entre eles quando fizeram sexo anal.

Serena estendeu a mão, e ele se ajoelhou mais para dar acesso. Os dedos dela deslizaram através de seus pelos para que a cabeça do pênis cutucasse a ponta dos dedos a cada movimento para cima em suas dobras. Para cima e para baixo, ele se movimentou, prendendo a respiração cada vez que ela tocava a coroa lisa do membro.

Seus sucos o revestiam e eram transferidos para sua mão. Ela puxou a mão e levou os dedos até a boca dele em um gesto atrevido. Damon não hesitou. Tomando o punho dela, ele prendeu seus dedos e começou a chupar um por um.

Sem soltar a mão dela, Damon inclinou-se para a frente, forçando o braço de Serena para o lado. Encontrou a outra mão livre e entrelaçou seus dedos antes de pressioná-los no colchão de cada lado de sua cabeça.

Deitado em cima dela, seu corpo pressionando-a, o pênis entre suas coxas. Ele mordiscou de brincadeira o queixo dela, e, quando Serena riu, ele capturou o som com a boca cobrindo a dela.

Ele movimentou os quadris, para cima e para baixo até encontrar a entrada. Depois deslizou profundamente e mergulhou no corpo dela. Então ele parou, segurando-se firme, devorando sua boca.

Ela mexeu as mãos, apenas o suficiente para testar o quanto ele estava comprometido em segurá-la. Damon soltou-a no mesmo instante, e ela o tocou com voracidade, as mãos percorrendo os braços até os ombros musculosos e depois até as costas.

Serena adorava a aspereza masculina, as depressões e curvas de cada músculo e a rigidez ao acariciá-los. Adorava sentir Damon estremecer como se o seu toque provocasse nele um prazer intenso.

Ele recuou, deslizando o pênis inchado sobre a carne pulsante de intenso desejo. Então investiu de novo, devagar, com cuidado. Ela suspirou e mexeu os quadris, impaciente pelo prazer que ele lhe daria.

Um sorriso curvou os lábios sensuais de Damon, e seus olhos brilharam quando ele parou mais uma vez dentro dela.

— Você é um maldito provocador — ela o repreendeu.

— Está com pressa? — ele murmurou enquanto a beijava leve e rápido e depois prosseguia com uma chuva de beijos pela linha de sua mandíbula até chegar à garganta.

— Hummm. — Ela se arqueou para ele, buscando os lábios pecaminosos, precisando senti-los na pele.

Enfiando e recuando. Ele estabeleceu um ritmo lento, sem pressa, relaxado. Cada golpe fazia os sentidos dela pegarem fogo, um arrastar lento em direção à plenitude. Como um balanço de cordas no calor do verão, começando devagar, balançando ao vento, mais e mais alto, até que chegasse ao céu azul.

Ela fechou os olhos, deleitando-se na luz do sol que ele radiava. As mãos dele percorriam seu corpo livremente, apalpando, massageando, com toque leve e investigador. Cada carícia, mais do que as palavras, dizia que ela lhe pertencia. Ela era sua e ele a conhecia melhor do que qualquer outro homem com quem ela já estivera.

Quando sentiu o ritmo dele acelerar, sentiu-o crescer no seu interior, dilatando-a até o limite, Serena puxou a cabeça de Damon na direção da sua e uniu os lábios aos dele, derramando no beijo tudo o que estava sentindo.

Ele abaixou o corpo sobre o dela, fundindo-se ao envolvê-la com os braços. Os corpos entrelaçados, ele encaixou o quadril sobre o dela, bombeando repetidas vezes entre suas pernas.

— Serena — Damon sussurrou ao enterrar o rosto em seus cabelos.

A respiração de Serena falhou como um soluço. Ela voou mais alto no balanço até que o Sol banhasse seu rosto e ela fechasse os olhos para se proteger do brilho. Calor, um doce e açucarado calor inundou sua alma. A alegria cintilou em seu coração quando o orgasmo tomou corpo e depois explodiu como flores que se abrem para os raios do sol.

— Damon — ela sussurrou de volta, a voz embargada.

Abraçaram-se com força enquanto os corpos tremiam e sacudiam no calor após o sexo. Ele ficou deitado, quente e lânguido sobre ela, cobrindo-a como um cobertor. Serena esfregou a palma da mão distraída sobre as costas de Damon enquanto ele amolecia em seu interior.

Por fim, ele se afastou, puxando-a consigo para embalá-la no seu abraço.

Nenhum dos dois falou, e talvez não quisessem estragar o momento com algo tão rude e incômodo como meras palavras. Serena contentou-se em ficar nos braços dele, ouvindo o pulsar suave dos batimentos cardíacos, tão perto de sua orelha.

Capítulo 24

— Acorde, dorminhoca.

A voz de Damon retumbou em seu ouvido, e ela moveu a cabeça em sinal de protesto, aconchegando-se mais fundo nas cobertas. Ele riu e deu uma palmada carinhosa em sua bunda. Serena estremeceu, o formigamento do desconforto radiando pela pele ferida. Quase com a mesma velocidade, uma onda de prazer surgiu lá no fundo, e ela foi levada de volta à noite anterior.

— Vamos, Serena. Levante-se e se vista. Vamos fazer uma viagem.

Ela abriu um olho desconfiado para ele.

— Você tem sempre essa alegria irritante de manhã?

Ele sorriu.

— Não é mais de manhã. Você dormiu até meio-dia. E um bom sexo matutino faz isso com um cara.

— Qualquer tipo de sexo bom faz isso com um cara — ela corrigiu.

— É verdade, mas os homens não são conhecidos pela profundidade — ele acrescentou com uma piscadela sexy. — Agora levante e vá se vestir. Já fiz a sua mala.

Ela se sentou e esfregou os olhos para afastar o sono, tentando focar a visão turva nele.

— Aonde nós vamos?

— Achei que a gente podia ir visitar a minha mãe — ele disse com leveza. — Faz... muito tempo desde que a vi pela última vez e é hora de voltar para casa.

Ela se desvencilhou das cobertas e pendurou as pernas na lateral da cama.

— Sua mãe? Onde ela mora? E, hum, eu vou como sua escrava, como uma amiga ou o quê?

Ele colocou as mãos em seus braços e apertou de leve quando a puxou para colocá-la diante de si. Damon deu-lhe um beijo demorado e depois passou um dedo sobre seu nariz.

— Com que título você quer ir, Serena minha?

A questão a confundiu, mas não por falta de clareza. Com certeza havia sido uma pergunta direta e descomplicada o bastante. Mas era uma daquelas que pediam para declarar intenções das quais ela ainda não tinha certeza, e pior, ele pedia para declará-las antes que soubesse os sentimentos dele.

Sentimentos?

Serena desceu da cama de forma abrupta, desesperada para colocar distância entre eles dois. Desejava que Damon tivesse sentimentos por ela? Quando diabos aquilo tudo tinha ultrapassado o estado de simples fantasia e assumido pensamentos grandiosos sobre relacionamento?

Era difícil pensar em uma relação quando o alcance de sua "união" consistira em amarração, chicotadas e sexo anal.

Ela quase gemeu alto. As coisas, porém, não tinham sido assim tão cruas. Falar daquele jeito reduzia o que tinha sido uma experiência sexual extremamente satisfatória a algo barato e nojento.

— Serena?

Ela voltou a olhar na direção de Damon, que a encarava com olhos confusos.

— Algum problema? Se preferir que a gente não vá, eu posso ir outro dia.

Serena sacudiu a cabeça.

— Eu adoraria — respondeu com voz rouca. — Me deixe tomar um banho. Posso estar pronta em meia hora.

Ele se inclinou para beijá-la novamente.

— Não tenha pressa. Vou guardar as coisas no carro.

Percorriam a Interestadual 10 na BMW de Damon a toda velocidade. Ele dirigia com a facilidade treinada de alguém bem familiarizado com os horrores do trânsito de Houston.

Pelas primeiras duas horas prosseguiram em silêncio, o olhar de Damon fixo na estrada. De vez em quando, Serena olhava para o seu perfil, estudando a expressão tensa. Mais cedo, ele parecera ansioso para visitar a mãe, mas agora, cruzando a divisa do estado da Louisiana, estava com as mandíbulas cerradas.

Querendo aliviar um pouco a tensão, ela procurou a mão dele do outro lado do assento. Ele olhou e sorriu, suavizando algumas das linhas na testa.

Sem querer bisbilhotar muito a respeito do que estava ou não incomodando-o, ela optou por assuntos leves e gerais. Inclinando a cabeça de lado, sorriu para ele.

— Me conte algo sobre você.

O divertimento brilhou nos olhos de Damon e ele pareceu relaxar.

— Tipo o quê?

— Ah, qualquer coisa. Sou toda ouvidos.

Ele esfregou o polegar sobre a palma da mão dela, agarrando o volante com a outra.

— Ok. Gosto de um bom vinho, de boa comida e de belas mulheres.

Serena fez um ruído de desdém com o nariz.

— Conte algo que eu não saiba. Você é terrivelmente mimado. Me fale sobre as mulheres do seu passado.

Ele tossiu.

— Não sou louco. Um cara nunca deve falar sobre outras mulheres quando se está na presença de uma, ainda mais daquela com quem está transando no momento.

— Ah, fale, também não é como se eu fosse a sua namorada — ela disse com leveza. — Como é que você não tem uma escrava permanente para fazer o trabalho sujo?

A expressão de Damon ficou sóbria.

— Não é tão fácil assim.

— Não?

Ele sacudiu a cabeça.

— Existe um monte de mulheres que gostam da fantasia, mas nem tantas que gostem da realidade.

— Você quer dizer como eu — Serena disse baixinho.

Ele a olhou, mas não manifestou concordância. Não precisava. Era a verdade simples.

— Ninguém nunca quis fazer isso em caráter… permanente? — perguntou ela. — Você chegou a pedir?

— Eu só pedi a uma — disse, desviando o olhar. — As outras… era óbvio que era uma aventura, e para mim não tinha problema. Nunca quis algo permanente ou não pensei que funcionaria no longo prazo.

— A não ser com uma — disse ela.

Ele concordou com a cabeça.

— Você a amava?

O canto da boca dele se curvou.

— Talvez. Ela foi a única mulher que eu pensei que pudesse ser a certa. Você conhece aquele clichê todo de uma pessoa em um milhão, aquela que estava destinada a mim. Todas essas besteiras sentimentais que vocês, mulheres, leem em romances.

— Amargo, será? — perguntou ela, com uma sobrancelha levantada.

Ele riu, e seus ombros baixaram novamente conforme ele relaxava.

— Você é divertida, Serena. Não deixa que eu me leve a sério demais.

— Bom, alguém tem que te manter na linha — brincou ela. — Você poderia facilmente se tornar mimado demais se alguém não te controlasse.

Ele sorriu e apertou sua mão.

— Então, o que aconteceu com essa mulher? Ela simplesmente decidiu que esse negócio de escrava não funcionava para ela ou o quê?

Ele soltou a respiração.

— Curtimos uma vida sexual muito excitante. Ela gostava de cada perversão imaginável. Eu não podia acreditar na minha sorte. Ela gostava de mim, não parecia muito impressionada com o meu dinheiro e queria me agradar. E eu queria muito agradá-la. Conversávamos sobre o estilo de vida que eu levava e sobre ele não ser um jogo. Não era algo que eu fazia de forma aleatória. Ela estava de acordo. Eu queria me casar com ela. Queria ser dono dela. Queria que ela fosse dona do meu coração.

— Meu Deus — Serena murmurou. Estava na ponta de sua língua dizer que idiota a mulher tinha sido por fugir de Damon, mas isso não a tornava uma enorme hipócrita?

— Sim, você pode adivinhar o resto. Um dia, ela decidiu que pertencer a mim não era o que ela queria. Ela queria liberdade, embora eu nunca tivesse tentado prendê-la. O tempo que ela passava comigo era meu, mas nunca tentei interferir em seus interesses externos. Eu sabia que, para fazer aquilo funcionar, nós dois precisávamos de tempo e de espaço fora de uma odisseia sexual exaustiva.

Serena concordou com a cabeça lentamente.

— Então ela foi embora.

Damon assentiu.

— E eu a deixei ir. Ela era minha escrava, a mulher que eu amava, mas ela queria liberdade, e não pude fazer outra coisa a não ser conceder isso a ela.

Foi a vez de Serena apertar sua mão.

— Sinto muito.

Ele sorriu.

— Se eu ainda estivesse com ela, você e eu nunca teríamos embarcado em nossa própria odisseia.

— Verdade. Acho que não sinto tanto assim, afinal. Mas lamento que você tenha sofrido.

Ele estendeu a mão e tocou seu rosto.

— Obrigado por isso, Serena minha.

— Você a chamava assim também? — ela perguntou em um súbito lampejo de irritação.

Damon lançou-lhe um olhar intrigado.

— Chamava como?

— Minha.

Ele sacudiu a cabeça devagar.

— Não. Eu nunca usei esse carinho especial com ninguém antes. Te incomoda?

— Só se você tiver usado para todas as suas mulheres — disse ela com sinceridade.

— Não, só com você.

Era ridículo que ela ficasse feliz em ouvir aquilo, mas não mentiria abertamente dizendo que não se aborreceria se ele usasse o apelido de forma tão casual. Ela adorava o carinho. Adorava como ele a fazia sentir. Especial. Como se ela realmente lhe pertencesse.

— E quanto a você, Serena? Por que me procurou? Seus amantes anteriores não saciaram sua fome?

Ela se inclinou para trás, apoiando a cabeça no encosto, e suspirou.

— É bem difícil de explicar. Não vou dizer que tive parceiros ruins. Eram todos diferentes, alguns melhores que outros, mas todos satisfaziam as minhas necessidades no momento. Foi só depois que senti algo faltando, senti que queria algo mais, mas não conseguia articular exatamente o que era. Meus amantes foram tudo o que eu poderia pedir. Gentis, generosos. Dispostos a agradar. Acho que apenas não estávamos interessados em nada duradouro. Um deles me pediu em casamento, mas a ideia de passar o resto da minha vida com ele me deixou gelada.

— Sei como o pobre coitado se sentiu — disse Damon com tristeza.

Serena fez uma careta.

— Foi basicamente assim, e acho que não demonstrei muita consideração ao dizer isso.

— Não, pelo menos você foi honesta, assim como a Tonya foi honesta comigo. Não posso culpar nenhuma das duas. Teria sido pior se você tivesse mentido. Depois de um tempo, teria sido mais difícil para todo mundo.

— Eu sei — ela respondeu baixinho. — Mas parte de mim também se pergunta o que poderia ter sido. Se cometi um erro. Se agora eu não estaria feliz casada, com filhos e com alguém que pudesse envelhecer ao meu lado.

— É fácil jogar o jogo do "e se", mas você tinha reservas a ponto de acabar com o relacionamento no início, era provável que estivesse certa. Sossegar é algo que jurei nunca fazer. Não seria justo comigo mesmo nem com a mulher com quem eu estivesse envolvido.

— Acho que você tem alguns pontos de vista muito sólidos sobre relacionamento. — Era um elogio.

Ele fez uma careta.

— Se fosse assim, eu estaria na minha própria relação de compromisso, já com um ou dois pestinhas. Embora eu não esteja com pressa para ter filhos. Quero tempo com a minha esposa. Eu a quero para mim, por mais egoísta que possa parecer.

— Se você é egoísta, então eu também sou. Vou fazer uma confissão, uma que nunca fiz a ninguém.

— Ah, agora fiquei curioso.

Ela riu baixinho.

— Agora há pouco eu falei sobre talvez ter marido e filhos. Bem, a verdade é que também nunca tive pressa para filhos. É fácil dizer o que eu poderia ter quando não existe possibilidade de isso acontecer, sabe?

— Sim, eu sei. Então você está dizendo que não quer ter filhos?

— Talvez? Eu realmente não sei. Acho que não conheci um homem que me fizesse pensar seriamente em formar família e ter filhos. Não estou convencida de que seria ótima nisso. E, como você, eu gostaria de um tempo com o meu parceiro. Só nós dois. Tenho esses sonhos de ir a lugares juntos. Ver coisas novas e excitantes...

Serena parou e lançou um olhar embaraçado para Damon. Ele deu um sorriso caloroso.

— Acho que temos muito em comum, Serena minha.

O corpo dela cantarolava de prazer. Serena apertou os dedos dele. Tinham mesmo muito em comum, com exceção de um obstáculo iminente. E um dos grandes.

Ela queria uma fantasia. Ele queria a coisa real.

Com um suspiro resignado, Serena virou-se para observar o pântano de ciprestes passando pela janela. Não faria bem nenhum se permitir envolver-se demais com Damon emocionalmente. Queriam coisas diferentes. Nunca poderia se entregar a um homem de forma tão completa e em caráter definitivo.

Capítulo 25

A mãe de Damon esperava por eles sentada em um balanço na varanda quando chegaram no final da tarde. Serena não sabia ao certo o que estava esperando, talvez uma senhora doce de cabelos grisalhos, usando avental. Agora estava se sentindo meio boba, confrontada com a mulher linda e de aparência jovem que se levantou e deu um sorriso radiante quando Damon saiu do carro.

Estava de calça jeans e camiseta, e os cabelos caíam pelos ombros. Nem um único fio prateado maculava seu castanho profundo, cor tão próxima à dos cabelos de Damon. Contudo, enquanto os olhos dele eram de um castanho chocolate, os da mãe eram de um verde cintilante.

Damon deu a volta e ajudou Serena a descer do carro. Pegou a mão dela na sua e caminharam em direção à sua mãe, que os cumprimentou nos degraus, abrindo os braços para o filho.

Os olhos dela brilhavam com lágrimas quando o abraçou, e Serena sentiu a garganta se apertar de ver a reunião emotiva.

— É tão bom ter você em casa, filho — disse a mãe, afastando-se. Ela, então, voltou o olhar para Serena e sorriu calorosamente.

— Sou Josephine Roche, mãe do Damon.

Serena retribuiu o sorriso, mas, antes que pudesse abrir a boca, Damon colocou um braço em volta de seus ombros e a puxou para perto.

— Mãe, esta é Serena James.

— É um prazer conhecê-la, Serena.

— Prazer em conhecê-la também, sra. Roche.

— Por favor, me chame de Jo. É com o que eu estou acostumada.

— Mãe, leve a Serena para dentro, por favor, vou pegar as nossas malas.

— Com prazer. Serena? Por favor, venha comigo. Tenho chá pronto, e o jantar vai estar servido daqui a meia hora. Fiz o favorito do Damon: gumbo de linguiça.

— E o que a senhora e a Serena vão comer? — perguntou Damon, inocente.

Jo riu e colocou as duas mãos no rosto do filho, beijando-o estalado.

— Estou tão feliz por você estar aqui. Você ficou tanto tempo longe.

— Eu sei, mãe. Desculpe — ele disse em voz baixa.

Ela sorriu um pouco triste e deu uma batidinha em seu rosto.

— Sei o quanto isso é difícil para você.

Ele a beijou na palma, depois tirou sua mão e deu um apertinho antes de soltá-la.

— Entrem, vocês duas. Vou logo atrás.

Serena seguiu Jo para dentro da espaçosa casa sulista. A varanda envolvia a casa por completo e terminava em um deque de madeira nos fundos. Serena ficou na janela olhando o riacho pantanoso que serpenteava pela propriedade dos Roche.

— Vista linda, não? — Jo perguntou ao seu lado.

Serena virou-se para pegar o copo de chá que ela oferecia e concordou com a cabeça.

— Tem crocodilo aqui?

Jo sorriu.

— Alguns. O Damon costumava caçá-los quando era adolescente. Sempre jurou que pegaria algum. Ele e o pai passaram muitas horas para cima e para baixo nestes pântanos. Pegaram muitos bagres, mas nunca nenhum dos crocodilos.

— A senhora não está contando todos os meus segredos, não é, mãe? — Damon perguntou ao vir e parar atrás de Serena.

Ele colocou o braço em volta da cintura dela e a beijou no topo da cabeça. Serena ficou tensa, não totalmente à vontade com a demonstração de carinho na frente de uma mulher que tinha acabado de conhecer, mas Jo sorriu abertamente, com deleite.

— Pensei que esta noite poderíamos comer lá fora, no deque. Podemos ver o sol se pôr e procurar vaga-lumes no riacho — disse Jo.

Damon ficou imóvel nas costas de Serena, que se virou para ver um sorriso triste cruzando seu rosto.

— Como nos velhos tempos.

Serena olhou para Jo, cujo rosto refletia uma angústia triste, embora também sorrisse. Ela estendeu o braço e apertou a mão de Damon.

— Sim, como nos velhos tempos.

Logo em seguida, voltou-se para Serena e estendeu a mão para apertar a dela.

— Por que você não deixa o Damon mostrar as coisas por aqui enquanto eu esquento de novo o gumbo? Chamo vocês dois quando for hora de arrumar a mesa.

— Ainda a feitora de escravos — disse Damon.

— Isso mesmo. Eu cozinho. Você pode pelo menos pôr a mesa e limpar depois.

Ele se inclinou e deu um beijo na testa da mãe.

— Do jeito que a senhora cozinha, eu fico com a melhor parte da barganha.

— Você sempre teve charme. Assim como seu pai.

Os dois trocaram olhares tristonhos antes que Damon pegasse o cotovelo de Serena e a conduzisse até as portas francesas de vidros triplos que se abriam para o deque.

— Vou te levar para ver os meus lugares favoritos de pesca — ele disse ao abrir a porta.

Um ar quente e abafado sufocou a respiração de Serena quando seguiu Damon para fora. Faltava uma boa hora até o pôr do sol e a temperatura estava próxima do ponto mais alto do dia.

— Meu pai construiu isto aqui — disse Damon ao passar a mão pela balaustrada da varanda, feita de cedro.

— É linda. — Ela o observou por um longo instante antes de partir para o assunto difícil e arriscar: — Suponho que seu pai faleceu?

Damon confirmou devagar com a cabeça.

— Dois anos atrás. Estava pescando. — Ele se virou e apontou para uma curva no riacho. — Bem ali. Minha mãe encontrou-o com o corpo dobrado para a frente. Ele teve um infarto fulminante e morreu onde estava. Não teve nem chance.

Serena tocou seu braço.

— Sinto muito.

— Ele era o melhor — murmurou Damon. Embora não reagisse abertamente ao gesto, ele colocou a mão sobre a dela e a deixou ali.

— Você não voltou para casa desde então? — perguntou ela. Ele aparentava ter uma relação muito próxima com a mãe. Parecia estranho que ficasse longe por tanto tempo.

Um olhar triste e cansado perpassou os olhos dele, roubando o brilho e os tornando de um marrom opaco.

— Não. Eu tentei. Mas era doloroso demais. Cheguei à entrada de carro, dei meia-volta e retornei a Houston. Bem covarde.

Ele foi até o cercado da varanda, apoiou as duas mãos na madeira e se debruçou para ver o riacho pantanoso cheio de ciprestes.

— Minha mãe ficou magoada. Eu sabia, mas, ainda assim, não consegui me fazer voltar. Não consegui enfrentar o fato de estar aqui sem ele.

— Por que agora? — ela perguntou baixinho. Por que com ela?

— Não sei — admitiu. — Senti falta da minha mãe. Eu precisava enfrentá-la, enfrentar esta casa. Precisava perceber que a minha distância não altera o fato de que ele se foi. E talvez porque pareceu mais fácil com você.

Ela respirou fundo, incapaz de controlar a surpresa causada pela declaração.

Ele tocou sua face, depois deslizou a mão atrás de sua cabeça e a puxou para si. Seu corpo moveu-se com o dele quando Damon ergueu seu rosto para que os lábios se encontrassem.

Foi delicado, foi suave. Em uma palavra, foi delicioso. Mexeu com Serena até o âmago.

— Obrigado por ter vindo comigo — ele sussurrou em seus lábios. — É importante para mim.

Ela sorriu ao se afastar.

— Fico contente que me queira com você.

Ele a levou para as margens do riacho e, juntos, observaram os bagres surgirem na água, esperando para serem alimentados.

— Minha mãe os alimenta todas as noites — explicou ele. — Foram mimados demais.

Continuaram ao longo da margem, serpenteando pelo terreno da propriedade da mãe. Uma doca instável estava situada em uma das curvas, e um bote velho estava amarrado, jogando suavemente com as ondulações da água. A pintura verde estava desbotada e descascando. Em letras pretas na lateral se lia *Roche.*

— O barco do meu pai — disse Damon. — Pertenceu ao avô dele. Velho como Matusalém, mas ainda funciona. Minha mãe o usa de vez em quando só para mantê-lo ativo.

— Ela também sente falta dele — disse Serena, lembrando-se da tristeza nos olhos de Jo.

Damon suspirou, virou-se para a água e enfiou as mãos nos bolsos. Por um longo momento, ficou em silêncio. Seus lábios se moviam como se tivesse dificuldade em formar as palavras.

— Foi difícil para ela e ainda mais difícil quando eu fiquei ausente, embora ela entendesse.

Olhou para os pés, e seus ombros caíram.

— Foi egoísta da minha parte e é algo que eu lamento. Eles eram... eram tão apaixonados. Foram namorados de colégio, e ela se casou com ele quando tinha dezesseis anos. A gente daqui não apostava que a relação fosse durar ou que fosse dar em alguma coisa, mas estavam errados. Ele construiu essa casa para a minha mãe quando ela estava grávida de mim. Eu cresci aqui. É o único lar que conheci.

Ele sorriu e olhou de soslaio para Serena.

— Meu pai fez fortuna e se aposentou cedo. Ele e a minha mãe deveriam viajar. Se divertir. Viver, amar e aproveitar a vida. Ele morreu uma semana depois de voltarem de uma viagem a Paris. Minha mãe sonhava em ir para lá desde menina.

Serena piscou para afastar as lágrimas que faziam arder suas pálpebras.

— Pelo menos fizeram uma última viagem juntos antes que ele falecesse — disse ela.

Damon assentiu.

— Tivemos alguns bons momentos juntos. Por muito tempo doía só de pensar neles, de me lembrar da vida com o meu pai, sabendo que ele não estava mais aqui. Mas agora... agora é gostoso lembrar.

Ela estendeu a mão, pegou o punho dele e puxou sua mão de dentro do bolso. Entrelaçou os dedos nos dele e puxou a mão para a lateral de seu corpo.

Os dois se viraram quando ouviram Jo chamar. Ela estava parada no deque, acenando e indicando o jantar.

— Venha. O gumbo não é tão bom quando fica frio — disse ele.

— Apostar corrida — Serena desafiou, já correndo na frente.

— Trapaceira! — Damon gritou ao correr atrás.

Ela teria chegado antes aos degraus, mas, assim que deu o salto, ele a agarrou e a girou nos braços. Ela deu um gritinho de indignação e ele respondeu jogando-a no chão e se jogando em cima para fazer cócegas impiedosas.

Quando ela estava ofegante, tentando recuperar o fôlego entre as camadas de gargalhadas, ele finalmente parou e a puxou para cima.

— Me declare o vencedor — exigiu.

— Nunca!

Ela se ergueu sobre os degraus e se virou em uma imitação de Rocky Balboa, com as mãos no ar, dançando para a frente e para trás.

— Trapaceirinha — ele resmungou ao passar por ela para ir até a mesa, onde a mãe os esperava.

— O Damon sempre foi um péssimo perdedor — disse Jo, sorrindo para Serena. — Ele sempre foi a criança mais competitiva. O melhor em tudo.

— E de quem eu puxei isso, posso saber? — perguntou Damon em tom irônico.

— Do seu pai, é claro.

Ele fez um ruído com o nariz e se dirigiu à porta.

— As senhoras fiquem aqui. Volto já com os pratos de sopa e os talheres. Quer que eu traga o gumbo, mãe?

— Por favor — disse ela. Em seguida, Jo se virou para Serena. — Gostaria de vinho ou de chá com o seu jantar?

— O mesmo que a senhora e o Damon forem beber — respondeu Serena.

— Nesse caso, vai ser vinho. É um prazer nosso. Mesmo durante os dois anos em que ficou fora, o Damon ligava e eu ficava sentada aqui no deque enquanto tomávamos uma taça de vinho e conversávamos pelo telefone.

— Parece que vocês são muito próximos — disse Serena.

— É meu único filho — disse Jo à guisa de explicação.

Damon veio com pratos de sopa e colheres, voltou para dentro e saiu um instante depois com uma panela fumegante de ensopado.

— Pegue o arroz, se não se importa. Está no vapor. E traga a garrafa de vinho que eu deixei para fora — disse Jo, enquanto Damon colocava a panela na mesa.

Ela e Serena se sentaram e, quando Damon voltou com o arroz, Jo serviu o gumbo. Apesar de o clima estar quente e abafado, o ensopado, geralmente mais adequado ao frio do inverno, estava delicioso.

Depois do jantar, eles se sentaram com uma taça de vinho e observaram os vaga-lumes surgirem sobre a água. A distância, grilos cricrilavam e sapos coaxavam. Os gafanhotos das árvores somavam-se à cacofonia, mas era um som reconfortante para Serena. Depois de tanto tempo ouvindo apenas os sons da cidade, sentia-se embalada pela tranquilidade dali.

— Então, há quanto tempo vocês dois estão juntos e como se conheceram? — perguntou Jo, quebrando o silêncio.

Serena ficou tensa e lançou um olhar de pânico para Damon. Ele pegou sua mão por baixo da mesa e a apertou para tranquilizá-la.

— Fomos apresentados por uma amiga em comum. Faz pouco tempo que nos vemos, mas espero convencer a Serena a ficar comigo por um tempo.

Jo sorriu.

— Mas é um safado cheio de lábia, igualzinho ao seu pai. E eles esperam que a gente caia aos pés deles depois disso — ela disse a Serena.

Ela riu, sentindo o desconforto passar.

— Imagino que sim. E admito que fez efeito comigo. Como eu já disse a ele antes, o Damon é bom conhecedor das palavras bonitas.

— Deus, e como. Juro que todos os homens da família Roche têm um componente enorme de charme e carisma. Só que às vezes a gente só pode chamar de papo furado. — Ela piscou para Serena ao dizer a última parte.

Serena riu e Damon revirou os olhos.

— Se eu tiver charme, com certeza isso nunca funcionou com a senhora — ele disse à mãe. — E com toda certeza nunca me tirou de problemas.

Jo sorriu.

— Você pode culpar o seu pai por isso. Quando você nasceu, eu já conhecia muito bem a fala mansa dos Roche e já tinha adquirido imunidade.

Ela se voltou para Serena.

— E quanto a você, Serena? De onde é e o que seus pais fazem?

Damon olhou-a também com curiosidade e ela se deu conta de que nunca tinham conversado a seu respeito. Ou mesmo sobre ele, até a viagem. Tinham ficado ocupados demais falando sobre outras partes de sua anatomia.

Ela corou um pouco e desviou os olhos de Damon.

— Nasci e cresci em Houston. Meu pai é aposentado de uma empresa de petróleo, e minha mãe ainda é professora. Também sou filha única.

— Ah, então é provável que você e o Damon sejam dois mimados — disse Jo.

— Não nego — interveio Damon, enquanto bebia o vinho.

— Acho bom. Eu detestaria estar sentada perto de você quando aquele tal raio caísse na sua cabeça.

Serena riu de novo, divertindo-se com o relacionamento fácil entre mãe e filho. Aquilo fez com que sentisse falta dos próprios pais, embora não fizesse muito tempo que os tivesse visitado pela última vez. Era fácil ficar presa pelo trabalho, ficar ocupada demais para pegar o telefone ou parar para dizer um oi. Depois de testemunhar o sofrimento de Damon e Jo pela perda do pai de Damon, ela tornaria uma prioridade ir visitar os pais assim que voltasse para casa. A vida era curta. O repentino falecimento do pai dele sem dúvida era prova disso.

— Minha mãe é incrível — disse Serena, de repente sentindo-se compelida a falar dos pais. — Provavelmente fui mimada, mas ela me criou para ser independente. Para pensar e fazer as coisas por mim mesma. Ela fazia parte de uma família de nove irmãos, e foi a única a se formar no Ensino Médio. Depois disso enfrentou a faculdade e se formou em pedagogia. Sempre tive muito orgulho dela. Minha mãe não leva desaforo para casa.

— Parece o meu tipo de mulher — disse Jo.

— Acho que vocês se dariam bem — comentou Serena com um sorriso.

— E o que você faz? — indagou Jo. — Se não se importa que eu pergunte.

— Isso não é um interrogatório, mãe — disse Damon em voz baixa.

— Não tem problema — respondeu Serena. Por muito tempo havia se sentido pouco à vontade ao explicar seu ramo de negócios para outras pessoas, mas a felicidade que levava aos clientes removia depressa qualquer desconforto que sentisse sobre a legitimidade da Fantasy Incorporated. — Sou dona do meu próprio negócio. Realizo fantasias — disse ela.

Jo piscou surpresa.

— Que tipo de fantasias?

— Mãe — Damon disse em tom de advertência.

— Não as do tipo que a senhora está pensando — respondeu Serena, escondendo o sorriso.

A menos que envolvesse a realização da própria fantasia sexual.

— Eu crio cenários para as pessoas. Situações de fantasia. Por exemplo, um dos meus últimos clientes tinha o sonho de ser *chef* em um restaurante em Houston. Ele não sabia o que fazer a respeito, queria que eu providenciasse os detalhes, e assim eu fiz.

— Ah, que divertido! Então, é quase como um dia de mentirinha — disse Jo.

— Bem, suponho que a senhora possa chamar assim. É uma chance de fazerem algo que não poderiam fazer de outra forma. Minha última cliente queria ser uma princesa no próprio navio de cruzeiro.

O rosto de Serena ficou tenso, e ela lamentou ter mencionado Michelle.

— Achei maravilhoso, Serena. E quanta criatividade! Nunca ouvi falar de outra empresa como essa.

— Obrigada. Eu gosto.

Jo pegou o prato, mas Damon levantou-se e a dispensou com um gesto.

— As senhoras fiquem sentadinhas aqui; eu cuido dos pratos.

— A senhora criou um bom homem — disse Serena com um suspiro, quando ele desapareceu porta adentro.

— Sim, bem, só não o deixe saber disso — Jo murmurou. — Porque depois fica impossível conviver com eles.

Serena riu e se recostou na cadeira, inalando o ar noturno. Olhou para o céu, claro e pontilhado com as primeiras estrelas. E fez um pedido. Pediu o impossível. Desejou que a fantasia nunca acabasse.

Capítulo 26

Damon estava parado diante da pia, olhando pela janela, vendo sua mãe e Serena sorrindo e dando risadas como velhas amigas. Não sabia por que tinha escolhido aquele momento para voltar para casa ou por que havia convidado Serena para vir junto. Só tinha parecido o certo a fazer. Agora que estava ali, sentia-se feliz por ter vindo. Nunca deveria ter ficado longe, não importava o quanto isso o machucasse. Sua mãe também havia sofrido e precisava dele.

As perguntas da mãe sobre Serena fizeram-no se dar conta de como sabia pouco sobre ela. Sim, tinha feito uma pesquisa anterior. Sabia detalhes superficiais, mas não sabia nada que realmente fosse importante. O que a motivava. O que ela sonhava. O que a fazia feliz e o que a deixava triste.

E isso incomodava até o fundo de sua alma.

Damon tornaria sua missão descobrir todas as nuances do que fazia Serena ser a pessoa que era.

Pegando uma garrafa de vinho cheia e o abridor, ele voltou para fora. Uma risada sincera chegou aos seus ouvidos quando abriu a porta, e ele percebeu como era bom ouvir a mãe rir de novo.

As duas mulheres olharam para cima, com uma recepção calorosa nos olhos. Era uma sensação incrível. Aproximou sua cadeira de Serena e se acomodou ao lado dela. Passou um braço em volta de seus ombros e a puxou para junto de si.

— Está se divertindo? — murmurou enquanto a mãe servia mais vinho.

— Estou, muito — respondeu Serena ao olhar para ele, os olhos azuis refletindo o brilho das luzes de dentro da casa.

— Não vamos conseguir ficar muito mais tempo aqui fora — alertou. — Os pernilongos vão nos comer vivos. A citronela parece funcionar um pouco depois do anoitecer, mas é como se eles convergissem num frenesi de alimentação e então nenhum humano está mais seguro.

— Argh, estou começando a me coçar só de pensar nisso — disse Serena.

— Eles ficam tão grandes aqui, que a Louisiana tentou tornar o pernilongo o pássaro símbolo do estado — disse Jo com uma expressão séria.

Serena riu.

— Nesse caso, vou entrar daqui a pouco, sem dúvida.

Damon inclinou-se para Serena até os lábios roçarem seu ouvido. Sorriu quando sentiu o pequeno tremor percorrendo a espinha dela.

— Por que não entramos agora? Foi um dia longo.

Ela se virou para ele com um sorriso que iluminava a noite.

— Estou cansada.

Damon voltou-se para a mãe, que já se levantava da cadeira.

— Nós vamos entrar, mãe. Obrigado pelo jantar. Estava maravilhoso como sempre.

Jo se inclinou e beijou a testa do filho com delicadeza.

— Estou feliz que você finalmente tenha voltado para casa, filho. — Ela sorriu e passou a mão por seu rosto, assim como fazia quando ele era menino.

Jo caminhou em direção à porta e então se virou de novo para eles.

— O café da manhã vai estar servido por volta das oito da manhã. Vocês dois podem comer antes de pegarem a estrada.

Quando a mãe de Damon desapareceu dentro da casa, Serena olhou para ele com expressão interrogativa.

— Eu disse que a gente só poderia ficar por uma noite. Não tinha certeza se... — Ele baixou os olhos, sentindo-se um pouco desconcertado pela incerteza.

— Você não tinha certeza do quê? — ela perguntou em voz baixa.

— Eu não tinha certeza se seria capaz de ficar — admitiu.

Ela sorriu e se inclinou para tocar os lábios nos dele.

— Acho que você foi maravilhosamente bem e deixou sua mãe muito feliz.

Ele a apertou contra o seu corpo e se levantou, levando-a junto.

— Vamos entrar e nos preparar para a cama. Fui duro com você ontem, e você deve estar exausta.

Ela estremeceu ao lado dele quando entraram pelas portas francesas. Damon passou a mão pela curva de seu traseiro, lembrando-se das marcas do chicote da noite anterior. Ela reagira como ele esperava, querendo e implorando por mais. Não podia se lembrar de uma visão mais bela do que a dela amarrada em sua frente, a pele vermelha e rosada por causa dos golpes de chicote. Serena havia se oferecido totalmente, e Damon ficara lisonjeado com o presente.

Guiou-a pelo longo corredor até seu antigo quarto, o qual a mãe havia transformado em quarto de hóspedes. Não tinha qualquer semelhança com o retiro adolescente de seus anos de colégio. Em vez disso, fora decorado com bom gosto, usando cores neutras e o próprio toque de luz do sol de Jo.

— A cama não é tão grande quanto a minha — disse ele ao fechar a porta atrás deles. — O que significa que vamos ter que dormir mais próximos.

— E isso te incomoda? — ela perguntou com uma sobrancelha levantada.

— De maneira alguma — respondeu Damon, puxando-a para seus braços.

Ele a beijou, longa e fortemente, liberando toda a fome reprimida. Não poder tocá-la durante todo o dia, estando tão perto e ouvindo seu riso, vendo seu sorriso sem poder fazer amor com ela, havia levado Damon além de sua resistência.

— Tire a roupa — ordenou, a voz rouca e irreconhecível.

Como se sentisse o quanto ele estava perto do limite, ela foi tirando as peças de roupa devagar, num strip-tease erótico que o deixou fervendo de impaciência. Serena o havia chamado de homem das cavernas e, naquele momento, era exatamente como ele se sentia. Estava pronto para rasgar cada pedaço de roupa que cobria seu corpo, jogá-la na cama e foder até perder os sentidos.

O brilho do ouro apareceu quando a camisa de Serena caiu. O bracelete que ele havia lhe dado reluziu. Damon o tocou, traçando seu contorno com o dedo.

— Você me pertence — ele disse.

— Eu te pertenço — ela afirmou baixinho.

Ele a puxou para si, apertando a maciez de seu corpo no próprio físico mais forte. Em algum lugar entre beijos intermináveis e suspiros frenéticos, ele tirou afoitamente as próprias roupas, puxando-as até que ambos estivessem nus.

Como naquela manhã, ele não fez esforço algum para dominá-la ou impedir que ela o tocasse. Queria e desejava o toque com uma ferocidade que não podia explicar nem para si mesmo. As mãos de Serena acariciavam seu peito, um caminho que se aquecia e fazia suas entranhas derreterem.

Seu membro estava duro, dolorosamente duro, e despontava para cima, batendo na suavidade da barriga dela. Serena baixou as mãos, circundando-o no seu toque de seda. Damon fechou os olhos e gemeu, fosse de prazer ou dor, ele não sabia. Não importava. Só sabia que queria continuar sendo tocado.

Ela o puxou pela cintura, atraindo-o para a cama. Caíram juntos, ela por baixo, e logo estavam deitados no colchão, em um emaranhado de corpos.

— Me diga o que você quer, Damon — ela disse, olhando-o nos olhos. — Sou sua. Pertenço a você. Só quero te dar prazer.

Ele fechou os olhos saboreando a doçura da declaração. Era como se ela soubesse exatamente o que dizer, o que ele precisava ouvir.

— Se abra para mim, Serena minha. Me deixe entrar no seu corpo. Pertenço a você da mesma forma que você pertence a mim.

Ela afastou as coxas esguias e se abriu para ele, envolvendo-o na cintura com as pernas. Ele baixou a cabeça para beijá-la, para possuir sua boca como possuía seu corpo. A língua deslizou sobre a dela e o pênis se envolveu em calor feminino.

— Eu poderia ficar assim para sempre — ele disse nos seus lábios. — Você é tão linda, Serena. Nunca tive outra mulher igual. Duvido que jamais vou ter.

As palavras soavam perigosas até mesmo para seus próprios ouvidos, mas ele não poderia guardá-las de volta na boca. Damon sabia, no canto mais profundo e escuro de sua alma, que, quando chegasse a hora de deixar Serena ir, sofreria demais.

Mantendo-se no presente, ele estocou, enfiando-se tão fundo no corpo e no coração dela quanto podia. Marcando-a, tomando-a para si. Esqueceu-se das fantasias, de que era um jogo bizarro construído em torno de desejos proibidos. Aqui e agora ele fazia amor como nunca tinha feito com mulher alguma.

Saboreou cada respiração ofegante de prazer, cada suspiro que se derramava dos lábios dela. Bebericava e saboreava seu doce néctar, penetrando-a com deliciosa entrega.

Quando sentiu o orgasmo se aproximando, ficou parado dentro dela, querendo fazer durar tanto quanto fosse possível. Não queria que acabasse ainda, não antes que ela encontrasse o próprio clímax.

As mãos dela afagavam seu rosto, acariciando a mandíbula e tocando seus lábios. Ele beijou um dedo de cada vez, conforme tocavam sua boca.

Não precisava perguntar se ela estava perto do êxtase. Sentia a aceleração de seu corpo, a vagina apertando o membro. A respiração de Serena ficou mais acelerada e mais frenética sob seu corpo, torcendo e retorcendo-se em busca do alívio.

— Juntos — ele sussurrou ao se movimentar dentro ela. Empurrando mais e mais fundo, mais e mais rápido até que as feições dela saíssem de foco.

Ele fechou os olhos e jogou a cabeça para trás, a tensão aumentando, lutando contra o fogo que ardia nos testículos. O pênis pulsava e inchava. Uma pressão começou a subir, correndo para a linha de chegada.

Ela ficou líquida em torno dele, banhando-o em sua doçura. E então ele explodiu. Seus quadris se contraíam quase dolorosamente a cada jato do clímax. Ele estremeceu e gemeu antes de finalmente desmoronar nos braços que esperavam para recebê-lo.

Ela o abraçou na cintura, acariciando suas costas. Os lábios estavam pressionados no seu pescoço e beijaram o local onde o pulso bombeava descontrolado.

Damon se percebeu abrindo a boca para dizer palavras que eram mais eloquentes quando não ditas. Relutante, fechou os lábios e apoiou a cabeça no ombro dela.

Não querendo sufocá-la, ele rolou um pouco, mantendo um abraço apertado para que ela rolasse junto. Quando ambos estavam de lado, Serena se aconchegou nele, seu corpo quente e macio. Doce.

Ela dormiu quase instantaneamente, mas ele ficou acordado até tarde da noite, contente por abraçá-la — e aproveitar o momento por tanto tempo quanto pudesse.

CAPÍTULO 27

Julie desceu do carro do lado de fora do apartamento de Faith e ficou ali um longo momento antes de finalmente começar o caminho até a porta.

Não estava acostumada a ser tão covarde, e com toda a certeza não estava acostumada a tanta falta de autoconfiança. Porém, toda a questão com Nathan havia se mostrado uma bela de uma bola curva. Era por isso que ia fazer algo a respeito e tinha esperanças de contar com a ajuda de Faith.

Ela bateu na porta e se afastou, com as mãos enfiadas nos bolsos de trás da calça jeans. A porta se abriu e Gray olhou para Julie interrogativamente.

— Ah, oi, a Faith está?

— Oi, Julie. Claro, entre — Gray disse com um sorriso caloroso.

— Desculpe o incômodo. Eu teria ligado, mas estava por perto e decidi dar uma passadinha — ela disse sem convicção alguma.

— Você não está incomodando. — Ele a conduziu à pequena sala de estar e virou a cabeça em direção ao corredor. — Querida, a Julie está aqui para te ver.

Ele se voltou para Julie.

— Posso trazer algo para beber? Faço um chá gelado fantástico.

Julie fez que sim.

— Eu adoraria. Obrigada.

— Pode apostar. — Ele sorriu novamente e se dirigiu à cozinha. Quase esbarrou em Faith, que vinha pelo corredor. — Vou preparar um chá para a Julie. Quer também?

— Hummm, quero, é uma boa ideia — disse Faith, sorrindo para Gray.

Julie ergueu os olhos quando a amiga entrou na sala e suspirou quando ela lançou um olhar inquisitivo em sua direção.

Faith sentou-se no sofá ao lado de Julie e se virou de frente para ela.

— Então, o que foi? Você está com um daqueles olhares que me assustam.

Julie deu um sorriso fraco.

— Na verdade, sou eu que estou me borrando de medo.

— Oh-oh.

— É, bom, lembra quando você falou sobre o Damon ter te ajudado com as suas, hum, fantasias?

Faith arqueou uma sobrancelha.

— Aham.

— E você o indicou para a Serena por causa da fantasia dela, porque ele é dono daquele clube de sexo ou o que for?

— Desembucha, Julie. Aonde você quer chegar?

— Bem, pensei que talvez ele pudesse me fazer um favor especial. Quero dizer, não pessoalmente, porque a Serena pode quebrar a minha cara se eu avançar no homem dela, e por mais sexy que ele seja, não é rústico o suficiente para o meu gosto.

Os lábios de Faith formaram um *O*.

— Mas primeiro...

— Não gostei do jeito que você acabou de dizer isso — Faith disse com cautela. — Você está tramando alguma.

Julie sorriu. Sua amiga não era boba.

— Primeiro eu pretendo mostrar ao Nathan Tucker o que ele está perdendo. Logo antes de eu fazê-lo comer poeira e depois seguir adiante para um relacionamento sexual quente, suado e escandaloso com o qual, espero, o sr. GQ vai me ajudar.

Gray pigarreou, e Julie ergueu os olhos para vê-lo observando-a, divertido.

— Acho que você não esqueceria tudo o que acabou de ouvir, né? — perguntou Julie, esperançosa.

— Longe de mim recusar o pedido de uma dama — disse Gray, colocando os copos de chá sobre a mesa de centro. — Mas me sinto compelido a te alertar sobre aquele maldito clube de sexo. — Ele endireitou a postura e lançou um olhar severo para ela. — Não é um lugar que você precise frequentar.

Faith sufocou um risinho com a mão e revirou os olhos para Julie.

— Não é tão ruim assim — defendeu.

Gray olhou feio para Faith.

— Você nunca mais vai voltar lá, então nem alimente ideias de levar a Julie. E, Julie, realmente não acho que seja uma boa ideia você envolver o Damon em nenhum tipo de esquema. Não estou dizendo que ele não seja uma boa pessoa. Ele tem sido muito bom para a Faith, e sou grato por isso, mas os membros do "clube" são outra história. Quem diabos sabe onde você pode se meter...

— Pelo menos ele não ouviu a parte sobre o Nathan — Julie murmurou para Faith.

Gray sorriu.

— Ah, eu ouvi, mas acho que ele vai ter o que merece. Nessa hora eu só queria ser uma mosquinha na parede.

Faith o enxotou para longe com a mão.

— Nos deixe ter nossa conversa de mulher. Prometo não planejar uma invasão à The House sem te contar antes.

— Pode ter certeza de que você não vai; eu sabendo ou não — Gray resmungou. Mas deu meia-volta e foi para o quarto depois de outro olhar fulminante na direção de Faith.

— E este é o cara que concordou em deixar outro homem te comer? — perguntou Julie, incrédula.

— Julie! Pelo amor de Deus, fala baixo — Faith sibilou.

Julie levantou as mãos.

— Só estou dizendo.

Faith balançou a cabeça.

— Está bem, então me diga que tipo de fantasia você quer que o Damon te ajude a realizar, e depois me diga o que você tem planejado para o Nathan. E não deixe uma palavra de fora.

Capítulo 28

Serena se recostou na cadeira e olhou pela janela do prédio de escritórios. Primeiro dia de volta ao trabalho depois de uma semana sendo escrava de Damon.

Escrava.

Era um termo risível quando considerava exatamente o que a experiência tinha sido. Toda a leitura, todo o mistério e a fantasia. O que ela esperava estava muito longe do que tinha recebido.

Mimada. Valorizada.

Talvez esperasse verdadeira escravidão. Ser depreciada ou degradada. Era o que queria? Alguns dos cenários com os quais tinha fantasiado agora a deixavam constrangida. Faziam-na se sentir envergonhada.

Tentou lembrar, tentou racionalizar o que a levara a se submeter à dominação de um homem. Mas as respostas não vinham. E, agora que ela estava longe de Damon, de volta ao reino normal da realidade, sentia-se descolada da experiência como se tudo tivesse sido um sonho.

A ideia de voltar à fantasia parecia estranha, como se as cortinas tivessem sido escancaradas, expondo a verdade, jogando luz sobre uma sombra.

Tanto Julie quanto Faith tinham ligado, querendo encontrá-la depois do trabalho para tomar umas e fofocar, e, obviamente, saber dos escândalos da semana de Serena em cativeiro, se é que era possível chamar uma semana de prazer, luxúria e mimos intermináveis de *cativeiro*.

Serena havia pulado fora, dizendo que Damon a esperava em casa, o que era verdade. Agora, por que ainda estava ali em sua mesa, com a noite avançando, com o celular desligado, era um mistério que ela não havia mexido um músculo para resolver.

Uma parte sua estava tentada a ligar para Damon e dizer que não voltaria, que o acordo tinha acabado. Isso faria dela uma grande covarde, para não mencionar que queria ver Damon novamente. Queria estar com ele. E lhe devia mais do que um rompimento pelo telefone.

Levantou-se da mesa e ficou de pé. Com as calças voltando ao lugar e deslizando pelas pernas para cobrir o tornozelo esquerdo, ela franziu a testa, infeliz. Por um longo momento, olhou para o lugar onde sabia que estava a tornozeleira, agora coberta pela calça. Não tinha usado saia de propósito, pois não queria que a joia incomum fosse vista. A blusa escolhida era de meia-manga para esconder o bracelete.

Ninguém poderia saber o que significavam as joias, ninguém além dela. Não se sentia confortável de pisar fora da fantasia que ela e Damon haviam criado; não queria trazê-la para o *seu* mundo. Era cruzar um limiar perigoso.

Sexo confundia a questão. Por mais clichê que fosse, quando o sentimento entrava em cena — e tinha entrado —, sexo já não era apenas sexo. Desejo já não era apenas desejo. E fantasia já não era apenas fantasia.

Ela sabia disso, alertava clientes sobre isso todos os dias e, ainda assim, ali estava, mergulhada até o pescoço em uma fantasia de limites tão tênues que tinha dificuldades em entender o quanto era real e o quanto não era.

Não mentiria a si mesma, jurando que não havia atração real entre ela e Damon, ou que ansiasse com ferocidade dolorosa algo mais profundo do que o sexo casual e um papel de fantasia. Mas ele havia deixado claro o que queria, e ela havia sido igualmente clara sobre seus desejos e necessidades.

Destinos opostos com uma breve intersecção.

Isso provavelmente descrevia sua relação com Damon.

Olhou para o relógio e fez uma careta. Estava adiando o inevitável. Havia uma decisão a ser tomada: ou voltava para Damon ou colocava um fim. Mas ficar ali amarelando não era a resposta, e não a aproximava da solução.

Pegou a valise e as chaves, e, relutante, foi até o elevador. Era estranho como a situação toda parecera esquisita assim que ela havia se retirado da fantasia. Mas, enquanto estivera lá, vivendo-a, querendo-a e desejando-a, não havia nada além do momento. Nada, além da necessidade de mais.

Era com isso que o vício se parecia? Querer algo que não era bom para você e perder toda a objetividade na tomada de decisão?

Quando entrou no carro, Serena não foi direto para a casa de Damon, nem para a própria casa. Ela dirigiu. Por mais que doesse admitir, estava com medo. Com medo da facilidade com que poderia se perder naquilo se permitisse. Durante a semana em que estivera com Damon, ela se percebera fazendo de tudo para agradá-lo. Sem dúvida, sem hesitação, nunca oferecendo argumento contrário.

Era assustadora a facilidade com que ela havia se tornado outra pessoa. Porém, mais irritante era a ideia de que talvez não tivesse se transformado em outra pessoa; em vez disso, havia abraçado quem sempre tinha sido.

— Não. Essa não sou eu — sussurrou. — E não quero ser.

Segurando o volante um pouco mais apertado, ela pegou o telefone e discou o número de Faith.

Um momento depois, a voz preocupada da amiga surgiu na linha.

— Onde você está? — Faith perguntou antes que Serena pudesse ao menos dizer "oi".

— Estou no carro — ela respondeu com calma.

— O Damon está louco de preocupação. Ele disse que não consegue te encontrar e que você não está nem no seu escritório, nem no apartamento.

— Merda — Serena murmurou.

— Algum problema? — Faith exigiu saber.

Serena respirou fundo. Só ouvir que Damon estava preocupado lhe provocava um frio desumano.

— Faith, eu só tenho uma pergunta.

— Está bem.

— Lembra quando você disse que o Gray nunca poderia estar envolvido com uma mulher que não fosse forte o suficiente para se submeter?

Houve uma pequena pausa.

— Lembro, claro.

— Você acredita nisso?

— Aonde você quer chegar, Serena? — Faith perguntou baixinho.

— Só quero saber se você acredita. Que é preciso a mulher ser forte para abrir mão do poder supremo, para permitir que um homem cuide dela, que tome decisões por ela.

— Sim, acredito.

A convicção na voz de Faith mexeu com ela mais do que as próprias palavras.

— Obrigada — murmurou Serena. — Preciso ir. Preciso ir para casa, para o Damon.

— Serena, o que está acontecendo? — perguntou Faith.

— A gente conversa mais tarde, pode ser?

Serena interrompeu a ligação antes que a amiga pudesse argumentar mais. Por um momento, segurou o telefone na mão, tentada a ligar para Damon, mas não tinha certeza alguma do que ia dizer, e agora, como se soubesse o tempo todo aonde estava indo, percebeu que estava a apenas alguns minutos da casa dele.

Apertou o botão para desligar o celular novamente e o atirou no banco. Poucos minutos depois, estava entrando com o carro na casa de Damon e franziu a testa quando viu vários carros estacionados na frente. Parou atrás do último e desligou o motor.

Deixando a valise e o celular no assento, ela saiu do carro e caminhou até a porta da frente. Assim que tocou o degrau mais alto, a porta se abriu.

Serena levantou os olhos e encontrou o olhar furioso de Damon. Seus olhos estavam quase pretos, e a raiva apertava seus lábios.

— Onde diabos você estava? — ele perguntou.

As palavras foram como chicotes, acionando sua própria raiva incontrolável.

— Não te devo explicação nenhuma — ela retrucou. — Nosso acordo é para quando eu estiver aqui.

Ele estendeu a mão e a segurou pelo ombro, puxando-a para dentro da casa. A porta bateu atrás dela e Serena fez careta.

— Isso não tem *nada*, nada a ver com qualquer acordo — ele explodiu. — Tem a ver com cortesia. Eu estava preocupado, Serena. Achei que você poderia estar na beira da estrada em algum lugar, ferida e sozinha. Ou no hospital. Ou na porra do necrotério.

Ela se encolheu com a exasperação crua na voz dele. Havia mais do que raiva. Eram preocupação e frustração verdadeiras.

— Você não atendia o maldito telefone. Até mandei o Sam ao seu escritório, depois à sua casa e de volta aqui para que ele pudesse percorrer a sua possível rota.

Ela fechou os olhos para se proteger da censura, pois ele estava certo. Tinha sido uma tola irresponsável; tudo porque estava sem um pingo de coragem.

— Desculpe — disse, cansada.

Damon ergueu a mão. Sua mandíbula pulsava como se ele estivesse tentando controlar o humor.

— O que aconteceu? — ele perguntou sem rodeios. — Onde você esteve? Está tudo bem?

Era uma daquelas vezes em que ela desejaria estar em algum tipo de acidente só para não ter que dizer a ele que estava se escondendo. Dele. De si mesma. Daquela atração inflamável entre eles.

— Estava pensando.

— *Pensando?* Estava pensando? E em todo esse pensamento, nunca passou pela sua cabeça que eu poderia estar preocupado, que você pelo menos me devia a gentileza de um telefonema para avisar que ia se atrasar? Não como o seu *senhor*, Serena. Não como um cara que te considera uma escrava, mas como alguém que se preocupa com você.

Ela fechou os olhos, a fadiga centrando-se entre os ombros. Quando os abriu novamente, Damon estava passando a mão pelo cabelo, num gesto supremo de agitação.

— Vá e vista as roupas que eu escolhi para você — ele disse com voz controlada. — Depois volte para a sala de estar. Temos convidados.

Ele a encarou como se estivesse esperando que a palavra fosse cruzar seus lábios. Ele a estava forçando a tomar a decisão que a tinha feito hesitar durante todo o dia. Se dissesse que não, iria embora e não voltaria. Se fizesse o que ele estava mandando, estaria se comprometendo a ficar, a continuar com a farsa.

Nenhuma opção parecia atraente naquele momento. O que ela realmente queria era ficar sozinha, e poderia ficar se simplesmente dissesse não.

Em vez disso, concordou com a cabeça e passou por Damon em direção ao quarto. Ele não a tocou, não a segurou ou disse qualquer outra coisa. Quando Serena olhou para trás, entrando no corredor, ele já não estava mais no hall de entrada.

Ela continuou, subindo a escada, a fadiga e a confusão crescendo a cada passo. Quando chegou ao quarto, viu que Damon tinha escolhido um dos vestidos requintados que tinha comprado para ela, juntamente com sutiã e calcinha pretos combinando, meias de seda e um par de sapatos caros de salto. Havia até mesmo joias para acompanhar o visual sofisticado.

Continuando a olhar para a roupa, ela percebeu algo de repente. Naquela noite não era sua escrava. Ele a estava convidando para entrar em seu mundo. Seu mundo real, no qual esperava que ela socializasse com os convidados. Normalidade. Um passo fora dos papéis que haviam desempenhado, e ainda assim, só existiam no reino de sua fantasia. Um mundo que ela havia criado.

Ele estava tornando aquilo real. Serena sentiu o medo percorrer sua espinha. Medo e incerteza. Estava mudando as regras e os parâmetros. Como ele podia esperar que ela abraçasse sua realidade e depois fosse embora? Deus, não precisava que as coisas fossem mais reais entre eles dois. No máximo, precisava da proteção que a fantasia e o escapismo ofereciam. Não havia chance de se perder quando as coisas estavam fora de alcance.

Mas esperar que ela interagisse com ele como se tivessem uma chance juntos, como se as coisas fossem normais… era o ápice da crueldade.

Sua cabeça girava, o pânico e a angústia apertavam todos os seus músculos. Não poderia descer como sua mulher, como alguém com quem ele tivesse um relacionamento. Não, se fosse, seria como escrava. Assim, não haveria ruptura na barreira de sua fantasia cuidadosamente construída.

Capítulo 29

Damon voltou para a sala depois de vários instantes ocupados em se recompor. Estivera distraído o tempo todo que passara entretendo os convidados, pois estava preocupado com Serena. Havia um limite de vezes para pedir licença e usar o celular antes que a atitude passasse da inconveniência à franca falta de educação.

Quando a ouvira entrar na propriedade, o alívio tinha feito seus joelhos amolecerem. Isso o irritara quase tanto quanto a falta de consideração de Serena. E então ele vira seu rosto pálido e os enormes olhos azuis, vira o cansaço espreitando nas sombras. Ela havia dito as palavras que qualquer homem temia ouvir. Ela estava pensando.

Damon havia ficado preocupado com o primeiro dia de Serena fora da fantasia que tinham construído na semana que passaram juntos — e com razão. Ela já havia começado a se afastar, e não havia absolutamente nada que ele pudesse fazer a respeito.

Ele sintonizou a conversa quando viu dois dos garçons contratados para a noite circulando com as bandejas de aperitivos e vinho. A música de piano, algo que costumava agradá-lo, tilintava em seus nervos como vidro quebrado.

Parte dele queria punir Serena pela preocupação que havia causado. Por um momento, pensou em pedir que ela tirasse a roupa e viesse até ele nua, com apenas as joias que ele havia dado para adornar sua pele. Nenhum dos convidados ficaria chocado ou surpreso.

Mas não queria constrangê-la, tinha jurado que nunca faria qualquer coisa para humilhá-la de propósito e, sem a menor dúvida, retaliação não era o seu negócio.

Não, ele lidaria com a punição mais tarde. Se ela se negasse, se dissesse que não, as coisas acabariam mais cedo do que esperado, mas o resultado seria o mesmo, quer fosse naquele momento ou dali a três semanas. Não poderia tê-la para sempre, e o olhar atormentado no rosto dela quando chegara à sua porta deixara essa realidade ainda mais clara.

Uma risada ecoou pela sala, e Damon ergueu os olhos para ver a fonte do divertimento de seu convidado. Enrijeceu quando viu Serena parada na porta, sem uma única peça de roupa no belo corpo.

Ela o encarava de forma desafiadora, os olhos reluzindo com provocação. Sem morder a isca óbvia, ele colocou a taça de vinho de lado e a ignorou por um instante, terminando a conversa na qual estava envolvido.

Damon continuou observando-a com atenção pelo canto do olho. Ela estava parada de pé, discretamente, mas, quanto mais ficava assim, menos à vontade se sentia. Quando se convenceu de que Serena estava prestes a dar meia-volta e ir embora, ele começou a percorrer o cômodo, o passo despreocupado, a expressão propositalmente ilegível.

— Serena — disse, parando ao seu lado. — Que bom que você veio. Todo mundo estava ansioso para te conhecer.

Ela ergueu um olhar severo de repente e mexeu as mãos na frente do corpo, nervosa. Uma decisão impulsiva da qual já estava arrependida, ao que parecia. Damon já tinha tentado tornar a situação mais fácil para ela. Agora ele não faria mais nada.

— Venha — ele disse, tomando seu braço. Caminhando em direção às pessoas reunidas, ele se inclinou para sussurrar perto de seu ouvido: — Agora te devo duas punições. Uma pela sua desconsideração e outra pela sua desobediência descarada.

A conversa foi interrompida quando todos olharam abertamente para ele e Serena. Sorrisos calorosos emolduravam o rosto de seus amigos, mas era por uma mentira. Estavam contentes por ele quando não deveriam. Pensavam que ele finalmente havia encontrado uma mulher disposta a se comprometer por inteiro.

Ele a apresentou a cada um dos convidados, e o crescente constrangimento de Serena era algo tangível. Sua testa estava tensa, e era óbvio que o sorriso que tinha colado aos lábios estava pendurado e quase caindo.

— Parabéns, Damon — Robbie o cumprimentou quando se aproximaram de um de seus amigos mais antigos. — Sua mulher é muito bonita. Tem sorte de ser dono dela.

Serena alternou o olhar entre Robbie e Damon, os lábios franzidos. Então seu olhar recaiu sobre a mulher parada discretamente ao lado de Robbie, e Damon viu o instante em que o entendimento brilhou.

Ela ficou tensa, uma cor subiu por seu pescoço e atingiu suas bochechas. Sua boca se apertou e lágrimas encheram seus olhos. Damon não lhe deu a oportunidade de fazer muito a partir da tomada de consciência. Em vez disso, conduziu-a adiante. Ela não ficaria extasiada quando chegassem à próxima pessoa na fila para ser apresentada. Já se conheciam. Mas ela havia feito sua escolha e teria que viver com as consequências.

Enquanto caminhavam em direção à janela, onde dois homens estavam parados, um se virou e Damon sentiu Serena ficar rígida ao seu lado.

— Micah — Damon disse calmamente. — Gostaria que cumprimentasse a Serena. Imagino que vocês dois já estejam familiarizados. Serena, você conhece o Micah Hudson. Ele é um grande amigo meu.

Micah lançou um sorriso para Serena e levantou uma sobrancelha quando percorreu com o olhar seu corpo nu.

Damon abaixou-se para que seus lábios ficassem a um mero centímetro da orelha dela. Sua mão envolveu-a com firmeza pelo braço e o dedo roçou o bracelete.

— Eu teria te poupado deste desconforto — ele murmurou. — Você mesma provocou isso ao pensar em me envergonhar na frente dos meus convidados. Ninguém sequer vai piscar um olho diante da sua nudez. Todo homem aqui, com exceção do Micah, está acompanhado pela respectiva escrava. Por isso, perceba, Serena minha, você só conseguiu envergonhar a si mesma.

Ela tremeu sob a mão dele, mas concordou balançando a cabeça uma vez em reconhecimento às palavras. Deu um sorriso trêmulo para Micah, mas no mesmo instante seu queixo se empinou, em uma tentativa de reunir os resquícios de seu orgulho.

— Claro que me lembro do Micah — ela murmurou.

— Serena, devo dizer que você está linda esta noite. O Damon é um desgraçado de sorte.

— Gosto de pensar que sim — este disse em uma voz grave.

Damon lançou um olhar de soslaio para Serena e viu que ela ainda se mantinha rígida, a expressão fechada. Ela não ia ceder um centímetro, mas ele também não. Melhor enfrentar a questão ali e naquele momento, pois não ia desperdiçar as próximas três semanas na construção de um sonho com pregos emprestados.

Endireitou a postura e olhou para Micah.

— Já que você é o único aqui esta noite sem uma escrava, eu ficaria feliz se pudesse me ajudar a disciplinar a minha.

— O quê?! — Serena perguntou de repente.

Ele se virou e a encarou intensamente.

— Que tal um encontro a três, Serena minha?

Os lábios dela se fecharam com força, mas ele podia vê-la se coçando para dizer, para expulsar a palavra dos lábios, para fazer aquilo terminar ali mesmo, naquele instante. E assim ele esperou. Antecipando.

Para sua surpresa, os ombros dela perderam um pouco da rigidez. Ela fechou os olhos e baixou a cabeça.

— Serena? — perguntou Micah.

Ela levantou a cabeça devagar e olhou para ele.

— Está de acordo? — Micah perguntou gentilmente. — Com tudo isso, quero dizer.

Damon não se ofendeu com a pergunta, nem com a interferência do amigo em seu relacionamento com Serena. Micah amava as mulheres. Ponto. Era protetor em relação a elas, flertava sem parar, mas, no fim das contas, enfrentaria qualquer um que tirasse vantagem de uma mulher. E, naquele momento, era uma pergunta cuja resposta o próprio Damon queria muito saber.

— Eu decepcionei o Damon — ela disse em uma voz clara. — Não tive consideração por ele, quando consideração é tudo o que ele tem por mim. Depois, fui confrontada a respeito das minhas atitudes e, num momento de raiva, tentei envergonhá-lo. Aceito a punição.

— Mesmo sem saber o que é? — Micah persistiu.

— Ele não vai me machucar — disse ela. A convicção absoluta em sua voz percorreu toda a sala, e houve vários acenos de aprovação dos amigos presentes.

Micah olhou de volta para Damon, com evidente satisfação por Serena estar agindo por vontade própria e não precisar ser salva. Os lábios de Damon se contraíram, divertidos.

— Você teria brigado comigo se ela dissesse que estava aqui contra a vontade? — perguntou a Micah.

— Pode crer — disse Micah com uma risada. — Nem que fosse para eu ser o herói e carregá-la em direção ao pôr do sol.

Damon virou-se formalmente para Serena e a observou, sem emoção ou inflexão na voz.

— Você ganhou duas punições. Uma eu vou administrar agora, na presença das pessoas que você tentou ofender. A outra, que é por sua falta de consideração comigo, vai ser administrada em particular.

Ela olhou para ele com calma e balançou a cabeça em aceitação, mas Damon podia ver seu corpo tremendo e a brancura dos nós de seus dedos, curvados em punhos cerrados.

— Siga-me — ordenou ele ao se dirigir ao centro da sala.

Fez sinal para Robbie pressionar o botão que faria cair as amarras do teto. Os olhos de Serena se arregalaram quando viram as duas algemas individuais suspensas, descendo devagar.

Quando estavam baixas o bastante, ele a pegou pelos punhos e prendeu cada um, certificando-se de que não apertassem forte demais em sua pele. Então, ele acenou para Robbie, que levantou as algemas até que os braços de Serena estivessem esticados acima da cabeça.

De um dos armários perto da televisão, Damon pegou uma barra de extensão com algemas de tornozelo. Prendeu as pernas dela de cada um dos lados, abrindo-a de modo que os calcanhares deixassem o chão. Ela agora estava completamente vulnerável e indefesa.

Damon não pôde conter a onda de excitação mesmo que o motivo da punição fosse algo que o perturbasse muito. Não traria benefício algum gastar tempo demais em pensamentos obscuros quando uma experiência tão prazerosa o aguardava.

Serena ficava linda amarrada. A submissão absoluta e a aceitação de sua autoridade sobre ela enchiam Damon de humildade e o faziam ter esperanças novamente. Mesmo que a amaldiçoasse por inspirar tal esperança.

Pegando seu longo cabelo solto nas mãos, ele colocou os fios cuidadosamente sobre os ombros dela, para que deixassem as costas à mostra. Em seguida, deu a volta para olhá-la nos olhos, as mãos no cinto.

— O seu castigo é uma chicotada para cada um dos meus convidados que você desrespeitou, o que significam doze. Para cada uma dessas pessoas eu também vou ter uma chicotada para mim. Isto é, vinte e quatro no total. Não vou ser brando. Você vai me dar prazer e não vai receber nenhum em troca. Tem alguma coisa a dizer, antes de começarmos?

Capítulo 30

Não.

Serena sabia que era a palavra que Damon esperava ouvir. Ele queria que ela dissesse? Queria pressioná-la até ela não ter escolha a não ser desistir de tudo e colocar um ponto-final?

Não, havia algo diferente em seus olhos. Ele se esforçava para esconder, mas ela enxergava. Um lampejo de... esperança? Ele não queria que ela desistisse, mas também não a obrigaria a aceitar.

Travou o olhar com o dele, na esperança de que os seus olhos dissessem mais do que palavras jamais diriam. Ela sacudiu a cabeça em silêncio e se preparou para a dor e a vergonha do que estava por vir. Aquilo tudo era dela. Pertencia a ela e assim aceitaria, com dignidade e humildade.

Ele desabotoou o cinto e o puxou das calças. À vista de todos, cuidadosamente o dobrou e o entregou a Micah, que mais uma vez olhou para Serena com ar questionador.

Ela fechou os olhos por um breve instante, abriu-os em seguida e assentiu para Micah, para que ele soubesse que aceitava. Ele pegou o cinto de Damon, deu a volta e parou atrás dela.

— Você vai olhar para mim e só para mim — disse Damon.

Seus braços já doíam pela tensão, e os dedos estavam dormentes da estranheza de ser esticada de forma que todo o seu peso se apoiasse na parte da frente da sola dos pés.

Mais uma vez ela concordou, apenas esperando que ele seguisse em frente. Mas deveria saber que não seria assim. Damon não era nada senão paciente e rigoroso.

O primeiro golpe de cinto a assustou. Seu corpo inteiro estremeceu, e ela gritou quando a dor explodiu sobre as costas.

Dedos fortes se cravaram em seu queixo e o forçaram a se erguer do peito, onde estava caído.

Seu olhar encontrou o de Damon, que a observava duro e penetrante.

— Para mim, Serena minha. Olhe para mim. O tempo todo.

Ela ergueu o queixo, desvencilhando-se do toque, e se preparou para o próximo golpe. Desceu como fogo. Desta vez, na bunda.

Quando não emitiu som algum e continuou com o olhar cravado em Damon, Serena viu a aprovação faiscar nos olhos dele. Era óbvio que a última coisa que desejava era que ela se dissolvesse em uma massa feminina de choro.

A próxima chicotada veio mais rápida, cruzando seus ombros, onde a pele se franzia por causa dos braços esticados acima da cabeça.

Ela fechou os olhos e soltou a respiração em um longo assobio.

Os dedos de Damon levantaram seu queixo, e ela abriu os olhos para ver reprimenda nos dele.

— Some outra chicotada por conta da desobediência — Damon disse para Micah.

Ela respirou fundo e o fitou com mágoa nos olhos.

— Para mim, Serena. Olhe para mim. Toda vez que você me desobedecer, vou adicionar outra chicotada.

O golpe seguinte recaiu sobre o meio das costas, e ela apertou os dentes no lábio inferior, mas manteve os olhos abertos e dirigidos a Damon.

Micah dividiu as chibatadas igualmente por toda a área das costas e das nádegas, com cuidado para não bater duas vezes seguidas no mesmo local. Quando chegou ao número onze, as costas inteiras de Serena latejavam e doíam com intensidade abrasiva.

Na décima segunda, Damon pediu para parar. A esperança cresceu dentro dela. Talvez o tivesse agradado o suficiente para que ele perdoasse as treze restantes.

— O resto eu quero na bunda e só na bunda — disse Damon. — Quero que fique vermelha. Linda, como ela. Alternando os lados, mas não meça esforços.

O corpo de Serena ficou rígido, e ela sugou o ar com força, o protesto quase afluindo dos lábios.

— Só vai doer mais se você ficar tensa — Damon murmurou. — Relaxe, e não vai doer tanto.

Ela respirou fundo durante um longo instante e forçou os músculos a se submeterem. Assim que relaxou o corpo nas amarras, a primeira chibatada, mais forte do que antes, atingiu seu traseiro.

Elas se sucediam rápidas e furiosas, sem intervalo. Micah definiu um ritmo implacável, destinado a testar os limites de sua resistência. Presa no olhar amoroso de Damon, cuja força sangrava dentro dela, dando-lhe apoio, Serena sentiu a dor diminuir. O que fora dado como punição tornava-se intensamente prazeroso, e, apesar disso, ela sabia que não era para ser assim.

A sala se tornou nebulosa ao seu redor, e Serena começou a deslizar para além das restrições imediatas das amarras, dos vergões que se erguiam em suas nádegas. Um suspiro suave escapou de sua boca, e ela parou de contar mentalmente os golpes fortes que caíam.

Damon era tudo o que conseguia enxergar. Sua mão em concha segurava-lhe o queixo, dando apoio mesmo durante a punição. Seu olhar era duro, mas se mostrava orgulhoso; um orgulho no qual ela se deleitou.

Faça isso por mim.

Era como se ouvisse as palavras em voz alta. Como se ele pedisse para compreender, para aceitar porque ele exigia, porque ela queria agradá-lo.

E assim ela fez.

O pesar gotejava sobre o prazer. Arrependimento por tê-lo decepcionado.

— Desculpe — ela sussurrou quando desceu a chicotada final.

Damon segurou seu rosto nas mãos e beijou suavemente as lágrimas que ela não percebera que tinha derramado.

— Serena minha.

Ele disse seu nome como uma bênção, e sua aprovação quente foi tudo o que ela sentiu naquele momento. A dor diminuiu. A tensão aliviou em seus braços, e as solas dos pés encontraram o chão novamente.

As mãos de Micah tocaram o topo de seus ombros e pressionaram para baixo com firmeza. De início, ela não entendeu o que ele queria. Ainda estava zonza, com as costas sensíveis demais. Tremores leves percorriam seu corpo ao mais suave toque. Sua pele estava viva, arrepiada, tensa com a necessidade não satisfeita.

Damon foi mais paciente desta vez, esperando por ela.

— De joelhos — Micah murmurou perto de seu ouvido.

Seus joelhos se dobraram no mesmo instante, e Micah a pegou por baixo dos braços para impedir os joelhos de baterem no chão.

Na frente dela, Damon abriu as calças, puxando o zíper com precisão deliberada. A mão de Micah se entrelaçou no cabelo dela, forçando sua cabeça para cima, bem na hora em que Damon enfiou a mão dentro das calças e tirou o pênis.

Damon deu um passo à frente, a ereção entre os dedos. Com as mãos de Micah na base do pescoço de Serena, forçando a cabeça para trás, Damon colocou a palma na testa dela e guiou o membro entre seus lábios.

Diferente do leilão, quando ele tivera que repreendê-la por tomar o controle, desta vez ela estava exausta e o deixou usar sua boca como quisesse.

Micah segurou seu pescoço enquanto Damon investia várias vezes no fundo de sua garganta. As palavras de Damon ecoavam em sua mente.

Você vai me dar prazer e não vai receber nenhum em troca.

Mas ele estava errado. Seu prazer estava vinculado ao dele.

Serena se abriu totalmente, seu olhar em busca do dele. Os olhos de Damon reluziam logo acima. Micah posicionou sua cabeça mais para trás, para que Damon estivesse praticamente montando no rosto dela.

Damon afundou em sua boca até que os lábios encontrassem os pelos grossos na base do pênis. Por um longo momento ele permaneceu lá, parado, o saco pressionado firme ao seu queixo.

Ela se mexeu, mas as mãos de Micah apertaram mais forte em torno de seus cabelos e Damon pressionou mais. O olhar dela ergueu-se de repente outra vez, procurando o dele, e imediatamente ela se acalmou.

Ele recuou, deslizando o pênis inchado sobre a língua dela até que a cabeça estivesse apoiada em seu lábio inferior. Ele baixou a mão e segurou seu queixo. O pênis estava posicionado, pronto para entrar de novo.

— Quanto mais você resistir, mais tempo eu vou fazer isso durar — disse Damon. — Você é minha, Serena. Seu corpo é meu. Sua boca é minha. Sou seu dono. Estou fodendo a sua boca porque ela pertence a mim. Vou usá-la por quanto tempo eu quiser antes de gozar, e você vai engolir tudo o que eu te der.

Em resposta, ela simplesmente abriu mais a boca para demonstrar sua submissão. Imediatamente, ele foi para a frente, enfiando-se em suas profundezas.

Ela controlou a vontade de lutar, de engasgar e rejeitar o pênis que ia tão fundo em sua garganta. Precisou de todas as suas forças, mas se concentrou nos olhos dele, aprisionada no calor e na aprovação que encontrava ali, e, assim, ela bloqueou todo o resto.

Assim que ela cedeu, ele parou de prolongar o orgasmo e aumentou o ritmo até penetrar sua boca como se fosse a vagina. As bochechas de Serena se curvaram para dentro e os ruídos do membro deslizando na saliva preencheram a sala. Damon continuou a bombear com força, dentro e fora de sua boca.

O fluido que antecede o gozo espirrou e revestiu sua língua; o pênis estava ficando maior. Dois homens seguravam sua cabeça. Ela estava impotente e imóvel. De joelhos, as pernas abertas e amarradas, um pênis possuindo sua boca com força implacável. Foi quase como se estivesse tendo uma experiência extracorpórea, pois, assim como com as chibatadas, ela deslizou para além dos limites de seu corpo e flutuou livre, inebriada com um prazer que não entendia, mas que abraçava com todo o seu ser.

O rosto de Damon saiu de foco, mas ela o sentia. Suas mãos, sua força, seu pau e, finalmente, sua própria essência. Masculina, primitiva.

Ela bebeu com avidez, determinada a não rejeitar nenhuma gota do que ele oferecia. Nas mãos dele, encontrou um conforto que nunca tinha imaginado. Uma segurança e um refúgio seguro que nunca conheceria longe de seus braços. Serena sabia disso, aceitava como uma verdade irrefutável.

— Serena.

Ouviu seu nome. Macio e suave. A distância.

— Serena minha.

Amoroso. Terno e demonstrando aprovação.

Um sorriso sonhador repuxou seus lábios, e foi então que ela percebeu que Damon tinha saído de sua boca. As mãos de Micah haviam deixado seu cabelo. Mãos gentis a estavam levantando e dedos tiravam as amarras de seus tornozelos.

Suas pernas tremeram, e seu corpo oscilou de forma perigosa, mas ela foi amparada por um peitoral rígido. Palavras sussurradas derreteram-se em seus ouvidos. O rosto de Damon entrou em foco. Ela piscou. Uma vez e depois duas.

— Vá e ajoelhe perto da minha poltrona — ele disse em voz baixa. — Você vai ficar lá até que os nossos convidados tenham ido embora. Vou te levar comida e bebida assim que todos tiverem sido servidos.

Entorpecida, ela deu um passo à frente. Embora Damon a deixasse caminhar sozinha, a estava seguindo de perto, e ela sabia que ele não a deixaria cair.

Ao despencar de joelhos no almofadão macio ao lado da poltrona, um gemido baixinho escapou de seus lábios antes que ela pudesse engoli-lo de volta. O fluxo cálido e inebriante de prazer desvaneceu e foi substituído por uma dor pulsante por toda a área de suas costas latejantes e nádegas.

A consciência dos arredores ressurgiu enquanto ela observava a atividade na sala voltar ao normal. Foi ignorada na maior parte do tempo, salvo por um ocasional olhar curioso lançado em sua direção.

Serena manteve-se rígida, determinada a não decepcionar Damon, ainda mais na frente dos amigos. Seu maxilar doía de ter sido apertado tão forte, mas ela não permitiria que qualquer som de desconforto escapasse.

Como poderia ter migrado daquela indecisão de poucas horas antes até alcançar a completa e absoluta aceitação das exigências de Damon? A distância teria mudado sua perspectiva? A proximidade a teria deixado cega para toda a razão?

O que a havia possuído a provocar Damon como tinha feito? Na hora tinha ficado com raiva, irada, mais por causa de sua própria indecisão e frustração do que por qualquer coisa que ele tivesse feito. Agora se sentia apenas tola.

E ela ainda tinha mais um castigo para sofrer.

Seus ombros se curvaram, mas não de medo e sim de arrependimento.

Do outro lado da sala, Damon estava com Micah e outro homem. Conversavam em voz baixa, parando às vezes, quando outros se juntavam a eles. Damon estava à vontade com aquelas pessoas. Sorria com facilidade e gesticulava.

Um rubor inundou as faces de Serena quando, em dado momento, ela obviamente se tornou o assunto da conversa, pois todos se viraram para olhá-la. Um homem fez um gesto em sua direção e deu um largo sorriso para Damon, cuja expressão se transformou depressa, tornando-se sombria.

Não era preciso ser um gênio para entender o que o homem queria.

Ela baixou a cabeça, recusando-se a olhar mais para aqueles que a observavam.

— A sua vergonha se torna a dele.

Serena levantou a cabeça para ver Robbie parado a uns trinta centímetros, segurando uma bebida e olhando para Damon a distância.

— Fique de cabeça erguida para que ele possa erguer a dele também. Encha-o de orgulho.

Ela resistiu à ideia daquele homem lhe dizendo qualquer coisa, mas também não queria causar mais constrangimento a Damon do que já tinha causado.

Seu olhar percorreu o rosto de Robbie com indiferença antes que assentisse com a cabeça, aceitando a instrução.

Com evidente satisfação, ele se afastou e se juntou a uma mulher bonita do outro lado do cômodo. Sua escrava? O toque era possessivo ao deslizar pelas costas dela e depois em torno de sua cintura. A mulher deu um sorriso acolhedor e ele se inclinou para afagar sua orelha com o nariz. Havia um afeto claro entre os dois, ainda que a postura dela fosse submissa.

A próxima hora foi um teste de seu poder de permanência. As costas doíam, as pernas estavam doloridas de ficarem ajoelhadas. A coluna estava rígida por causa da posição, e ela não queria nada mais do que deitar e se enrodilhar em posição fetal.

Damon a havia ignorado pela maior parte da noite, lançando apenas um olhar ocasional ou outro, antes de se voltar aos seus convidados. Entre risadas e conversas, de maneira geral, Serena deixou de existir.

Então foi feito o chamado para o jantar, e, se Serena estava pensando que ficar exposta na frente de todos era difícil, o silêncio súbito da sala vazia foi pior. Os convidados encheram a sala de jantar, e ela só conseguiu ouvi-los a distância.

Poderia se levantar e ir embora. Nada a mantinha ali. Poderia ir para o quarto e rastejar para debaixo das cobertas ou poderia apenas sair, entrar no carro e ir para casa. Para seu apartamento, voltar para sua vida. Realizar as fantasias dos outros. Vender mentiras e meias verdades. Tons de cinza, sonhos de bolso e um dia de Sol.

Mas ainda assim estava ajoelhada ali, a determinação conduzindo-a de maneira implacável. Aquilo já não dizia mais respeito a ela ou à fantasia. Se fosse embora, se saísse dali, seu fracasso seria o de Damon. Ele não merecia isso, não quando só tinha lhe dado o que ela queria.

É isso que você quer?

As palavras vieram como um sussurro, uma fita macia trilhando caminho por sua consciência. Era uma pergunta que não podia responder. Ou talvez não quisesse.

Ela perdeu a noção do tempo e se assustou quando os convidados começaram a voltar para a sala de estar. Damon se aproximou, segurando uma bandeja. Sem dizer nada, ele se acomodou na poltrona ao seu lado. Com a mão suave, ele guiou sua cabeça até que ela descansasse em seu colo.

Um suspiro de contentamento, cansaço e alívio exalou da parte mais profunda de seu corpo.

Ele a alimentou, pequenas mordidas, colocando-as entre seus lábios. De vez em quando ele parava para oferecer uma bebida da taça ao lado.

Havia uma calma e uma intimidade em seus movimentos. Ele não apenas a alimentava de forma mecânica. Ele a tocava com frequência, pequenas e curtas carícias na bochecha, ou tirando uma mecha de cabelo de seu rosto. Quando o vinho escorria pelo canto de sua boca, ele limpava com o polegar e lambia o dedo.

Ela fechou os olhos e descansou o rosto na perna dele. Damon não fez qualquer tentativa de continuar dando comida. Em vez disso, ele simplesmente acariciou sua bochecha. Enquanto falava com os que estavam ao redor, seus dedos deslizavam nos cabelos e pela nuca de Serena, massageando com delicadeza.

Ela estava quase adormecida quando ouviu Damon dizer tchau. Seus olhos se abriram lentamente, e ele afastou a cabeça dela com cuidado quando se levantou. Serena perdeu um pouco o equilíbrio e depois o recuperou, observando Damon acompanhar os amigos até a porta.

Logo, só havia eles dois. Ele ficou parado na porta da sala de estar, observando-a. Naquele momento, ela desejou que pudesse ler seus pensamentos, desejou que fossem transmitidos no rosto, mas ele estava inexpressivo.

Uma apreensão nervosa vibrou no fundo de seu estômago assim que ela se lembrou da promessa de um castigo particular quando os convidados fossem embora.

Ela engoliu em seco, finalmente vendo-o começar a caminhar na sua direção. Damon parou a uma pequena distância e simplesmente estendeu a mão. Ela estendeu a sua e deslizou os dedos na mão quente que ele oferecia. Damon puxou-a até ficar de pé e a virou na direção do quarto.

Caminharam em silêncio e Serena sentiu o temor crescer a cada passo. O quarto estava escuro quando entraram, mas Damon não fez nenhum movimento para acender a luz.

— Precisa usar o banheiro antes de ir para a cama? — perguntou, perturbando o silêncio com sua voz profunda.

— Não — ela respondeu em voz baixa, incerta de que ele veria sua cabeça mexer se negasse sem dizer nada.

Damon a deixou a poucos metros da cama e foi puxar as cobertas. Quando terminou, ele se virou e pegou a mão dela. Sem saber o que ele queria ou o que faria, Serena o deixou guiá-la até o colchão. No entanto, ele apenas a colocou na cama e puxou as cobertas sobre ela assim que a cabeça se acomodou no travesseiro.

Sem uma palavra ou um gesto, ele simplesmente se virou e saiu, deixando-a ali no escuro.

Por um longo tempo, ela ficou ali, esperando, criando expectativa. A fadiga assentou-se sobre seus membros, mas ela lutou contra o véu do sono, à espera de que Damon retornasse.

A solidão a consumia. Ela o queria ali, mesmo que isso significasse o castigo. Queria que ele voltasse e se acomodasse para que pudessem retornar ao companheirismo fácil do qual tinham desfrutado durante a semana em que ela se dedicara exclusivamente a ele. Queria dizer a ele que estava arrependida.

Ela observava o relógio, encolhendo-se com cada minuto que passava. Depois de uma hora, a desolação a encobriu como um nevoeiro. Onde ele estava?

Ela se encolheu, puxando os lençóis ao seu redor na tentativa de obter conforto contra o frio que a invadia. Cansada como estava, por mais que lutasse contra a vontade de dormir, aquilo não era certo. Ele não a tinha amarrado. Ele não tinha vindo para a cama.

Ali, encolhida no escuro, sozinha com a melancolia que a perturbava insidiosamente, a consciência sombria se fez. *Este* era o seu castigo, e era pior do que as cintadas.

Capítulo 31

Damon estava sentado na cadeira de frente para a cama, observando Serena dormir, com o amanhecer derramando-se pela janela acima de seu ombro. Ele tinha dormido pouco, optando por trabalhar até tarde da noite. Havia cochilado por algumas horas no sofá do escritório antes de ir até ali para estar com Serena quando ela acordasse.

O rosto dela estava virado para ele, e Damon via a prova das lágrimas secas nas bochechas. A ideia de que a magoara com sua ausência não o fazia se sentir melhor. A punição era necessária. Serena estava oscilando entre os dois mundos: um deles era uma criação sua, o outro era sua escolha. Mas não o acalmava o fato de que tinha causado dor a Serena. A dor dela era a sua. A alegria dela era a sua.

Ele… a amava.

Sacudiu a cabeça em negação, embora não houvesse ninguém para ver. Um homem inteligente aprendia com seus erros. Já amara antes uma mulher que não podia segurar; ele apenas não tivera consciência disso até ser tarde demais. Desde o início ele sabia que não poderia ter Serena, e deveria ter sido fácil manter os sentimentos longe do acordo que tinham.

Deveria existir outra maneira de dizer que havia arruinado tudo.

Passou a mão pelo cabelo e inclinou a cabeça para fitar o teto. Que porra faria pelas próximas três semanas? Continuaria vivendo uma mentira, enquanto se culpava um pouco mais ao longo do processo?

Ele abaixou a cabeça até que mais uma vez encontrasse o contorno suave de Serena aninhada na cama. Sua cama. Sua mulher. O que não daria para que tudo fosse real...

Três semanas. Poderia ter o que ela oferecesse ou não ter nada. Valeria a pena ter três semanas, sabendo que ela iria embora depois? Serena agora estava perto de acordar. Tinha visto isso nos olhos dela, mesmo que esperasse do fundo da alma que ela fosse ficar.

Tudo ou nada era uma mentira. Nunca funcionava dessa maneira. A vida era pegar o que fosse possível quando fosse possível, e sobreviver quando não fosse o suficiente.

Sim, ele aceitaria as três semanas, porque, quando tudo acabasse, seria tudo o que teria dela para se agarrar. A memória de quando, por um tempo, ela fora sua.

Serena acordou de um sono forçado, com os olhos pesados e inchados. Por um instante, apenas olhou pela janela, quando percebeu que ainda estava sozinha na cama. Então seu olhar se voltou para a cadeira ao lado da janela, e ela piscou quando viu Damon sentado ali, inclinado de lado.

Dormindo.

Ela afastou as cobertas e seus pés tocaram o chão quando ela se apressou para sair da cama. Ignorando a dor dos músculos e a ardência das costas, atravessou o chão voando.

Parou, então, na frente dele, as mãos estendidas para tocá-lo. Mas permaneceu parada, apenas apreciando sua aparência.

Ele parecia cansado, o cabelo estava despenteado e uma sombra da barba aparecia em seu queixo. Estava vestindo as mesmas roupas da festa da noite anterior. As mesmas roupas, menos o cinto que havia usado nas costas dela.

Havia um ar vulnerável em seu rosto durante o sono. Uma oportunidade de ver sua expressão desprotegida. Devagar, ela caiu de joelhos entre as pernas dele e apoiou a cabeça em sua coxa.

Ele se mexeu, e ela pegou sua mão, entrelaçando seus dedos. Depois levou a mão aos lábios e a manteve ali.

— Serena — ele sussurrou.

Apesar de ter sido difícil, e de temer o que veria nos olhos dele, ela levantou a cabeça para encontrar seu olhar. Não queria pensar na aparência que tinha, tão aberta e exposta, seus sentimentos e incertezas tão evidentes, mas ela devia isso a ele.

— Sinto muito — ela murmurou. — Você não merecia a forma como eu te tratei ontem. Você tem sido tão bom para mim, Damon.

Ele ergueu a mão para segurar o queixo dela, esfregando o polegar carinhosamente sobre sua bochecha.

— Você fala como se estivesse dizendo adeus — ele respondeu, e ela ficou surpresa ao ouvir uma nota de tristeza em sua voz.

— Pensei que você queria que eu fosse embora. Não estou me mostrando uma escrava muito boa — Serena disse com ironia.

Ele acariciou sua face, os dedos roçando a maçã do rosto.

— Quero que você fique, Serena minha. Quero mais do que qualquer coisa.

— Então eu fico.

A determinação nas próprias palavras a fez estremecer. Pareciam muito definitivas, quando ela mesma estava tão incerta. Não queria fazer uma promessa que não pudesse cumprir. Tinham um contrato, pelo amor de Deus. Um que podia ser rescindido se uma ou mais partes assim desejassem. Não era para ser pessoal. Era negócio.

— O que você está pensando? — ele perguntou. — Uma sombra cruzou o seu rosto, e de repente você parece muito triste.

Ela suspirou e esfregou a bochecha contra a palma da mão dele.

— Não era para ter ficado tão...

— Envolvente? Sentimental? Doloroso?

Ela assentiu. Ele havia usado as palavras exatas. De que outra forma descrever a crueza e a dor que não tinham nada a ver com o beijo do cinto?

— Talvez a gente não deva continuar... com isso — disse ela.

— Não vou tomar a decisão por você — disse Damon. — Quero que fique, mas não posso e não vou exigir isso de você.

— Eu quero ficar aqui — ela disse, engolindo o soluço na voz.

— Então deveria ficar.

— Você faz parecer tão simples.

Ele puxou seu queixo e esfregou o polegar sobre o lábio inferior.

— É simples. Se você quer ficar, então não vá.

— Sinto como se eu tivesse perdido alguma coisa. Uma parte de mim mesma, mas eu não sei o quê, então, como posso ter perdido?

— E o que você ganhou? — ele perguntou suavemente.

Ela o encarou com olhos arregalados, a pergunta atingindo-a com força suficiente para deixá-la sem fôlego. Ganho. Perda. A vida não era um processo eterno dos dois?

Ela olhou para baixo, sem saber o que dizer. Ele virou o punho para olhar para o relógio e fez um som de pesar.

— Você vai se atrasar se não tomar banho e se vestir agora, Serena minha.

Ela deitou a cabeça em seu colo por um longo instante enquanto os dedos dele percorriam seus cabelos. Ela, então, concordou com a cabeça e se levantou na frente dele. E esperou.

Ele trouxe sua mão aos lábios e a beijou.

— Agora vá, Serena. Vou cuidar do seu café da manhã enquanto você se arruma para o trabalho. Vou estar na sala de jantar.

Capítulo 32

— Você não pode nos evitar para sempre, Serena. Não pense que não vou aparecer no seu escritório e te arrastar para fora, nem que for gritando e esperneando — Faith disse quando Serena atendeu o telefone do escritório.

Serena suspirou e colocou a palma da mão na cabeça, que doía. Escorregou mais para a frente na cadeira, pois sempre que encostava no couro irritava suas costas ainda sensíveis.

— Estou ocupada, Faith, tentando me atualizar depois de ter ficado afastada do trabalho por uma semana.

Faith fez um ruído com o nariz.

— Você está me evitando e nós duas sabemos disso. Fique feliz que sou eu e não a Julie.

— É, e então, por que não é ela? — perguntou Serena. — Não é a cara dela perder uma oportunidade de ser enxerida.

— Ela está muito ocupada tramando alguma.

— Não quero nem saber — respondeu Serena. E não queria. Estava cansada demais e tinha muita coisa na cabeça para se preocupar se Julie ia ou não fazer algum avanço em relação a Nathan. Ela disse isso a Faith.

— Acho que ela vai desistir do Nathan. Bom, depois de colocar em prática o plano para mostrar o que ele está perdendo.

Serena revirou os olhos com divertimento apesar do peso que a atormentava.

— Você talvez deva saber que ela planeja falar com o Damon.

— *O quê?*

— Não pessoalmente, e não até o final do seu mês — Faith se apressou a dizer. — A Julie quer que ele crie uma fantasia para ela.

— Pelo amor de Deus — Serena murmurou. — Ele não é um maldito cafetão.

— Falou a mulher que o procurou pelo mesmo motivo — apontou Faith.

— Você não está subindo no meu conceito no momento, Faith.

— Se isso fizer você se sentir melhor, tanto o Gray quanto eu tentamos tirar isso da cabeça dela. Por motivos diferentes, claro. Não tenho problema com o estabelecimento do Damon, apenas com a motivação da Julie. O Gray odeia a The House e eu acho que ele tem medo de que a Julie me arraste para lá com ela. — Faith terminou com uma risada.

Serena não queria pensar sobre o fim do seu tempo com Damon, nem que Julie o procuraria para pedir ajuda. Quem poderia dizer que ele não iria se voluntariar para a fantasia dela?

A culpa a incomodava só de pensar. Nada que Damon jamais tivesse dito ou feito a faria pensar que ele encarava o sexo com tanta casualidade, a ponto de pular para a cama de sua amiga. E por falar em amigos...

— Faith, sobre o Micah.

— Que que tem o Micah? — perguntou ela.

— Você e ele... bem, você, ele e o Gray têm um acordo? — Deus, como é que poderia colocar aquela pergunta?

— Por que você está perguntando? — indagou Faith baixinho.

Merda.

— Ele me viu pelada. O Damon não tinha planejado as coisas desse jeito, imagine. Foi a minha própria culpa. Mas depois ele meio que participou do meu castigo, e, bem, depois, lembrei que você e ele... isto é, você, ele e o Gray... Bom, eu me senti mal por isso.

— Serena, não existe nada entre mim e o Micah, a não ser uma profunda amizade. Eu o amo muito, e sim, nós transamos. Uma vez. Não temos acordo. O Gray teria um infarto se alguém sugerisse uma coisa dessas. Mas, bom, você sabe que vai ter que me contar tudo sobre esse castigo do qual o Micah participou, porque parece um absurdo de excitante.

Serena gemeu.

— Olha, nós podemos fazer isso outra hora? Você já se certificou de que estou viva e bem, e realmente preciso colocar o trabalho em dia. Além disso, com certeza eu não quero me atrasar hoje e causar ao Damon o mesmo sofrimento que causei ontem à noite.

— Mas você está bem? — Faith perguntou baixinho. — Não tive a impressão de que as coisas estavam bem ontem. Estou preocupada com você, Serena. Estou preocupada com você desde que essa história começou. E estou preocupada com o Damon. Não quero que nenhum de vocês sofra.

— Eu também não quero que a gente sofra — murmurou Serena. — Mas tenho medo de que possa ser tarde demais.

— Ah, Serena. — A voz infeliz de Faith atravessou a linha. — Quer que eu vá almoçar com você?

— Agradeço muito sua tentativa de ajudar, Faith. De verdade. Mas isso é algo que eu mesma tenho que resolver.

— Entendo, mas preciso dizer uma última coisa. Se você não pode dar ao Damon o que ele quer, o que ele precisa, então deixe-o livre.

Serena olhou para o telefone por um longo tempo depois que Faith desligou. Deixe-o livre. Parecia tão fácil. E deveria ser. Quem diabos formava uma ligação, depois de apenas uma semana?

Certo, tinha sido mais de uma semana. Mas não muito, e ainda era cedo demais para criar tanto sentimento por outra pessoa.

Mas isso não era importante. Eles queriam coisas diferentes, e não coisas insignificantes como comida preferida ou marcas diferentes de creme dental. Damon queria uma mulher como Serena tinha fingido ser na semana anterior, e ele a queria em definitivo.

— Serena?

Ela ergueu os olhos para ver Carrie parada na porta de sua sala. Franziu a testa. Carrie tinha chorado.

— O que foi? — perguntou abruptamente.

— A sra. Tasco acabou de ligar.

— Aconteceu alguma coisa de errado com o cruzeiro? — perguntou Serena.

Os olhos de Carrie se encheram de novas lágrimas.

— Não, na verdade, foi perfeito. A sra. Tasco disse que nunca tinha visto a Michelle tão feliz. Eles retornariam ao porto hoje. Michelle morreu dormindo ontem à noite.

Serena ficou completamente imóvel. Seu peito doía e uma pressão estava ficando mais forte.

— Eles só queriam agradecer — disse Carrie em uma voz embargada. — Disseram que as últimas horas da Michelle foram repletas de alegrias e maravilhas. A festa de princesa que você organizou foi o ponto alto da vida dela.

— Descubra quando vai ser o funeral — disse Serena. — Mande flores.

Carrie ficou ali com uma expressão de surpresa.

— Isso é tudo? É tudo o que você tem a dizer?

— Só faça isso, Carrie. E, se for só isso, agora estou muito ocupada.

Carrie girou nos calcanhares e saiu da sala de Serena batendo a porta atrás dela. Por um longo momento, Serena fitou a porta fechada. Depois baixou a cabeça na mesa, enterrando o rosto nos braços.

Seus ombros tremeram incontrolavelmente quando as lágrimas vieram. Estava enganando a si mesma. O que proporcionava aos clientes não era real. Não era nem mesmo um substituto para o real. Ela lidava com jogos e enganação.

Poderia dar a uma menininha a pompa de ser uma princesa, mas não podia dar o mais importante: uma vida longa e saudável com pais que a amavam.

Damon estava errado. Sonhadores morriam, sim. Morriam todos os dias.

Damon estava sentado na poltrona quando Serena entrou pela porta naquela tarde. Colocou o laptop de lado e olhou para cima, pronto para chamá-la mais para perto. Sua recepção morreu assim que viu o rosto pálido e tenso.

Ela deixou cair a valise ao lado da porta e tirou os sapatos quase de forma mecânica. Depois caminhou devagar na direção dele, o olhar cheio de tristeza. Parecia ter chorado, mas agora seus olhos estavam completamente secos.

Damon levantou-se e atravessou a sala para ir ao seu encontro. Assim que chegou perto, um pequeno grito irrompeu dos lábios dela e Serena se jogou em seus braços. Ele a puxou e a abraçou, os soluços escapando de seus lábios, caindo asperamente nos ouvidos dele.

Ele a guiou até o sofá, meio carregando-a e meio ajudando, e se sentou, colocando-a no colo.

— Serena, me diga o que aconteceu. Está com dor? O que aconteceu?

Ela escondeu o rosto em seu pescoço e o abraçou com força, os dedos cravando em sua pele. Os soluços continuaram a se derramar. Ele apenas a envolveu nos braços, até que ela enfim se acalmasse e ficasse inerte no seu peito, exaurida.

— Serena?

Ela ficou tensa e deu um leve suspiro, seu corpo parecia pequeno e frágil no dele. O medo apertava a garganta de Damon, pois ele já sabia o que Serena diria.

— Vou embora, Damon — ela disse em uma voz rouca, baixa. — Rasguei o contrato. O acordo acabou. Você está livre.

Ele ficou imóvel. A dor do anúncio o chocava com ferocidade quando não deveria. Sabia que isso aconteceria, e ainda assim sentia cada palavra como uma faca serrilhada sobre o coração.

— Por quê? — ele quis saber.

Ela começou a se afastar, quase violenta em seus movimentos, tentando se libertar daquele abraço. Mas Damon não a soltaria. Não, ela teria que enfrentá-lo e dar o motivo, droga. Ele não tornaria as coisas fáceis, quando aquela era a situação mais difícil com que já se confrontara.

Pegou os punhos dela e os segurou perto do peito.

— Por que, Serena? Você me deve uma explicação.

— Não te devo explicação alguma — disse ela em uma voz fria. — Qualquer uma das partes pode rescindir o contrato se tiver vontade.

— Não dou a *mínima* para o maldito contrato. Isto não tem nada a ver com a porra de um papel, Serena. Isso somos você e eu e o que a gente compartilhou, e eu mereço saber por que você está jogando isso fora.

— Não posso mais viver uma mentira — ela sussurrou. — Isso dói. Tudo o que faço é uma mentira. Não é real. Não pode ser real. Não posso dar às pessoas o que elas realmente querem ou precisam e você não é diferente. Não posso te dar o que precisa, Damon, então vou te deixar livre.

Ele a olhou fixo quando a explicação confusa caiu dos lábios dela. Serena se afastou outra vez, e desta ele deixou.

Ela se virou para ir, mas, antes que desse um passo, ele disse seu nome. Ela hesitou, mas não se virou.

— Eu te amo, Serena.

Desta vez, ela parou. Damon podia ver seus ombros tremendo, seus dedos se curvando em punhos cerrados ao lado do corpo.

— Fique — ele murmurou.

Lentamente, ela se virou, a devastação escrita em seu rosto. A boca se apertou e a garganta foi para cima e para baixo, acompanhando o movimento de engolir.

— Não — ela sussurrou.

E lá estava. A única palavra que nunca dissera. A única palavra que ele dissera que a libertaria. A dor de Damon era impressionante e feroz. A conclusividade de tudo aquilo o atropelou até que mal pudesse ficar de pé.

A mão de Serena voou para a boca e ela fez um ruído de dor, um ruído de sofrimento que apenas um animal poderia fazer. E então ela correu.

Capítulo 33

Serena sabia que estava indo longe demais, sabia que estava evitando os amigos e sabia, sem dúvida, que não tinha a menor chance de esquecer Damon.

Era uma covarde, uma bruxa, e estava de coração partido.

Não tinha ido ao funeral de Michelle. Carrie estava furiosa e a tinha chamado de sem coração. Serena não negava. Se tivesse qualquer coisa parecida com um coração, não teria amarrado Damon nessa história, fazendo promessas que não poderia cumprir. Ah, não tinha feito nenhuma promessa abertamente, mas mergulhara na fantasia de cabeça. Havia se perdido em algo que não era real. Tinha desejado aquilo. Tinha desejado demais.

Não, ir ao funeral não era algo com que pudesse lidar, mas, ainda assim, ela se viu caminhando lentamente em direção à lápide de Michelle enquanto as sombras do entardecer iam se alongando.

A terra recém-cavada estava sobre um pequeno monte, e uma enorme variedade de flores decorava o local. O olhar de Serena recaiu sobre a pedra brilhante, ainda tão nova, onde o nome de Michelle estava gravado. Lágrimas brotaram quando viu que, embaixo do nome, os pais haviam colocado um epitáfio.

Sempre a nossa princesa.

Serena ajoelhou-se e se inclinou cuidadosamente para colocar uma tiara no topo da lápide.

— Se existe alguma justiça, você está reinando no céu com um vestido rosa de princesa, uma tiara de diamantes e um cetro roxo — Serena sussurrou. — Sinto muito, não consegui fazer por você a coisa mais importante.

— Mas fez.

Serena girou sentindo culpa e viu a sra. Tasco ali parada, lágrimas brilhando nas faces.

— Sinto muito — Serena murmurou ao se levantar. — Não queria me intrometer. — Ela começou a se afastar, mas, aproximando-se, a sra. Tasco tocou seu braço.

— Por favor, não vá.

Serena hesitou, dividida entre a necessidade de estar longe antes que sucumbisse às lágrimas fervendo em seus olhos e a dor que viu refletida nos olhos de uma mãe.

— Ouvi o que disse, e você está errada. Não havia nada que alguém pudesse fazer pela saúde da Michelle. Deus sabe que tentamos. Consultamos inúmeros médicos, tentamos tratamento após tratamento, mas sabíamos... sabíamos que ela não tinha muito tempo. O que você fez foi dar a uma menina que tinha conhecido tanta dor e tristeza um motivo para sorrir, para rir, para ser feliz, mesmo quando sabia que estava morrendo. Por isso, srta. James, você sempre terá minha gratidão eterna.

A voz falhou com um soluço, e ela cobriu a boca com dedos trêmulos.

— Nunca vou poder retribuir a você pela visão do rosto da minha filha iluminado como se por um milhão de sóis, dançando na cerimônia de coroação, a bordo do navio de cruzeiro. Ou pelo olhar no rosto do pai dela quando a girou na pista de dança.

Ela envolveu Serena nos braços e a abraçou apertado, os soluços sacudindo seu corpo.

— Sinto muito pela sua perda — Serena sussurrou, sabendo que não era o suficiente, que nunca seria o suficiente.

— Obrigada. Eu e o pai dela agradecemos. Nunca vamos esquecer o que você fez pela nossa filha.

Serena tentou sorrir e não conseguiu. A sra. Tasco apertou sua mão e, devagar, passou por ela e se afastou do túmulo.

Uma leve brisa soprou e secou as lágrimas no rosto de Serena, mas nenhuma as substituiu enquanto olhava novamente para a tiara no topo da pedra.

Percepção e morte dos sonhos. Vida. Poderia declamar a bobagem toda sobre como as coisas eram cíclicas, mas isso não traria paz alguma de volta, e com toda a certeza não a faria se sentir melhor em relação à princesinha que queria tão pouco e oferecera tanto.

Exausta e deprimida, Serena começou a caminhar de volta para o carro. Embora o tempo estivesse quente e abafado, quase sem brisa nenhuma para quebrar o calor opressivo, ela envolveu o corpo com os braços e baixou a cabeça ao caminhar pela trilha bem cuidada do cemitério. Seus dedos estavam sobre o bracelete que Damon havia dado de presente, escondido sob a manga. Não tinha tirado. Nem a tornozeleira. Não conseguiria suportar.

Quando chegou ao estacionamento, colocou a mão no bolso da calça jeans à procura das chaves e, quando olhou para cima, viu Julie e Faith paradas ao lado do carro.

Não esperaram que ela reagisse, dissesse oi ou fosse embora. Aproximaram-se, uma de cada lado, abraçando-a pela cintura e pelos braços.

— O Gray disse que ele e o Connor pegariam o seu carro a caminho de casa — disse Faith enquanto conduzia Serena ao próprio veículo. — Você vem comigo e com a Julie mesmo que a gente tenha que te dar um nocaute.

Quando ela não ofereceu nenhuma objeção, Julie lançou um olhar preocupado.

— Você parece exausta, Serena. Quando foi a última vez que dormiu?

— Não dormi.

Ela fechou os olhos para evitar as lágrimas.

— Não desde que deixei o Damon.

Faith suspirou e a empurrou com delicadeza no banco da frente.

— Aonde vocês vão me levar? — perguntou Serena com a voz fraca, quando Faith deslizou para o banco do motorista.

No banco de trás, Julie se inclinou para a frente.

— A gente bem que poderia chamar de alguma daquelas coisas piegas tipo "intervenção", mas prefiro chamar de nós dando um chute no seu traseiro.

Serena riu, mas o riso soou duro e feio. Apoiou a cabeça no encosto e lágrimas quentes deixaram trilhas salgadas por suas bochechas.

Julie apertou seu braço e Faith deu marcha à ré para sair do estacionamento. Seguiram em silêncio, e Serena ficou de olhos fechados, não querendo ver a pena ou a preocupação nos olhos das amigas. Ainda não tinha ideia de aonde estavam indo, mas, se envolvesse comida e sono, certamente poderia aceitar.

Adormeceu e, quando acordou de novo, Faith e Julie a estavam puxando para fora do carro. Cambaleando para se firmar nos pés, sentiu o cheiro de sal e uma brisa do mar soprar suavemente por seus sentidos.

— Onde estamos? — perguntou, tentando afastar o embaçado dos olhos.

— Casa de praia — disse Julie.

Serena tinha a testa franzida enquanto subiam os degraus para a grande casa. Uma única luz brilhava da varanda, acolhedora e convidativa.

— Que casa?

— Importa? — perguntou Faith exasperada.

— Acho que não — Serena murmurou. — Contanto que tenha comida e um travesseiro.

— Eu diria que já era hora de você começar a falar sobre comer e dormir. Parece que não faz nenhum dos dois há uma semana — disse Julie.

Serena suspirou. Tinha perdido a conta dos dias. Não importava.

Faith destrancou a porta, e elas entraram. Julie voltou para fora a fim de buscar as malas, enquanto Faith largava Serena no sofá com instruções de ficar ali.

— Sim, mamãe — Serena respondeu em voz baixa.

Faith e Julie fizeram um estardalhaço, intimidaram, beliscaram e provocaram até que ela comesse tudo o que tinham posto no prato feito para ela. Serena temia o fim da refeição, pois sabia que era quando começaria o interrogatório. Entretanto, para sua surpresa, elas a mandaram para a cama.

— Durma um pouco, Serena — Faith insistiu. — Vamos estar aqui quando você acordar. Chega de tentar fazer tudo ao mesmo tempo.

Serena balançou a cabeça para mostrar que tinha ouvido, mas já estava entrando no mundo do sono.

Julie lançou um olhar para Faith e sustentou o dedo na frente dos lábios. Depois inclinou a cabeça na direção da porta. Saíram e fecharam a porta do quarto, antes de voltarem para a sala de estar.

— Preciso ligar para o Damon — disse Faith. — Ele está morrendo de preocupação.

— E para o Gray. Ele não estava morrendo de felicidade pela ideia de você vir até aqui sem ele — disse Julie.

Faith estremeceu.

— Eu mesma não estava morrendo de felicidade de vir, mas pelo menos não é a mesma casa de praia. O Damon vendeu aquela onde o Gray levou o tiro.

— Acha que estamos fazendo a coisa certa? — perguntou Julie. — Não consigo decidir, e ainda assim sei que não poderíamos ficar só assistindo à Serena se autodestruir. Inferno, Faith, o que a gente vai fazer quando ela acordar? Não tenho as respostas.

Faith fez menção de pegar o celular, mas parou no caminho.

— Sinceramente? Não acho que a Serena vá ficar melhor até que ela e o Damon fiquem juntos de novo.

— Por acaso eu mencionei que odeio amigos intrometidos? — resmungou Julie. — E odeio ainda mais que *eu* seja uma. Foi a decisão dela, Faith. Não podemos fazê-la voltar para o Damon.

— Eu disse para a Serena desistir dele — confessou Faith dolorosamente. — Eu deveria ter ficado de fora.

— Ah, cala a boca. A Serena não deixou o Damon porque você disse, e, se ela fez isso, é mais idiota do que eu pensava.

Faith disparou um olhar fulminante.

— Sabe, Julie, é incrível que a Serena e eu não tenhamos cortado a sua garganta. Se eu fosse você, dormiria com o sono bem leve esta noite.

— Ligue para o seu homem e depois ligue para o Damon. Acho que nunca vi um homem tão preocupado com uma mulher. Que coisa pegajosa.

— Vamos esperar que isso funcione — disse Faith, discando um número no celular.

Capítulo 34

A luz do Sol perfurou o globo ocular de Serena assim que ela abriu uma pálpebra. Com um gemido, ela se virou para afastar o rosto do Sol. Seu olhar recaiu sobre o relógio e viu que era exatamente meio-dia.

Cada músculo de seu corpo fez careta quando ela tentou se mexer, por isso apenas ficou deitada, ouvindo os sons distantes do golfo. O gorjeio de uma gaivota logo ali, seguido por outro e ainda outro.

Paz. Uma criatura doce e fugaz. Zombava dela em cada canto.

Faith e Julie esperavam do outro lado daquela porta e Serena ainda não estava pronta para ir. Enterrou-se mais fundo sob as cobertas, o sono ainda à espreita no horizonte. Era tentador se recolher e dormir até que esquecesse, até que a dor e a tristeza fossem embora. Mas já tinha se provado a maior covarde do mundo.

Com um suspiro, balançou as pernas para a lateral da cama e se levantou. Registrou que ainda estava com as roupas do dia anterior no instante em que viu o jeans e a camiseta sobre a cômoda encostada na parede.

Ao que tudo indicava, deveria acrescentar arrombamento à lista de crimes que Julie e Faith estavam acumulando. Obviamente, tinham invadido seu apartamento antes de raptá-la e contrabandeá-la para a praia.

Um sorriso suavizou a tensão em torno de seus lábios. Elas eram as melhores. Iriam arrastá-la de volta ao mundo, gritando e esperneando, iriam ouvi-la chorar, resmungar e lamentar, mas depois a mandariam calar a boca e superar tudo aquilo.

Recolheu as roupas e foi para o banheiro da suíte em que a tinham largado. Depois de um banho rápido, Serena quase se sentiu humana novamente. Vestiu-se e depois voltou para o quarto para pegar a jaqueta leve que tinha usado na noite anterior.

Sua mão encontrou o bracelete de novo, e ela traçou o contorno através da manga da jaqueta. Fechou os olhos, determinada a não ceder à tristeza a ponto de se chocar com sua mente. Recuperando a compostura, ela se arrastou pelo corredor, pronta para enfrentar suas sequestradoras.

A sala estava em silêncio e vazia, mas, quando Serena olhou pelas portas de vidro que se abriam para o deque de madeira com vista para o mar, ela viu Faith e Julie esparramadas em espreguiçadeiras, bebidas em punho.

Endireitou os ombros, respirou fundo e se dirigiu à porta. Assim que a abriu devagar, Julie e Faith sentaram-se e viraram para olhá-la.

— Bom, você parece melhor — disse Julie sem rodeios. — Não que esteja ótima, mas com certeza parece um degrau acima de cocô de cavalo amassado.

Serena deu um sorriso irônico.

— Obrigada, Julie.

Faith se levantou, pegou-a pelo braço e a conduziu no mesmo instante para uma espreguiçadeira.

— Sente-se — insistiu. Depois se dirigiu a Julie: — Traga um suco e alguma coisa para ela comer. Então vamos fazê-la falar.

Serena riu e se espantou de notar como aquilo soava estranho.

— Vai envolver dor?

— Só se você ficar de bico calado — disse Julie ao entrar.

Serena sentou-se na espreguiçadeira que Julie acabava de desocupar e se inclinou para trás, direcionando o rosto para o Sol. O calor espalhou-se sobre sua pele, mas, de forma estranha, ainda sentia frio por dentro.

— O que aconteceu, Serena? — perguntou Faith calmamente.

— Parei de tentar vender arco-íris e desejos.

— O que diabos isso significa?

— Significa que eu parei de mexer com fantasias, Faith.

— Mas e o seu negócio? Seus clientes? Serena, você fez muitas pessoas felizes.

Serena fechou os olhos. Muitas, exceto ela. Nisso tinha falhado grandiosamente e havia magoado um bom homem no percurso.

— Ok, então o que eu perdi? — Julie perguntou quando voltou. Em seguida, largou um prato no colo de Serena, forçando-a a reabrir os olhos. Depois estendeu um copo de suco.

— Pelo que parece a Serena não quer mais a Fantasy Incorporated — Faith disse de modo sombrio.

— Como?

— Vou vender a empresa — Serena disse com calma.

— Mas por quê? — Julie perguntou. — Foi uma ideia inovadora que você teve, era o seu bebê.

— Não é mais — murmurou Serena. — Outra pessoa pode assumir o controle e fazer o mesmo. Só não tem mais nada a ver comigo. Estou cansada de... fantasia. Não é real. Nada era.

— Certo, estamos falando aqui sobre os seus clientes ou sobre você e o Damon? — perguntou Faith.

As mãos de Serena tremiam em volta do copo de suco, fazendo o líquido subir perigosamente perto da borda. Ela se sentou mais para a frente, colocou o copo no descanso para pernas da espreguiçadeira e pôs o prato sobre o deque.

— O Damon merece alguém que não esteja apenas fazendo um jogo — ela sussurrou. — Alguém que não esteja em busca de uma fantasia e de emoções baratas.

Faith suspirou.

— Serena, você só experimentou por uma semana. E depois fugiu como o diabo da cruz.

Serena baixou a cabeça e cobriu o rosto com as mãos.

— Eu o amo, Faith.

— Meu Deus, calma aí — Julie interrompeu. — Eu estava te acompanhando até essa parte. Você ama o cara (depois de só uma semana, veja bem), mas, em vez de ficar para ver como as coisas se saem, você o dispensa? Faz todo sentido para mim.

— Você não entende — disse Serena quando levantou a cabeça outra vez.

Faith se inclinou para a frente na cadeira e pegou a mão de Serena na sua.

— Então faça a gente entender, Serena, porque você está, obviamente, sofrendo demais. Você andou nos evitando. Não está comendo. Não está dormindo. E a Julie está certa, sua aparência está péssima. Isso tem que acabar.

— Como é que a gente para de amar alguém? — perguntou Serena. — Nem sei se é ele que eu amo ou se me apaixonei pela fantasia que ele me deu. Está vendo só o meu problema? E como é que vou acreditar que ele me ama quando nunca mostrei a ele o meu verdadeiro eu, a verdadeira Serena? Ele ama uma fantasia. Ama o ideal que eu vendi a ele.

Faith soltou um longo suspiro. Pela primeira vez nem mesmo Julie tinha algo a dizer. Por fim, Faith deslizou mais para perto de Serena e a fitou com olhos duros.

— Tem certeza de que você não mostrou a ele a verdadeira Serena? — perguntou suavemente. — Será que o mero pensamento do que ele quer te enoja tanto?

— Foi um jogo — respondeu Serena. — Um papel que eu interpretei, um papel que ele interpretou.

Faith ergueu a mão.

— Não importa o que você pense sobre as suas ações, posso te garantir que o Damon nunca encenou um personagem. O que você viu, o que você recebeu, foi o Damon. Ele não faz jogos. Sim, ele entrou num acordo, mas foi porque você queria o que ele poderia te oferecer. Ele não precisou fingir, Serena. Aquele foi o Damon real.

— Olha, agradeço o que vocês estão tentando fazer. Acreditem. Mas não quero falar sobre isso. Não quero remoer o assunto, porque isso foi tudo o que eu fiz na semana passada. Só quero esquecer.

Enquanto falava, Serena sentiu um calafrio serpentear pelas veias, e puxou o casaco mais apertado em torno do corpo. Talvez estivesse ficando doente. Deus sabia que ela não andava cuidando nadinha de si mesma.

O Damon teria tomado conta de você. Nunca deixaria você ficar nesse estado.

Então Serena fechou os olhos e balançou a cabeça. Cuidar dela não era responsabilidade de Damon. Era dela.

— Você consegue esquecer? — perguntou Faith. — Sério? Ou, em vez disso, vai arruinar a melhor coisa que já aconteceu com você porque está com medo?

Serena lançou um olhar assustado para a amiga.

— Medo?

— Sim, com medo. Com medo de que, se você colocar o seu destino, o seu bem-estar e todo o seu ser nas mãos do Damon, ele vai te decepcionar, vai estragar tudo.

— Serena, se esse for o caso, então você nunca vai ter um relacionamento com um homem — disse Julie com um suspiro. — Acredite em mim, eu sei. Não sei dizer se alguma vez o medo desaparece. A gente é mulher. Estamos condicionadas a sentir medo da traição, eu acho. Ou pelo menos é o que parece.

— Não é isso — disse Serena em voz baixa. — O Damon não me faria sofrer. Eu sei. Tenho medo de não conseguir ser o que ele precisa. Tenho medo de fazer *ele* sofrer.

Faith suspirou.

— Você não deveria deixar o Damon decidir se quer ou não correr o risco?

Serena não tinha resposta para isso. A pergunta a confundia porque estava muito perto da verdade. Havia tirado completamente a decisão das mãos de Damon.

Ela escondeu o rosto nas mãos. Estava tão cansada... Queria dormir por um ano.

Faith deu um apertinho em sua perna e levantou da cadeira. Serena olhou para cima e a observou verificar o relógio e trocar olhares com Julie.

— Temos que dar uma corrida até a loja para comprar mantimentos — disse Julie. — Por que você não fica aqui no Sol? Não vamos demorar muito.

Serena concordou.

— Obrigada, gente. De verdade.

Faith se abaixou para abraçá-la.

— Só queremos que você fique melhor.

— Se vocês tivessem um botão de rebobinar, seria legal — disse Serena com um sorriso de canto de boca.

Faith olhou-a com olhos graves.

— Você realmente voltaria atrás e apagaria tudo o que teve com o Damon?

Serena olhou para a água, observando as ondas quebrarem na praia e depois recuarem.

— Não — respondeu com sinceridade. — Não trocaria aquela semana por nada no mundo.

Capítulo 35

Damon parou com o carro na casa de praia e desligou o motor. Ao sair, viu Julie e Faith descendo os degraus da frente. Pareciam melancólicas e preocupadas.

Faith foi até ele no mesmo instante e o abraçou.

— Ela não está indo nada bem, Damon. Ela precisa de você.

Precisava? Ele com certeza precisava dela. Ele a queria. Mas não tinha ideia do que Serena queria.

— Onde ela está? — perguntou em voz baixa.

— Nós a deixamos no deque — Julie respondeu apenas. — Está péssima. Está falando sobre vender a empresa. É como se tivesse desistido.

Damon fechou os olhos. Havia feito isso com ela? Havia deixado Serena com uma infelicidade tão desesperada?

— Vá falar com ela — Faith murmurou. — Convença-a, Damon. Ela está com muito medo.

Ele quase riu. Medo nem sequer chegava perto do que ele estava sentindo. Estava absolutamente aterrorizado. Aterrorizado que não fosse conseguir, que fosse embora sem ela.

— Estamos indo — disse Julie. — Ligue se precisar da gente, está bem?

— Obrigado — ele disse para as duas. — Vocês são boas amigas para a Serena. Se eu conseguir fazer do meu jeito, ela vai embora comigo.

Ele as observou entrarem no carro de Faith e irem embora, e então se virou para a casa de praia.

Faith havia dito ao telefone que Serena estava exausta, não tinha comido e estava com uma aparência péssima. Ele queria entrar, colocá-la deitada sobre seus joelhos e dar-lhe palmadas por não ter cuidado melhor de si mesma, mas isso não o faria ganhar nenhum ponto em sua missão.

Em vez disso, percebeu-se andando na ponta dos pés até encontrar uma forma de persuadir Serena de que o lugar dela era ao seu lado, que tinham de ficar juntos.

Ele apertou os olhos por causa do Sol e subiu os degraus. Entrou pela porta da frente e foi para o deque na parte de trás. Quando chegou às portas de vidro, no entanto, não a viu na espreguiçadeira.

Abriu as portas e saiu, lançando um olhar geral pela praia. Seu pulso acelerou quando ele a viu de pé, a distância, de costas, observando as águas.

Ele cruzou o deque e seguiu pelo caminho de madeira sobre a duna e então pisou na praia. Ao se aproximar dela, diminuiu o passo.

Havia uma fragilidade na postura de Serena. Os braços estavam firmes em volta do corpo, e ela estava encolhida em uma jaqueta como se o vento soprando a enregelasse até os ossos. Seu cabelo chicoteava no ar como mechas de meia-noite, e então ela se virou, apenas um pouco, e ele captou a visão de seu perfil, a maciez de seu rosto e os lábios tristonhos.

Faith estava certa. Ela parecia cansada. Parecia desgastada, mas ainda estava linda.

Serena minha.

Não sabia se deveria ficar onde estava ou ir até ela, ou se deveria esperar que ela se virasse e o visse ali. A espera era uma agonia enquanto ele se preparava para lutar uma batalha a qual não estava preparado para perder.

Então ela se virou, e aqueles belos e expressivos olhos se arregalaram em choque.

Serena olhou com espanto para Damon, que estava a poucos metros de distância. Ele estava vestido para um dia no Sol. Bermudas cáqui, camisa polo e sandálias marrons. Os óculos de sol haviam sido erguidos no topo da cabeça, bagunçando um pouco seu cabelo. Ele estava lindo de morrer, e estava ali olhando para ela, os olhos castanhos líquidos, brilhantes de preocupação. Mas ele estava ali.

Uma alegria, pura e irrestrita, inundou seu corpo até que Serena temesse cair de joelhos. O corpo oscilou e ela estendeu a mão apenas para respirar enquanto tentava se firmar novamente.

Ele deu um passo adiante para pegá-la, mas ela se endireitou e piscou para se recuperar do choque de vê-lo tão perto depois de tantos dias.

— O que você está fazendo aqui? — ela perguntou com a voz fraca.

— Vim por você.

Um arrepio percorreu o corpo dela.

Ele franziu o cenho, a preocupação brilhando nos olhos.

— Você está com frio?

— Estou com frio desde o dia em que saí da sua casa — ela sussurrou. Queria chorar. Mais do que isso, queria se sentir aquecida outra vez.

Ele estendeu os braços, e ela caminhou para dentro deles, incapaz de negar o conforto do seu abraço. Ele colocou a cabeça dela debaixo do queixo, e Serena encostou o rosto em seu peito. Ela fechou os olhos, o calor de Damon transferindo-se para ela.

Aos poucos, o gelo começou a derreter. Um pequeno latejar começou, e um doce alívio sussurrou lentamente por suas veias.

Damon os fez se abaixarem na areia, arrumando o corpo em torno dela, colocando-a entre as penas. Manteve os braços firmes em torno dela, absorvendo os tremores de seu corpo conforme o frio era aliviado pouco a pouco, e ela começava a sentir o Sol novamente.

— O que aconteceu, Serena minha? — perguntou ele com a boca em seu cabelo. — Por que você foi embora?

Ela escondeu o rosto no pescoço dele e tentou segurar as lágrimas.

— Ela morreu, Damon — Serena disse com voz rouca. — Michelle, a menina de quem eu falei. Ela morreu durante o cruzeiro que eu organizei para ela.

Damon afagou seus cabelos, oferecendo conforto com seu toque. Foi calmo e metódico, sem urgência em suas ações. Nenhuma pergunta. Apenas aceitação. Teria aceitação o bastante para os dois?

— Sinto muito — disse ele em voz baixa. — Sinto muito, Serena. Por que você não me contou? Por que não me deixou te ajudar? Por que ir embora?

Por um longo instante, ela ficou ali, incapaz de formular uma resposta que superasse o nó na garganta. Ela sabia que seus pensamentos não eram lógicos. Talvez sempre soubesse estar perseguindo uma fantasia.

Damon esperou, sentado em silêncio, apenas abraçando-a enquanto Serena reunia coragem.

— Pensei que, se eu pudesse concretizar o sonho dela, seria suficiente para salvá-la. Se eu pudesse fazer mágica, poderia salvá-la.

— Ah, querida — Damon disse com a voz embargada, a emoção pulsando em sua garganta.

— Quando ela morreu, percebi que nada do que eu tinha feito fez diferença. Nada. Ela conseguiu alguns minutos para ser princesa, e seus pais têm uma vida inteira para viver sem a filha. Meus clientes ainda têm que voltar para suas vidas normais. Eles desfrutam de uma breve pausa na realidade e mais nada. Percebo, agora, o quanto é cruel. Dar a alguém um sabor de paraíso para depois arrancar a pessoa de lá? Não consigo pensar em nada pior. Nunca soube, nunca teria ficado sabendo se não tivesse tentado realizar a minha própria fantasia. Foi, então, que percebi que existem coisas piores do que nunca viver o seu sonho ou nunca se entregar a uma fantasia. É muito pior sentir o gostinho e saber que não é real, que nunca vai ser real, e depois voltar à vida normal *sabendo* o que é ter a perfeição e que você nunca vai ter isso de novo. Algumas coisas... algumas coisas ficam melhores se deixadas no reino da fantasia — ela disse com a voz fraca.

— Acho que entendo o que você está dizendo — disse ele.

Ela se afastou um pouco para que pudesse olhar nos olhos dele.

— Entende? Então você sabe por que eu não posso... por que não podemos...

Ele sacudiu a cabeça.

— Eu disse que entendi o que você estava dizendo, não que concordei.

Ele ergueu a mão ao rosto dela e passou os dedos da têmpora até a maçã do rosto. Eles estremeceram enquanto ele os moveu até os lábios dela.

— Tenho muito a te dizer e quero que você ouça cada palavra.

Ela concordou lentamente com a cabeça.

— Bom. Entendo que você esteja com medo. Entendo que a volatilidade da nossa atração, do nosso relacionamento, tenha te assustado. Isso também me deixou morrendo de medo.

Os olhos dela se arregalaram.

— Não fique tão surpresa, Serena minha. Você mexeu demais comigo.

Ele se inclinou e deu um beijo leve em seus lábios antes de recuar de novo.

— Em algum ponto ao longo do caminho, você decidiu que a Serena que me deu o presente de si mesma não poderia ser real. Que não só ela não era real, como nunca poderia ser o que eu queria e precisava. E assim, decidiu que, para fazer o que era melhor para mim, você ia me deixar. Sem contar o fato de que você nunca me consultou sobre o assunto. Uma confusão sem fim, não acha?

— Não é tão simples assim — ela contestou, lembrando que tinha dito exatamente a mesma coisa para Julie e Faith não muito tempo atrás. Ela desviou o olhar, não mais capaz de encarar a intensidade ardente dos olhos dele.

— Serena, olhe para mim — ele pediu com delicadeza.

Ele não insistiu, não ergueu seu queixo como tinha feito tantas vezes antes. Mas ela voltou a encará-lo mesmo assim, não resistindo ao pedido feito com a voz tão macia.

— É tão simples ou tão complicado quanto nós o tornamos. Eu? Sou um cara simples. Eu te amo e minha maldita esperança é de que você me ame ou talvez possa me amar com um pouco de tempo e de persuasão da minha parte. Você, por outro lado, tem o máximo de complicação possível. Você se retorce em nós até que não saiba onde está a ponta. Tenta se convencer de que não pode ser o que quero ou preciso, mas nunca me perguntou o que eu quero. Ou o que eu preciso. Porque, se tivesse, eu só teria dito uma coisa. Você.

Ela abriu a boca, mas nada saía. Ele passou o polegar sobre o seu lábio como se removendo a obstrução.

— Você não tem nada a me dizer agora? Como que está arrependida por ter fugido de mim, ou arrependida por quase ter me matado de preocupação ou porque eu fiz suas amigas te sequestrarem para que eu pudesse te ver de novo?

Ele respirou fundo, como se estivesse juntando seu próprio tipo de coragem.

— Ou que me ama só um pouquinho?

Ela olhou para ele por um longo momento, tentando igualar sua coragem, tentando formar as palavras e fazê-las atravessarem o nó na garganta.

— Eu te amo, sim — ela enfim sussurrou.

O olhar de absoluta alegria, o alívio esmagador que inundou os olhos dele a deixou sem fôlego. As mãos de Damon tremiam tanto no rosto dela que ele precisou afastá-las para que não a atingissem.

Desta vez foi ela quem colocou as mãos no rosto dele. Precisando do contato e precisando que ele entendesse que amor não seria o único termo da equação.

— Acho que te amo — ela continuou. — Eu quero te amar. Só quero ter certeza de quem é que eu amo, e quero que você tenha certeza de quem *você* ama.

— Você vai precisar de um tradutor para isso, Serena minha, porque me perdi na parte *acho que te amo.*

— Você foi muito sincero sobre o que quer em um relacionamento, Damon. Eu fui sincera sobre o que eu queria da minha fantasia. Você disse que nunca se contentaria com menos. E estou com medo da pessoa em que me tornei durante essa fantasia.

— Por que ela te assusta, Serena? — ele perguntou em voz baixa. — Por que você acha que essa parte de quem você é não pode ser conciliada com todas as outras facetas da sua personalidade?

— Perco toda a noção de mim mesma quando estou com você — ela desabafou. — Você é um vício, Damon. Não posso suportar a ideia de te decepcionar. Eu faria qualquer coisa por você, e isso me deixa aterrorizada. É como, se assim que eu chegasse perto, tivesse um enorme desejo de te agradar, de fazer qualquer coisa que você peça de mim. Você entende?

— Entendo porque vivo isso todos os dias em que estou com você — ele respondeu. — Você não acha que eu tenho uma vontade ardente de te agradar? Que não viva com medo de te desapontar, que não tenha medo de te decepcionar ou fracassar em te proteger? É um inferno, Serena. Mas também o prazer mais doce que eu já conheci.

Ela olhou para ele, atordoada com a declaração. Espelhava seus próprios sentimentos, seus medos e seu pânico. Ele descrevia muito bem a linha tortuosa sobre a qual ela caminhava em relação a ele.

— E se chegar um dia em que eu não possa te dar o que você pede? — ela disse com a voz embargada. — E quando a fantasia morrer e a pessoa que faria qualquer coisa para te agradar deixar de existir? E então?

Ele colocou um dedo sobre os lábios dela.

— Eu nunca vou pedir algo que você não possa dar, Serena minha. Só quero o que você tiver a oferecer livremente. Só quero você. Comigo, pertencendo a mim. Eu te protegendo, cuidando de você, honrando você com cada respiração minha, com meu corpo, com minha alma e meu coração. O que temos não é fantasia. Você pode ter se convencido de que não era real, mas não existe nada mais real do que o que nós compartilhamos.

O coração de Serena doía tanto que ela tinha medo de que fosse inchar no peito e explodir. Como poderia fazer Damon entender que o que ela mais temia era decepcioná-lo? Era ver o amor que brilhava tão intensamente em seus olhos desaparecer e morrer porque ela não poderia ser o que ele queria?

— Em nenhum lugar está escrito que temos de fazer tudo isso de maneira apressada — continuou ele. — Tudo que eu quero é uma chance. Tempo. Você comigo. Nós trabalhando juntos.

— E se eu te decepcionar? — ela perguntou. — Se eu decidir que não posso ser o que você quer? Hein?

Ele sorriu e sacudiu a cabeça.

— Mulher cabeça-dura e teimosa. Não ouviu uma palavra do que eu disse? Serena, você pode chamar a si mesma do que bem entender. Nunca gostei da palavra "escrava", como a Faith pode comprovar. Essa palavra é sua, é o seu rótulo. Uma vez você me perguntou do que deveria me chamar e eu disse Damon. Só Damon. Então, por que não podemos ser Damon e Serena? Duas pessoas apaixonadas. Podemos trabalhar em todo o resto.

A esperança vibrou e se desenrolou, crescendo até chegar ao Sol, vinda do refúgio frio em sua alma. Seu pulso acelerou e, contra sua vontade, ela olhou para o futuro, para o que poderia ser se assumisse o risco.

— Estou completamente farto da palavra *fantasia* — disse Damon. — Se eu nunca mais a ouvir, não vai fazer falta nenhuma. Sou real. Você é real. Nosso amor é real. Nossa atração é real. Aqueles vergões na sua bunda linda eram reais.

Damon moveu as mãos pelos braços dela, e seus dedos tocaram o bracelete através do tecido da jaqueta. Ele se acalmou e olhou para ela, a pergunta em seus olhos. Em seguida, puxou a manga da blusa com cuidado até que Serena ficasse apenas meio vestida com ela.

O bracelete de ouro reluzia ao Sol, brilhante sobre a pele pálida.

— Você continuou usando — ele disse suavemente. — Você foi embora e ainda continua usando os presentes que eu te dei. Minha marca de posse.

Serena levantou a mão para tocar o desenho intrincado, traçando uma das linhas até que esbarrou na mão de Damon.

— Eu não poderia suportar tirá-los — ela admitiu. — Pareceu tão definitivo.

Ele colocou a outra mão sobre seu braço oposto e puxou Serena para ele. Os lábios se tocaram, com reverência, de leve, buscando.

Com o corpo pressionando com força no dele, ela sentia a tensão se propagando; foi quando percebeu como ele tinha medo.

— Que história é essa de você vender a empresa? — ele perguntou quando se afastou.

Não havia censura ou reprovação, não havia decepção. Apenas uma preocupação amorosa que fez a garganta dela inchar e doer. Serena baixou a cabeça para que ele segurasse seu queixo e puxasse, delicadamente, até que ela o olhasse no rosto com olhos chorosos.

— Não posso mais fazer aquilo — ela sussurrou. — Não posso vender sonhos falsos.

Os olhos de Damon suavizaram, e o olhar que lançou a Serena era tão cheio de compreensão que ela precisou engolir as lágrimas.

— Agora você está ferida, está sofrendo — disse ele gentil. — Acho que você deve se dar tempo antes de tomar qualquer decisão sobre o seu negócio. Passe algum tempo comigo, Serena minha. Me dê... dê a nós... uma chance. Me deixe cuidar de você. Me deixe te amar do jeito que eu quero te amar. Então, quando você estiver pronta, poderá decidir sobre a Fantasy Incorporated. Não precisamos ter pressa. Você e eu temos todo o tempo do mundo.

As lágrimas que tanto tinham ameaçado suas pálpebras e as feito arder deslizaram silenciosamente por seu rosto.

— Tenho tanto medo — ela sussurrou. Mas, ao mesmo tempo, o peso, o fardo que andava carregando se levantou e bateu asas. Sentia-se mais leve e mais livre conforme a esperança se revelava.

Ele a afastou só o suficiente para poder olhá-la nos olhos.

— A única maneira de você poder me decepcionar seria desistindo de nós, porque tudo o que eu quero é que você seja minha.

Ela olhou para ele por um longo momento, absorvendo a sinceridade amorosa em sua voz. E então sorriu em meio às lágrimas.

— Com certeza *não quero* te decepcionar nunca, Damon.

— Então, diga sim — pediu ele, sua voz urgente e rouca. — Diga que você vai voltar para casa comigo.

Ela envolveu com os braços o pescoço dele e levou os lábios aos dele. Pela primeira vez, os medos diminuíram. Uma esperança renovada, viva e forte inundou calorosamente o seu coração.

— Me leve para casa — ela sussurrou.